# 아무도,
### 그가 살아 돌아오리라고
# 기대하지 않았다

# 아무도,
## 그가 살아 돌아오리라고 기대하지 않았다

인쇄 · 2018년 11월 30일
발행 · 2018년 12월 10일

지은이 · 우 한 용
펴낸이 · 한 봉 숙
펴낸곳 · 푸른사상사

주간 · 맹문재 | 편집 · 지순이 | 교정 · 김수란
등록 · 1999년 7월 8일 제2-2876호
주소 · 경기도 파주시 회동길 337-16 푸른사상사
대표전화 · 031) 955-9111(2) | 팩시밀리 · 031) 955-9114
이메일 · prun21c@hanmail.net
홈페이지 · http://www.prun21c.com

ⓒ 우한용, 2018
ISBN 979-11-308-1391-2   03810

값 14,500원

22 푸른사상 소설선

# 아무도,
### 그가 살아 돌아오리라고
# 기대하지 않았다

우한용 소설

 푸른사상
PRUNSASANG

# 소설가는 독자를 어떻게 고려하는가

제 얘기 잠시 들어보실래요? 대화를 글로 쓰자니 꽤 어렵네요. 대화라는 게 글자 그대로 마주 앉아 이야기한다는 뜻이잖아요. 말이 좋아 대화지, 그게 얼마나 불편한 일인데요. 쳐다보고 싶지 않아도 얼굴 쳐다봐야지요, 목소리가 거칠어도 참고 들어야 하고, 상대에 따라 화계(話階)를 맞춰야니까 한국어 그 까다로운 경어법 지켜야 하지요, 어디 자유롭게 말할 수 있겠어요? 거기다가 상대방 어디에다 눈길을 두어야 할지 몰라, 황망스럽기도 해요. 그러니까 거침없이 대화를 내세우는 누굴 만나면 겁이 더럭 나지 않겠어요? 대화주의자를 조심해야 해요. 혁명을 도모하는 인사일지도 모르니까 말입니다.

그러니 독백을 듣는 형태로 글을 쓰는 게 편해요. 그건 마음 편한 잔꾀인지도 모르죠. 아니면 나르시시즘일 수도 있고요. 나를 터놓는다는 게, 대단한 용기가 필요한 거잖아요? 터놓기를 잘못하면 죽기도 해요. 너 나치 당원이지? 그렇게 다그칠 때, 진실은 마침내 승리한다는 헛소리를 순진하게 믿고, 맞습니다! 그렇게 말하면 교수형을 당해 저승행을 할 수도 있어요.

서로 진실을 말해야 한다는 대화의 격률은, 사실, 말이 그렇다는 말뿐일지도 몰라요. 진실을 말할 수 없는 상황에서 진실을 말하라 하는 것은 폭력입니다. 사람들은 그런 격률을 어리숙하게 믿고 진실을 털어놓기도 하는데 말입니다, 진실은 사실과 거리가 너무 멀어요. 아니, 진실은 혼자 선언하는 게 아니라 둘이 맞서서 어르고 부대끼고 감정의 소용돌이가 가라앉고 하는 데서 빚어져 나오는 거 같아요. 그렇지 않던가요?

전주가 길어지기 전에 핵심을 말하는 게 편할 거 같습니다. 이 책을 읽는 당신(그대)은 참으로 특별한 분입니다. 책 살 만한 돈 있겠다(책값이 돈이냐구요? 그거 알토란 같은 돈예요.) 책 읽을 시간 낼 수 있지, 책 읽을 만한 공간 확보했잖아요? 그게 어딘데요, 독서 계층으로 명명할 수 있는 존재가 당신입니다. 그뿐입니까? 독서 취향은 교양의 한 징표이기도 하잖아요? 교양이 밥 먹여주느냐고요? 교양도 계층 개념이라서 돈 없으면 교양 챙길 여력 없어요. 사실 그렇지요?

특별한 분에게 하는 이야기는 좀 특별나야 하지 않을까요? 나는 당신을 독자라고 불렀는데, 작가가 독자를 대하는 방식을 좀 생각해보아야 하겠습니다. 당신이 작가에게 무엇을 요구하는지 생각해보는 게 한결 편할지도 모르겠군요. 그런데 당신의 요구와 작가가 충족해주는 영역은 늘 같을 수 없는데요, 그건 당신이 특별한 존재이기는 하지만 취향이 어떤지는 작가가 정확히 알 수도 없고, 알았다고 해도 그 취향에 맞게 글을 쓰지 않기 때문에 얼마간의 '밀당'이 있게 마련이지 않겠어요?

아무튼, 당신은 내 소설이 느글느글 질펀한 입담과, 몇 줄만 읽어도 사타구니가 쫄밋거리는 묘사와, 불륜의 긴장감을 공여하리라고 기대할지도 모르지요. 독자 가운데는 그런 취향을 가진 이들도 있을 겁니다. 그게 독자들의 권리라고 우기는 분이 있다면, 그분은 번지수를 잘못 찾은 겁니다. 최소한 내 소설은 그런 동네에서는 좀 벗어나 있는 게 사실이니까요.

혹시 당신은 외롭고 괴로워서 위로를 받고 싶을지도 모릅니다. 위로, 위안, 치유 등 그런 말들은 훈훈한 인간적 아우라를 지니고 있어서, 쉽게 내치지 못하는 겁니다. '위안의 문학'을 찾아 나서는 독자가 왜 없겠어요? 그리고 사실, 작가가 독자에게 위로를 줄 수 있다면, 그게 잘못된 일이라 하기는 어려워요. 그러나, 그 위로라는 게 작가가 작품을 쓰면서 스스로 마음의 위안을 받았다면, 그 위안은 작품을 통해 독자인 당신에게 전해지는 그런 것이라야 하지 않겠나 하는 생각이 듭니다. 위로를 택배로 배송한다? 글쎄요.

어쩌면, 소설을 읽는 독자는 작가와 더불어 '비평적 공감'을 이루어내는데, 그게 독자의 윤리가 아닐까 싶습니다. 이런 거창한 이야기를 하는 까닭이 뭔지 아시겠어요? 독자가 작품을 읽는 행위는 문학을 소비하는 게 아니라, 의미를 생산하는 문화 생산의 과정이기 때문이지요. 책을 사서 넘겨보다가 깔고 앉거나 냄비받침으로 쓰다가 휴지통에 버리는 게 아니라는 이야긴데요, 작가의 작품이 가치를 갖자면 독자가 열심히 읽어주어야 합니다. 조금 부담스런 말씀을 드리자면, 작품의 가치를 높이는 것은 독자의 독서력입니다. 독자의 수준이 높아져야 그 나라 문학의 수준이 높아진다는 까닭이 여기 있습니다.

말하자면 작가와 독자의 야합은 문학의 수준을 추락하게 합니다. 야합이라니요? 독자가 남녀상열지사를 원한다고 작가가 작품에 색정적인 장치를 만들어 넣기 위해 골몰한다면 야합이지요. 현실은 도무지 위안을 받을 수 없는 정황인데 문학에서 그런 위안을 공급하라고 작가를 압박한다면, 그래서 작가가 그런 작품 쓰는 데 들떠 일어난다면 그것도 야합 아닙니까?

요컨대 작가와 독자는 가까우면서도 거리를 유지해야 하는 그런 관계 아닌가 싶습니다. 작가와 독자 양편에 모두 비평의식이 필요한 까닭이 이것입니다. 문화는 복선적이고 다면적인 가닥이 다층적으로 흘러가는 물결이라고 할까요. 다양함이 모든 가치에 우선할 수는 없을 것입니다만, 다양성과 역동성이 상실된 문화를 새롭게 하고 생생하게 하는 것은 작가와 독자가 공유하는 비평의식 혹은 문화의식이 아닐까, 그게 나의 조심스런 제안입니다.

제안이라니? 큰소리치지 않는다는 뜻입니다. 헛소리하지 않겠다는 다짐이기도 하고요. 소설쓰기가 즐겁다는 이야기를 한 적이 있는데, 만일 당신이, 소설쓰는 과정이 즐거운 만큼 가치있는 소설인가 묻는다면, 물론 그렇다고 대답할 자신은 없습니다. 뭐래야 하나, 최소한 그런 이야기는 할 수 있겠는데요, 내가 문단의 건달은 아니라고 말이지요. 따라서 나는 내 소설을 읽는 독자들이 진지하게 작품을 읽어달라고 감히, 기대하는 것이지요.

시대는 말의 기표(시니피앙)가 흘러 다니는 중인데, 독자에게 진중한 기의(시니피에) 추구를 기대하는 건 가당치 않다고 턱을 떨 분이 있을 듯합니다. 맞지요? 그런데 문제는 모든 독자를 겨냥한 요구는 아니라는 점인데요, 독자는 가지각색이기 때문에 그렇습니다. 술술 잘 읽히는 소설을 좋아하는 취향이 있는가 하면, 쫀쫀히 읽느라고 힘이 들어도 읽은 다음에 무언가 건질 게 있는 작품을 선호하는 독자도 있습니다. 나는 쫀쫀히 읽는 독자를 옹호하는 편인데, 당신은 어떤 독자인지 사뭇 궁금합니다.

세상이 재미있는 까닭은 별별 인간이 별별 일들을 벌이기 때문인데요, 선인들로만 가득한 세상이나 악인들만 득실거리는 세상은 별 재미 없는 거 아닐까요. 그렇지요? 작중인물 또한 그렇게 다양하리라고 생각 됩니다. 언젠가 누가 그러더라고요. 당신 소설은 '철학소설'이나 '지식인소설'로 분류될 것 같다고 말이지요. 저는 고개를 갸웃했습니다만, 우리 지식인 소설이 지닌 허점은 지식인의 본질 요건을 다루지 못하고, 지식인의 옷자락과 연애와 음주 취향만 건드리다 만다는 데 있는 거 같아요. 과학소설이 과학자의 과학을 추구하는 내용은 다루지 못하고 과학자의 에피소드만 건드리다 만다면 진정한 의미의 과학소설일 수 없을 겁니다. 그래서 내가 쓰는 소설이 소설의 종 다양성을 확대하는 데 조금이라도 기여한다면, 그래서, 이런 소설도 있네, 하면서 몇몇이라도 눈여겨 봐준다면 소설 쓸 이유가 있는 거지요. 그게 내가 독자를 고려하는 방법입니다, 우직한 방법이기는 합니다만.

　말이 길어졌는데 말이지요, 이 소설 뭔가 좀 다르네, 그렇게 어여삐 봐주는 독자가 당신이길 바라는 마음 간절합니다.

2018년 초겨울
우공(于空) 우한용(禹漢鎔)

렘브란트, 〈돌아온 탕자〉, 러시아 상트페테르부르크 예르미타슈미술관

돌아오지 못하는 **탕아**

오늘 여기는 종일 비가 추적거린다. 2017년 10월 9일 상트페테르부르크. 네바강에 가로걸린 궁전 다리 위로 검은 옷을 걸친 사람들이 고개를 떨구고 지나간다. 검은 옷이 장례식장에 온 조상꾼을 닮아 보인다. 사람은 없고 그저 옷가지만 경정거리며 걸어가는 듯하다. 해가 나는 날이면 저들은 그림자가 없을 것 같다. 정신이 몽땅 빠져나간 너의 어머니도 저런 꼴로 서울 거리를 헤맬 것이다. 네가 푸르둥둥하게 삭은 얼굴로 돌아온 이후, 너의 어머니는 정신을 놓고 지냈다. 네가 세상을 뜨면 네가 그리울 때 옷가지 들고 체취라도 맡아보겠다고 네 살림을 찾아오라는 성화를 못 이기고 혼자 페테르부르크에 왔다.

네가 숙소를 정하고 있던 집을 찾아갔다. 바실리예프스키 거리의 프리모르스카야 메트로 3번 종점에서 왼쪽 골목으로 들어가 자리잡은 핀란드 귀족의 주택이라는 집은 문이 잠겨 있었다. 내가 올 것을

돌아오지 못하는 탕아

알렸기 때문에 배려를 한 모양인지, 오후에 돌아온다는 안내문이 걸려 있었다. 나는 인류학 박물관 카페에 앉아서 여러 가지 상념에 잠겼다. 시간은 고여 있었다. 아니 벌떼처럼 웅웅거리면서 시간은 지구를 돌아갔다. 커피를 두 잔이나 마시는 동안 생각의 갈피를 정리할 수가 없었다. 네 형의 말이 맞는지도 모른다. 네 옷가지를 찾아온다고 했을 때, 현실적으로 쓸데없는 짓이라며 네 형은 피식피식 웃었다.

너의 형이 염려하던 일이 생기는 것은 아닌가 걱정이 되었다. 염려라는 것은 아버지의 안전에 대한 우려였다. 네가 관계했던 핀란디나의 부친이나 그의 오빠가 아버지에게 권총을 들이댈지도 모른다는 게 네 형의 염려였다. 네 형 윤형민은 그래서 내가 너의 짐을 찾으러 페테르부르크에 가는 것을 완강하게 반대했다. 아버지가 형의 뜻을 어기고 나서면, 아버지가 집에 없는 동안 너의 형이 너 윤제민을 독극물로 살해할지도 모른다는 불길한 생각이 내 안에 가득 차올랐다. 너는 침대에 누워서 삭아가고, 네 형은 변호사 사무실을 개업할 준비를 하고 있지 않으냐. 법에 대해서는 네 형이 빠삭하고, 따라서 너를 살해한다고 해도 법망을 비켜 갈 빌미를 장만하는 데는 아마 자신만만할 것이다. 네 형한테는 죽어가는 너보다 살아 있는 아버지가 한결 귀한 존재로 부각할 것이다. 너는 죽으면 남길 게 없지만 아버지는 만만치 않은 재산을 가지고 있지 않으냐. 너의 어머니도 머지않아 세상을 뜰 것 같다.

나는 의견이 달랐다. 네가 어떻게 살았는지를 알고 싶었고, 네가 구제받을 수 없는 병에 걸린 내력을 다소간이라도 확인하고 싶었다. 너는 짧은 생애의 마지막 며칠을 힘겹게 견뎌내는 중이었다. 네 이야기를 너에게 하는 것은 부질없다. 그러나 사람이라는 것이 끝마무리가 잘 되어야 한다. 잘 된 끝마무리 가운데는 응당 기억을 잘 다스리는 문제가 포함된다. 기억을 잘 다스리자면 그 기억을 뒷받침하는 물건들을 제자리로 돌려놓아야 하는 것이지 싶다. 너의 기억 혹은 추억이 담긴 물건들을, 그 물건들에 젖어든 냄새와 얼룩이라도 건져오고 싶었던 것이다. 그래서 그런지 구질구질한 추억처럼 비가 내린다.

네가 생애를 끝내기 전에 네 기억에 담아두었던 일들을 마무리하게 도와주는 게 애비로서 할 일이라 생각했다. 너의 어머니 소청은 뒷전이었다. 너의 옷가지며 책은 물론, 너의 체취가 밴 물건들을 그대로 방치하는 것은 애비로서 의무를 방기하는 것이나 같다. 아마 내가 네 소지품들을 챙겨가지고 돌아갔을 때, 너는 이미 네 기억을 음미할 수 없을지도 모른다. 아니면 네가 죽어서, 네 형이 장례를 치렀을지도 모를 일이다. 그러나 그건 중요하지 않다.

그들이 돌아온다는 오후가 정확히 언제인지 알 수 없었다. 특별히 할 일이 없었다. 문학과 문화의 도시라는 여기 상트페테르부르크 그 자체는 나에게 별 의미가 없다. 거쳐 지나가는 공간일 뿐이다. 너의 호흡과 땀 냄새가 배지 않은 공간이란 없는 거나 마찬가지다. 상트페테르부르크가 내게 의미 있는 것은 내 아들, 윤제민이 살았던 공간이기 때문이다. 무엇을 하면서 살았는가가 중요하겠지. 그러나 나는 그걸 따지려 하지 않는다. 너의 호흡, 체온, 체취, 네 몸의 몸놀림 그런 것들이 의미 있을 뿐이었다. 네가 그리울 때 나는 네 옷가지라도 들춰보지 않으면 아마 미치고 말 것이다. 너의 어머니처럼 말이다.

　너는 이미 일자리가 약속되어 있었다. 한국에 인류사 박물관이 생기면 거기 취직되도록 예정되어 있었다. 네가 상트페테르부르크 국립대학교 바실리예프스키 교수와 연계가 되었던 것도 인류학 박물관 때문이었다. 체제는 무너졌어도 전통은 쉬 사라지지 않는다. 전통은 오랜 시간에 걸쳐 사람들의 의식 가운데 일종의 정신적 습성으로 정착된 삶의 지표 같은 것이다. 에피쿠로스의 후예들처럼 물질이 삶의 바탕이라 여기고 근 백 년 가까이 살아온 이들의 전통은, 거칠게 말해서 현실주의다. 인류사 박물관은 유물, 유적, 유품 등 확실한 대상으로, 인류의 삶을 재구성해서 보여주는 기관이 아니더냐. 그 가운데 인간이 어떤 질병을 어떻게 앓았고, 그 병을 어떤 방식으로 치료했는가 하는 문제도 포함되어야 한다는 주장은 내 친구 정무병 교수의 탁발한 아이디어였다. 정무병 교수가 독일에선가 유학할 때 만났다는 친구가 바실리예프스키 교수였다. 너는 러시아어 공부를 부지런히 했고, 유학 시험에 당당하게 합격이 되었다.

　너는 이상하게도 현실주의라는 것과는 거리가 멀었다. 그렇다고 그걸 이상주의라 하기도 어려웠다. 너는 꿈을 꾸는 데 재주가 별로 없었다. 그렇다고 너의 형처럼 오밀조밀하게 사람 살아가는 일을 논리적으로 따지고 결과를 예측해서 잘 처리하는 것도 아니었다. 그래서 나는 오히려 네가 더 큰 가능성을 가졌다고 생각했다. 이미 정신 성향이 결정되어 있는 인간은 가소성이 없다. 장난감 풍선처럼 무언가 만들려고 주물러보면 제자리로 튀어 돌아가곤 한다. 미결정성이 가능성이다. 미결정성을 가능성으로 보는 것은 사실 막연하기는 하다. 앞으로 어떻게 될지를 모르는 것은 불안을 몰아온다. 기존의 완악스런 도덕으로 볼 때는 원칙 없는 인간이란 비난을 받게 마련이다. 나는 네가 유연성이 있어서 너를 아꼈다. 비결정성, 그게 가능성이라는 내 전제랄까 가설이랄까 하는 것이 실현되는 모양을 너를 통해 확인하고 싶었다. 물로 씻은 것처럼 해맑은 너의 얼굴이 눈앞에 어른거린다. 그것은 네가 유학을 떠나기 전의 얼굴이다. 지금 침대에 누워 있는 네 얼굴은 독방에서 한 삼 년 썩은 수인의 얼굴과 다를 바가 없다. 피부에 핏기는 사라지고 눈은 횡하니 꺼져들어간 데다가 머리가 멋대로 자라 봉두난발이다. 기름기는 그 머리털에만 쌓이는 듯 찐득찐득하다. 그런 모습은 아마 네가 관심의 대상으로 삼았던 인간들의 형상일지도 모르지. 도스토옙스키의 지하실 인간을 닮은 얼굴. 도스토옙스키는 이 도시를 지키는 소설가의 대부 격이다.

　너의 인간에 대한 관심이 너를 이 지경으로 몰아넣다니. 인류학 박물관도 자연사 박물관과 유사한 기관일 것이지. 나는 의자를 박차고 일어났다. 불쾌한 연상을 불러일으키는 장소를 오래 지키고 앉아 있는 것은 자학이나 다름이 없다. 집요하게 들러붙는 생각을 떨치는 데는 걷는 거만한 게 없다. 나는 걷기로 했다.

　궁전 다리, 지도에는 Дворцевый проезд라고 표시되어 있는 그 다리를 건너 시내로 방향을 잡아들었다. 가로 오른편 저쪽으로 이삭 성당(Исаакиевский собор), 그 웅장한 성당의 황금빛 돔이 보였다. 그쪽으로 방향을 틀었다. 내가 왜 성당으로 방향을 틀었는지는 모르겠다. 나는 러시아 정교를 모른다. 가톨릭도 잘 모르기는 마찬가지다. 프랑스에서 러시아로 와서 자그마치 40년에 걸쳐 이 성당을 지었다는 몽페랑(Montferrand, 1786~1858)이란 인간의 집념이 무섭다는 생각도 들었다. 30대 초반에 와서 72세까지 성당을 지었다는 것은, 이 성당 하나가 그의 생애 전체인 셈이다. 성당이 완성되기 전에 그는 죽을 수조차 없었던 모양이다. 성당이 완성되고 나서 석 달 후 그는 죽었다. 그 일을 해내지 못하면 죽을 수조차 없는 그런 일이란 무엇인가. 아니, 한참 물러나서, 죽기 전에 이 일을 꼭 하고 싶다는 그런 열망을 나는 가져본 적이 있던가. 그리고, 너 윤제민에게 그런 열망이 있었다면 그게 무엇이었을까, 그런 생각이 머릿속을 어지럽혔다. 내가 믿은 너의 가소성은 실현의 기미조차 보이지 못한 채 멀리 사라졌다. 성당의 첨탑은 금칠을 하는 공사 중이라 허연 라텍스 같은 덮개를 쓰고 있었다.

그 성당에서부터 나는 이상해지기 시작했다. 입장권을 사 들고 성당으로 들어서는 나는, 손이 떨려오기 시작했다. 천개 위에 치장한 천사는 마치 초에 절인 것처럼 느정거리는 인간 형상이 되어 눈에 걸리적거렸다. 해서 성당 안으로 곧장 들어가지 못했다. 성당의 돌기둥을 싸안고 더듬다가 물러서서는 다시 싸안기를 몇 차례나 거듭했다. 적갈색의 대리석 돌기둥. 돌기둥과 같은 딴딴한 삶이란 무엇인가. 돌기둥을 싸안고 기둥에다가 볼을 부비는 순간, 돌기둥이 따뜻하게 달아오르기 시작했다. 눈앞을 안개 같은 것이 가렸다. 네가 돌아왔을 때 너를 끼어안았던 순간, 그때도 내 몸이 달아오르던 것을 느꼈다. 그 느낌이 이삭 성당 돌기둥에 옮겨와 있었다. 내 몸은 서서히 온기를 더하면서 열에 달아오르기 시작했다. 그것은 내 생애 처음으로 느껴보는 기적 같은 일이었다. 성당 안으로 들어가기 전, 네바강에서 불어오는 바람에 몸을 맡기고 깊은 호흡을 했다. 심호흡은 열기를 좀 식혀주었다. 시간의 돌기둥, 삭아 내리지 않는 시간의 돌기둥, 이 엄청난 대리석 돌기둥을 어떻게 세웠는지, 그리고 기둥의 끄트머리를 장식한 아칸서스 이파리들, 그것은 승리한 자의 시간에 얹어주는 조물주의 축복이 담긴 월계관과도 같은 것이었다. 나에게는, 너에게는 시간의 돌기둥 같은 버팀목이 내면에 준비되어 있지 않았던 것인지도 모른다. 바람이 허허한 속을 휘저었다.

나는 입장객 대열의 끝에 서서 망설였다. 성당 안으로 들어갈까, 말까. 들어가 보기로 했다. 내 울렁거림을 좀 더 구체화하기 위해서였다. 나름으로는 부딪쳐보자, 하는 오기 같은 게 없지도 않았다. 성당 안에 들어가서는 마음이, 그리고 몸이 종잡을 수 없이 휘둘렸다. 예수의 탄생에서부터 십자가 책형, 부활 그리고 천국에 오르는 과정이 그려진 천정화들은 아물거리는 의식 저편으로 끊임없이 떠올랐다가 사라지는 환영이었다. 인간의 출생과 죽음, 그 사이에 가로놓인 가시나무로 된 다리들이 성당의 아치가 되어 내 머리를 고통스럽게 감쌌다. 성당 천장을 바라보는 눈에서 무엇인가가 빚어져 나오는 듯했다. 나도 모르게 눈가가 젖어왔다. 그 슬픔의 근원이 무엇인지 생각할 여지는 별로 없었다. 다만 네가 죽어가고 있다는 그 사실만이 나의 몸을 지지고 지나가는 전류 같은 아픔이었다. 그게 내 현실의 모든 것이었다. 슬픔은 내게 막연한 이미지일 뿐이었다. 그런데 그게 아니었다. 슬픔은 창자를 뒤집으며 올라왔고, 고통은 대리석의 무게로 다가왔다. 나는 성당 안에 마련된 성물 키오스크를 찾아서 가장 큰 초를 한 자루 샀다. 그리고는 그리스도상 앞에 마련된 봉물대 위에 초를 꽂기로 했다. 다른 사람이 이미 불을 붙여놓은 촛불에다가 심지를 갖다 대자 불꽃이 옮겨붙었다. 영원히 꺼지지 않는 불이란 것도 가능하다는 생각이 들었다. 모스크바 붉은 광장에 설치되었던 혁명의 불꽃이 내 의식 속에 너울거렸다. 생명에서 다른 생명으로 이어지는 생명의 흐름을 너는 차단하고 있는 것이었다. 속에서 울컥하고 분노 같은 덩어리가 올라왔다.

생각해봐라, 중년이 된 사내가 상트페테르부르크 이삭 성당에 와서 눈물을 흘리고 앉아 있는 그 모습을. 그것도 아직 이콘화가 걸려 있는 러시아 정교회 성당에서 눈물을 흘린다는 걸 생각해보라. 사실 나는 뉘우칠 일이 별로 없다. 크게 희망을 가질 일도 그다지 없었다. 그냥 아무렇지도 않은, 아무 의미도 없는 존재 한 토막이 시간을 따라 굴러왔을 뿐이다. 누구에게 강력한 요구를 한 적도 없다. 너희들에게도 별다른 욕심을 드러내지 않았다. 네가 오늘 이 상황에 이르기까지는 나의 그런 태도에도 일말의 책임이 있을 것이다. 아무튼 그치지 않는 눈물 때문에 성인들의 얼굴을 제대로 바라볼 수 없었다. 그저 안으로 침잠해서 내 존재는 안개의 입자처럼 공중으로, 아니 성당의 아치 너머로 피어올라 사라졌다. 나는 본래 성인들을 경배한다든지, 하느님에게 간구하는 절절한 소망을 가졌던 적이 없었다. 현실에 충실하게 살

앉을 뿐이다. 그 현실에 충실하다는 것이 인간의 고매함을 추구하는 눈으로 본다면 참으로 비열하고 누추한 삶의 구실이라는 생각에 이르자 나는 내 몸을 주체할 수 없었다. 온몸의 힘이 쭉 빠져나가고 다리가 후들거렸다. 언젠가 이루어지리라는 희망을 가진 것도 아니었다. 약속이 없었다. 약속이라는 게, 시간이 정확하지 않고 막연하면 불안을 더하게 마련이다.

너의 숙소 주인이 써 붙인, 오후라는 게 영 막연했다. 마땅히 갈 데가 있는 것도 아니라서 네가 숙소를 정했다던 프리모르스카야 거리로 돌아갔다. 문이 빙긋이 열려 있었다. 벨을 울리자 그 집 내외가 현관으로 나왔다. 내외는 둘 다 검정 정장을 하고 있었다. 마치 장례식에 참여했다 돌아와서 아직 옷을 갈아입지 않은 그런 모습이었다.

내가 한국에서 온 윤제민의 아버지 윤무아라고 먼저 소개했다. 상대방은 자신이 안드로포프라고 인사를 했다. 그런데 윤무아라는 이름을 잘못 알아들었다. 그러고는 리엥 무아, 리엥 무아를 반복했다. 그게 나는 아무것도 없다, 아무것도 아니라는 뜻으로 들렸던 모양이다. 아무튼 거실로 들어가 휴게의자에 자리잡고 앉았다. 건너편 벽에 얼굴선이 고운 아가씨 사진이 걸려 있었다. 내가 그 아가씨를 눈여겨보는 것을 눈치챘는지, 안드로포프는 말했다. 저 사진은 핀란디나의 사진이다, 당신의 아들이 사랑했던 사람이다, 오늘로 사진을 치울 것이다, 사진을 불살라 네바강에다가 재를 뿌릴 것이다. 그런 뜬금없는 이야기를 했다. 무슨 이야긴지 어리벙벙하니 사진을 바라보는 나에게 커피를 마시겠냐고 부인이 물었다. 나는 고개를 가로저었다. 이런 장면에서 커피를 마시고 앉아 있을 계제가 아니었다. 부인이 보드카 병과 얼음그릇이 놓인 쟁반을 들고 나왔다. 치즈도 쟁반 위에 안주로 놓여 있었다.

핀란디나가 너와 같은 병으로 죽었다고 한다. 너와 같은 병으로 죽었다고 말하는 어투에는 분명 분노의 감정이 실려 있었다. 핀란디나는 교육학을 공부했다고 한다. 교육학 가운데 특수교육이라는 분야를 전공했다는 설명이었다. 나는 이제까지 특수교육이 영재아 교육이라든지 그런 것인 줄로만 알았다. 그런데 그게 아니었다. 정박아, 지진아, 지체부자유아, 성적 아이덴티티 혼란에 빠진 젊은이를 교육하는 분야도 있다는 것을 비로소 알았다. 핀란디나가 다닌 학교는 러시아 정교회에 소속되어 있었다. 나는 벨루가라는 상표의 보드카를, 그저 맹물처럼 쓰다는 느낌으로 따라주는 대로 마셨다.

당신의 아들 윤제민은 우리 딸을 사랑했습니다, 그리고 자기 형 자랑을 자주 했습니다. 형은 실무적이고, 법률을 공부해서 변호사가 되는 게 꿈이라는 것도 알았답니다. 변호사가 되었습니까? 아직은 아니라고요? 그렇군요. 그런데 당신의 아들 윤제민은 질병인류학이라는 걸 공부했지요. 나는 핀란디나의 부친이 너를 잘 알고 있다는 것이 놀라웠다. 내가 너에 대해 얼마나 잘 이해하고 관심을 가졌던가 하는 데 아무 자신이 없었다. 이야기는 다시 질병인류학으로 돌아갔다.

인류사는 질병이라는 도전과 그를 해결하려는 치료라는 응전의 역사라 해도 별로 틀린 말이 아니라면서, 안드로포프 씨의 긴 설명이 이어졌다. 아버지보다 내 자식을 더 잘 알고 있는 이 러시아인, 그리고 그 사내의 딸, 핀란디나라는 아가씨…… 그 딸이 내 아들과 같은 병으로 죽었다면 둘이 무슨 일을 어떻게 하고 다닌 것인지, 네가 말하지 않았던 일들이 겹겹으로 너라는 존재를 둘러싸고 있을 것이라는 생각이 들었다. 죽음에 이르게 하는 병, 그 병의 공유. 병을 공유한다는 것은 생명을 같이한다는 뜻과 다를 바가 없는 게 아닌가, 그런 생각이 들었다.

핀란디나는 핀란드의 딸이라는 뜻에서, 자기 고향을 잊지 않기 위해 그런 이름을 붙였다고 했다. 핀란드인이라는 자부심, 그리고 러시아 국적이라는 자긍심과 분단국가 한국인이라는 열등의식이 공중을 부유하는 먼지처럼 실내공간을 채워가기 시작했다.

희한한 일이 벌어지고 있었던 것 같다. 내가 알지 못하는 사이 너는 질병의 늪으로 빠져들고 있었던 모양이다. 안드로포프의 이야기만 듣고는 사태를 확연하게 알기는 어려웠다. 그도 자기 딸한테 들었을 것이기 때문에 정확할 수 없었다. 확실한 것은 너의 지도교수였던 바실리예프스키 교수가 남색가라는 것이었다. 몇몇 학생은 지도교수와 같이 공부할 수 없다고 학교를 그만두었다는 이야기도 들었다. 바실리예프스키 교수의 연구실은 실험실이 딸려 있어서 상당히 넓었다. 실험실 옆의 공간은 환자와 상담을 하고, 그 상황을 녹화해서 분석하는 일종의 관찰 상담실이었다. 바실리예프스키 교수는 거기로 학생들을 불러들여, 인간의 성에 대한 임상실험을 했다고 한다. 일방적인 동성애가, 그걸 당한 사람에게 어떤 심리적 상흔을 남기는가 하는 실험을 했다는 것이다. 학교에서는, 그의 연구 업적에 대해 의문을 제기하기 시작했다. 연구 업적이 탁월하고 일정 기간을 두고 결락 없이 연구물을 발표하는 것이 의혹을 사게 하는 요인이었다. 연구의 비윤리성을 들어 윤리위원회에 회부되었다. 자신을 연구 대상으로 하는 이 과학자의 연구라는 게 무엇인가. '가치로부터의 자유'라는 게 용인되어야 하는 경계가 어디까지인가, 그런 의문이 속에서 밀고 올라왔다. 그것은 자기 자식에게 천연두 예방주사를 실험했다는 제너라는 학자의 경우와는 다른 문제였다.

성적인 도착증도 질병이다. 그 도착증 가운데 하나가 남색이다. 이른바 호모섹스인데 그런 체험이 질병인류학을 공부하는 데 필수적 과정이라고 했다는 거다. 그런 기회를 만날 수 없는 학생들에게 자신이 실험 대상으로 나서는 것이니 오해 말라면서 남학생들을 불러들였고, 너 또한 그의 학생이었다. 핀란디나가 너를 만난 것은 네가 바실리예프스키 교수의 연구실을 몇 차롄가 다녀 나온 뒤였다. 그렇게 짐작이 되었다. 황당한 일을 당하고 나서 하소연할 사람이 그나마 있었던 것은 너에게 참으로 다행이었다.

우리들의 이야기는 거기서 중단되었다. 핀란디나의 사진을 소각해서 네바강에 뿌릴 시간이 되었다는 것이었다. 안드로포프 씨는 나에게 너의 방에 가서 네 물건들을 정리해도 좋다고 말했다. 어정쩡한 상황이었다. 같이 따라나선다는 것도 어색하기는 마찬가지이고, 그렇다고 빈집에서 너의 추억이 묻어 있는 물건이나 정리하는 것은 또한 마음이 안 놓이는 일이었다. 핀란디나의 사진을 나를 주면 안 될까 물었다. 안드로포프 씨는 자기 딸의 얼굴이 누군가에게 추억으로 살아 있다면, 그것 또한 좋은 일이라고 생각한다면서, 정말로 자기 딸의 사진을 원하는가 물었다. 나는 내가 원한다기보다는 아들이 정말로 보고 싶어 할 거란 말로, 그 사진을 받아 가기로 했다. 당신의 아들과 함께 그 사진이 오래가기를 바란다는 게 안드로포프 씨의 말이었다. 부인이 고개를 끄덕였다.

안드로포프와 그의 아내 옐리나가 나를 2층으로 안내했다. 네가 쓰던 방으로 안내를 받아 너의 살림살이를 만날 참이었다. 2층에 자리 잡은 아담한 방이었다. 창을 열면 하늘이 한눈에 들어왔다. 멀리 토끼섬의 성당 첨탑이 황금빛으로 빛나고 있었다. 오전과 달리 구름이 걷히고 하늘이 뚫려 구름 사이로 햇살이 내리쬐는 시간이었다. 네 책상 앞에는 안드로포프 씨의 딸 사진이 작은 액자에 담겨 놓여 있었다. 액자 안의 처녀는 이쪽을 그윽한 눈으로 바라보며 미소를 머금고 있었다. 나는 나도 모르게 그 액자를 집어 가슴에 안았다. 안드로포프 씨 내외가 나를 바라보며 빙긋 옅은 미소를 보였다. 그들은 아무 말 없이 손을 흔들며 방을 나갔다.

옷장을 열었다. 쉬지근한 땀 냄새가 훅 다가왔다. 그것은 네 삶의 호흡이었다. 옷장에 걸려 있는 너의 점퍼며 코트, 그리고 재킷 등을 챙겨서 침대 위에 내려놓았다. 생각보다 옷가지가 많았다. 준비해 간 여행가방에 다 들어갈 수 있을까 의문이 들었다. 여행가방을 더 장만하든지 옷가지를 골라 가지고 갈 것과 버릴 것을 가려야 했다. 그러나 그런 지지부진한 일을 하고 있을 짬이 없었다. 돌아갈 시간이 결정되어 있어서라기보다는 내 마음이 공연히 급해서 뭔가에 추적을 당하는 양 쫓기는 느낌이었다. 짐들을 가지고 돌아갔을 때 너는 이미 숨을 거두었거나 무덤에 묻힌 뒤일지도 모른다는 생각이 나를 다급하게 몰아댔다. 사람이 살아가는 흔적은 옷가지 몇 벌로 정리될 수도 있는 것인지도 모른다. 옷장 아래 서랍에는 너의 내복과 작은 살림들이 들어 있었다. 어쩐 일인지 여성용 팬티도 들어 있었고, 콘돔이며 씨알레스도 구석에 박혀 있었다. 성분을 알 수 없는 알약병도 서너 개 나왔다. 너는 이미 성인이었고 자신의 몸을 간수하는 방책을 마련하고 있었다.

책상 서랍을 열어보면서는, 혹시 권총이라도 나오는 건 아닌가 손이 떨리는 순간이었다. 사는 일을 잘 하는 사람은 죽을 준비도 완벽한 법이다. 그러나 네가 죽을 준비를 하고 있었다면, 그건 너무 이른 잔망한 짓이었을 터. 조숙함은 때로 비극적 정서와 연결되기도 한다. 우리말로는 잔망스럽다고 하는 것이다. 네 서랍은 거의 비어 있었다. 공부하기 바빴던지 잡것들은 거의 없었다. 장식을 모르는 젊은이였던 모양이다. 젊은 사람들이 장식에 몰두하는 것은 속이 허해서 그럴 수도 있다. 그런데 거기서 네가 이것저것 써놓은 노트를 발견했다. 네가 남긴 노트를 집어 드는 순간 다소간의 설렘이 일었다. 설렘이라기보다는 두려움이라는 게 더 정확할 것 같다.

안드로포프 씨 내외랑은 일곱 시에 식사를 하기로 되어 있었다. 아직 이른 시간이어서 네 노트의 기록을 읽어보기로 했다. 네 노트는 언어가 멋대로였다. 한국어로 흘려 쓴 곳도 있고, 어떤 데는 영어로, 또다른 곳은 러시아어로 메모를 하듯이 써놓은 것이라서 앞뒤가 안 맞고 정확한 정황을 추리하기 곤란한 대목도 여러 군데였다. 나의 관심은 서울 병원에 누워서 네가 그렇게도 안타까워하면서 보고 싶어 했던 핀란디나에 쏠릴 수밖에 없었다. 너의 병력과 거기 대처했던 너의 방책 같은 것은 다음의 관심사였다.

핀란디나는, 한마디로 너의 미신이었더구나. 너도 잘 알 것이다. 여자는 예술가의 상상력의 원천이 되기도 하고 때로는 죽음을 불러오는 사신 역할을 하기도 한다. 보들레르에게 잔 뒤발이라는 여자가 그런 존재였다. 『악의 꽃』이라는 그 끔찍한 시집을 세상에 내놓게 한 것은 잔 뒤발이라는 여자였다. 보들레르가 한 말이, '당신은 나의 미신'이라는 것이었다. 미신이란 무엇인가를 규정하는 일은 부질없는 짓이다. 규정될 수 없는 것이기 때문에 수퍼스티션(superstition)인 것이다. 미혹하는 일 자체, 미혹이 미혹인 줄 알면서 거기 빠지는 게 그게 미신의 모든 조건이다. 핀란디나는 너의 존재를 지탱해주는 돌기둥과 같이 튼튼했다. 핀란디나는 또한 너를 파괴할 수 있는 마력을 지닌 무서운 여자였다. 핀란디나는 아름답고 고혹적이었다. 몇 차례 공원을 산책하고 네바강을 따라 토끼섬으로 가는 길을 걷기도 하면서 네가 당하는 문제를 모두 털어놓는 여신이 되었다. 그리고 너는 핀란디나에게 깊이 빠져들었다.

바실리예프스키 교수와 너 사이에 생겼던 문제를 제일 먼저 털어놓은 것도 핀란디나였다. 바실리예프스키라는 인간한테 비역질을 당한 이야기를 했을 때, 핀란디나는 아무렇지도 않게, 남자들 사이에 그런 일은 다반사라면서, 거기에 아무런 영향을 받지 말고 흔들리지 말라고, 너를 다정하게 끌어안고 등을 두드려주었다고 너는 적어놓았더구나. 핀란디나 목에 사슬사슬 흩어진 머리털 몇 가닥을 네가 혀로 핥고 있는 모습은, 너의 심리 내면이 분열을 겪고 있다는 느낌이 들게 했다. 바실리예프스키 교수에게 뒤를 대준 날이면 너는 핀란디나를 찾았고, 핀란디나와 급격하게 가까워졌다고 적어놓았다. 핀란디나가 그런 말도 했다고 적혀 있는데, 나로서는 실감이 안 간다. 16세가 되도록 성을 체험하지 못한 애들은, 이담에 성적 만족을 느끼지 못한 채 평생 산다고 했던데, 성행위 자체가 문제가 아니라 거기 덧씌워지는 관념이 탈이라는 생각은 나도 동감이다. 아무튼 핀란디나와 육체적 접촉을 가진, 이런 진부한 말을 용서하라, 날이면 너는 바실리예프스키 교수가 에이즈 환자는 아닌가 걱정을 했다고 적어놓았다. 독일에서 공부할 때 바실리예프스키는 코트디부아르에서 온 '검은 진주'라는 여자와 동거했다는 것도 너는 적어놓았다.

핀란디나가 공부하던 학교는 정교회 소속이었다. 교수진에 수녀들이 다수 포함되어 있었다. 핀란디나는 너를 자기의 젊은 지도교수에게 소개했다. 젊다는 것은 아직 가임기를 넘기지 않았다는 뜻으로 이해된다. 마리안느라는 수녀는 예수의 얼굴을 그리려고 따라다니던 레베카처럼 눈매가 서글서글하고, 다감하게 다가와 너를 어루만졌다. 너의 기록과 안드로포프의 이야기를 따라 추측하면 그렇게 이미지가 그려진다. 마리안느는 바실리예프스키 교수의 제자이면서 동시에 친구이기도 했다. 마리안느가 바실리예프스키 교수의 친구란 말은 네가 마리안느에게 어떻게 관계를 설정하는가 하는 데 따라, 삼각관계가 구성되기도 하는 묘한 관계라는 것을 짐작할 수 있었다. 인류사상 가장 원형적이고 가장 위험한 관계 그게 삼각관계 아니겠느냐.

그날, 너는 창녀들이 낳은 아이를 맡아 길러주는 수도원을 방문했다. 그 탁아 시설은 핀란디나가 다니는 학교와 연구 제휴가 되어 있었다. 너는 거기서 마리안느라는 수녀를 만났다. 그때부터 세속적인 인간관계 속으로 빠져들었던 모양이다. 네가 마리안느 수녀를 자주 만나는 눈치를 채자 핀란디나가 둘 사이를 막아서기 시작했다. 마리안느가 위험한 수녀일지도 모른다는 것이었다. 위험한 수녀? 나는 그 대목을 읽으면서 중세 성당의 지하창고에 어린아이 해골이 수두룩하게 쌓여 있었다는 이야기를, 나도 모르는 사이에 생각하고는 몸을 떨었다. 신부들이 수녀를 겁탈하기만 했다고 생각하는 것은 억지 같다. 수녀가 신부를 유혹해서, 혹은 이끌려서 사랑의 늪으로 빠져든 경우가 없으리라고 생각하는 것은 짧은 소견인 듯하다.

마리안느는 너를 만날 때마다 바실리예프스키 교수를 흉보았다. 자기가 맡아 기르는 아이들 가운데 바실리예프스키 교수와 관계해서 생겨난 사생아가 여럿이라는 것이었구나. 그리고 바실리예프스키는 이제 나이가 들어 점점 변태적인 행동을 한다고 푸념을 늘어놓기도 했다면서. 그는 파우스트와 메피스토펠레스가 야합한 인간이라는 이야기를 하기도 했다. 그는 다 됐다, 만족이다! 그런 선언을 하고 손 들고 나설 인간이 아니라는 것.

이런 기막힌 대목도 있다. "마리안느와 하룻밤을 자면서 나는 천국과 지옥을 오르내렸다." 수녀와 섹스를 하면서 천국은 뭐고 지옥은 뭐란 말인가. 그런데 너는 그런 과정에서 인간에 대한 이해가 깊어지는 것을 느꼈다고 적어놓고 있었다. 그날 밤 너는 마리안느가 근무하는 수도원 탁아 시설을 방문한 에브게니아라는 창녀를 만났다. 에브게니아는 그날 일터로 돌아가고 싶지 않다고, 미적거리면서 너에게 네바 강가를 걷자고 청을 넣었고, 너는 수녀와 창녀 사이에서 인간의 심연이 무엇인가를 짚어보고 있었다. 나의 내면이 저 강물처럼 출렁거려요. 음악도, 그림도, 춤도, 담배라든지, 보드카도 다 내게서 떠났어요. 나한테는 오직 육체만이 내 존재를 증명해주지요. 육체라니요? 성적인 쾌락이라는 뜻이지요. 직업 수행으로서의 성행위는 이제 질렸어요. 나에게 한 밤을 도네이션해줄래? 하루 같이 자줄 수 없는가 물었다지? 사실 동기는 별스럽지 못하다. 그래서 너는 에브게니아라는 창녀와 관계를 가졌다고, 비교적 솔직하게, 말하자면 자기를 대상으로 실험을 하는 연구자의 필치로 기록해놓았더구나. 학문적 탐구와 육체적 몰락 사이를 오가고 있었던 것이겠지. 그게 결국 바실리예프스키한테 배운 게 아니겠느냐. 충직한 제자?…… 모를 일이다.

어느 여름날 네바 강가에서 수녀는 너의 아이를 가지게 되었다고 고백했다. 마리안느는 이런 이야기를 했다고도 적혀 있었다. 생명을 탄생하게 하는 것은 하느님의 소관이다, 몸의 요구를 매니지하는 것은 인간사다. 생명을 탄생하게 하지 않는 성행위는 인간사일 뿐이다. 나는 이 수녀가 마르크시스트 수녀일지도 모른다고 생각했다. 마르크시스트와 수녀라는 두 개념이 엇박자로 나갈 수 있지만, 몸을 혹사하고 학대해가면서 하느님을 따라가는 이들의 의지나 계급투쟁의 의지나 순일한 점에서는, 같은 식탁에 앉지 말라는 법이 없다는 생각도 들었다.

아무튼 마리안느는 수도원을 나와 아이를 낳았다. 그게 네가 뿌린 육신의 씨가 발아해서 태어난 아이라는 것은 축복이다. 그런데……
여기서는 내가 휘둘린다. 정갈한 언어로 정리될 수 없는 사건이 이어질 것이기 때문이다.

마리안느는, 에브게니아를 찾아갔다. 에브게니아와 마리안느는 같은 수도원 출신이었다. 에브게니아는 수도원을 탈출해서 창녀의 길로 들어섰다. 창녀라지만 아이를 낳고 싶었다. 발틱 함대에 소속되어 있던 해군 대령 바다로프스키와 아이를 만들었다. 아이를 밴 동안 에브게니아는 직업을 수행하지 못했다. 아이를 가지자 소속되어 있던 '캠프'에서 쫓겨났다. 에브게니아는 바실리예프스키 교수 집에서 집안일을 거들면서 아이를 낳았다. 수입 없이는 살 수 없었다. 그리고 무엇보다 애무와 입맞춤과 골수를 흔들어놓는 것 같은 남자의 물살을 타지 않고서는 생이 무의미했다. 아이는 마리안느가 일하는 탁아소에 맡기고 자기는 다시 직업 수행에 나섰다.

상황이 역전되었다. 마리안느는 자기에게 아이를 맡겼던 창녀 에브게니아를 찾아갔다. 에브게니아는 자기 생활을 즐기고 있었다. 주로 프랑스계 아프리카 외교관을 상대로 하는 고급 창녀였다. 그러나 아이를 자기가 키우기는 직업상 제한이 있었다. 자기 집을 지니고 살기는 하지만 아이를 집에서 기르자면 아이 돌보는 사람을 따로 두어야 하고, 집을 넓혀서 살아야 했다. 그럴 정도의 재력은 축적되어 있지 않았다. 에브게니아가 너에게 관심을 두었던 것은 직업을 벗어나 사람을 사귀고 싶어서였다. 아니, 그랬을 것이다.

너를 둘러싸고 여성들이 진을 쳤다. 핀란디나, 마리안느, 에브게니아 그 세 여자 가운데 네가 놓여 있었다. 그리고 외곽으로는 바실리예프스키 교수가 남색으로 너에게 끈을 대고 있었다. 질병인류학의 늪에 너 스스로가 빠져든 셈이었다. 인류학 박물관과는 거리가 엄청 멀어져가는 셈이었다. 이 복잡한 관계 속에서 몸을 내맡기고 인간을 이해하기 위해 몸을 던졌던 네 몸이 망가지기 시작했다. 이전에 보고된 바가 없는 병에 시달리기 시작했다.

하루는 마리안느가 너를 찾아왔더구나. 수도원에서 쫓겨나게 되었다는 소식을 전했다고 되어 있구나. 아이를 낳아 수도원 밖에서 기르고 있다는 사실이 수도원장의 귀에 들어갔다는 것이었다. 수도원장은 근래 가장 엄격한 인물이었다. 용서라는 것을 모르는 사람이었다. 그런 단호함 때문에 페레스트로이카 시대까지 수도원을 지킬 수 있었다고 했다.

마리안느가 한 말은 이렇게 적혀 있다. 윤제민, 나는 죽어도 아무 여한이 없다. 내 아이를 네가 한국에 데려가서 길러달라. 너로서는 난감한 제안이었을 것이다. 너는 거절했다. 이유는 간단했다. 너는 아직 생활기반이 다져지지 않았기 때문에 상트페테르부르크에서 학위를 받을 때까지는 공부해야 한다는 형편을 이야기했다. 한국으로 입양하는 방법은 없겠는가, 마리안느가 물었다. 한국에서는 종족이 다른 외국인을 입양하는 경우가 없다고 너는 대답했다.

그런데 공교롭게 아이가 죽었다. 사망 원인은 밝혀져 있지 않다. 너는 마리안느와 에브게니아가 죽은 아이를 강에 던져버리는 일을 도왔다. 사체 유기 방조라는 것이다. 그 일에 네가 차량을 제공했다. 그것은 핀란디나의 부친 승용차였다. 마리안느는 에브게니아의 도움을 받아 자기 아이를 그렇게 네바강에 던졌다. 피카소가 그린 것처럼 "수녀와 창녀가 어떻게 같은 감옥에 처박힐 수 있을까." 그런 의문이 풀리기는 했다만, 의문이 풀린 게 곧 문제의 해결을 뜻하는 것은 아니다. 누구나 아는 일이 아니겠느냐.

누구와 어떤 계기에 만든 아이였던지, 설령 네가 만든 아이가 아니라도, 그 생명이 숨을 죽이고 버려져야 한다는 데 대해 너는 아무런 감상을 적어놓지 않았더구나. 그게 어쩌면 너의 성숙되지 않은 윤리의식 아닌가 모르겠다. 지금 잦아드는 목숨을 안타까워하고 있는 처지에서 윤리의식이니 하는 것은 가소로운 일이다. 윤리가 목숨을 앞설 수 없는 일이 아닌가.

그날 네바 강가에 자리잡은 네프스키라는 레스토랑에서 저녁을 먹었다. 러시아 특산의 생선 요리와 보드카며 맥주가 곁들여진 근사한 식탁이었다. 음식 맛이 사람의 감정을 좌우하지는 못한다. 자기들 딸이 죽어서 화장을 해버린 내외와, 그 딸이 사랑했던 청년의 아버지가 만나서 할 이야기가 무엇이 있단 말인가. 이들은 자기 딸이 너를 사랑했다는 추상적인 이야기를 반복하고 있을 따름이었다. 죽은 사람에 대한 이야기를 살아남은 사람이 한다고 해도, 그 구체성이 얼마나 드러날 것인가. 구체성이 드러난다고 해도 슬픔을 더할 뿐 아니겠느냐. 한 가지 확실한 것은 바실리예프스키 교수가 핀란디나와도 성

관계를 가졌다는 점이었다. 너는 핀란디나를 사이에 두고 바실리예프스키 교수와 일종의 대결을 하고 있던 셈이었다. 이야기는 그렇다고 해도, 그런 마성을 지닌 교수를 학교에서 그대로 방치하는 것은 어떤 연유인지, 그게 학문이란 이름으로 인신공희를 허용하는 학문 분위기인지, 혼란에 빠지지 않을 수 없었다. 그런 혼란을 안고 안드로포프의 집으로 돌아가고 싶지는 않았다. 너의 장인이 될 뻔한 그 너그럽고 푸근한 사람과는 인연이 다한 터라서, 감정상의 선을 그어야 한다는 생각이 들었다. 식당 안에는 요한 슈트라우스의 춤곡이 좀 거북할 정도로 크게 울렸다. 너는 네가 만나는 사람마다 안고 춤을 추고 싶었을지도 모른다. 그런데 가장 깊은 슬픔이나 기쁨의 춤은 혼자 추는 춤이다. 잘해야 둘이 추는 것이 아닌가 싶다. 집단무용은 통일과 협조를 강요하기 때문에 제국주의적이다. 나는 너와 춤을 추어본 적이 없다. 왜 그런 추억을 만들지 못했을까. 눈가가 젖어왔다.

안드로포프는 그 심정 잘 안다면서 자기 차로 아스토리아 호텔까지 나를 데려다주었다. 호텔비는 안드로포프 씨가 미리 계산했다. 성 이삭 성당의 황금빛 돔이 비가 뿌리는 하늘을 배경으로 은성한 빛을 뿜어내는 광경이 눈부셨다. 신의 은총이 있다면 저런 빛을 뿌릴지도 모른다는 생각을 하기도 했다. 그러나 그것은 인공 조명이 발하는 빛일 뿐이었다.

그때 너의 형, 윤형민이 전화를 해왔다. 여기가 열 시였으니까, 서울은 새벽 네 신데, 그 시간에 전화하는 시간 계산이 치밀했다. 서울은 여건이 좋지 않아 세종시에 가서 개업을 하고 싶다는 이야기였다.

너의 몸 상태라든지 병세는 관심 밖인 모양이었다. 너의 정황을 물을까 하다가 말을 삼켰다. 본래 자기 관심사가 아닌데 공연히 관심을 강요하고 싶지 않았다. 네 형은 변호사 사무실 개설 비용을 대달라는 이야기로 못을 박았다. 네 이야기 대신 네 엄마 소식을 물었다. 방에 불은 켜 있는데 무엇을 하고 있는지 모른다는 게 네 형의 대답이었다. 자기 일은 철저히 자기가 처리하는 성격이고, 남한테 관심을 주지 않는 태도라서 나무랄 수는 없었다. 그런데 사무실 개설 비용을 달라는 데는 정나미가 떨어졌다. 아버지라는 사람을 뭘로 아는가 하는 쾌씸한 생각이 들었다. 금방 생각이 달라졌다. 큰애에 대한 믿음성과 함께 너에 대한 연민의 정이 밀려 올라왔다. 이첨저첨 한잠도 못 잤다. 커튼을 제치고 성 이삭 성당의 돔을 바라보다가, 다시 누웠다가 하기를 반복하는 가운데 하늘이 부옇게 개어왔다.

오늘도 비가 내린다. 겨울이 시작되는 시점이라서 우기가 겹치는 모양이다. 그런데 오늘은 서울로 가는 비행기가 없는 날이다. 어쩔 수 없이 하루를 여기 상트페테르부르크에서 시간을 죽여야 한다. 그렇지 않으면 유럽의 다른 도시를 경유해서 가야 하는데 짐도 그렇고, 낯선 도시를 경유해서 여행하는 것은 내게 익숙하지 않다. 하루 더 묵기로 했다. 그 하루가 살아 있는 너의 얼굴을 보고 못 보는 분기점이 될 수 있다는 것을 모르는 바 아니지만, 아무튼 나는 상트페테르부르크에서 하루를 더 머물기로 했다.

안드로포프 씨가 네 짐을 챙겨다 주었다. 호텔 로비에 마주 앉아 언제 다시 만날 수 있겠는가 하면서, 나에게 3만 루블을 건네주었다. 윤제민이 건강해서 핀란디나 생각이 나면 상트페테르부르크에 오는 여비로 썼으면 좋겠다는 이야기도 덧붙였다. 나도 그러기를 진심으로 바란다고 얘기했다. 나는 핀란디나의 영혼이 천국에서 안식하기를 빈다는 말을 했다. 익숙하지 않은 말이었다. 그러나 진심이었다. 마리안느와 에브게니아는 어떻게 되었는가 물었다. 어린이 사체 유기 혐의로 재판을 받았고, 지금은 같이 감옥에 가 있다는 이야기를 들었다. 생각해보면 마리안느는 며느리라고 해도 좋을 사람이었다. 안타까울 따름이다.

비 오는 상트페테르부르크에서 할 일이라고는 두 가지가 있었다. 하나는 보드카를 마시고 시가지를 어슬렁거리는 것. 다른 하나는 에르미타주 박물관에 가서 시간을 보내는 방법이 그것이었다. 술이 약한 나는, 그리고 아들이 죽어가는 시각에 애비가 술을 마시고 앉아 있는 것도 그렇고 해서, 점심 무렵에 에르미타주 박물관으로 갔다. 이집트 미라가 전시되어 있는 고고학 전시실에서는, 남들이 맡지 못하는 시체 썩는 냄새를 맡았다. 네가 죽으면 미라를 만들어두겠다던 너의 엄마 생각이 났다.

2층으로 올라갔다. 서양 르네상스의 거장들 그림에서 17세기 프랑드르 화파들의 그림에 이르기까지 화려하기 그지없는 소장품들이었다. 그림이 눈에 들어오지 않았다. 해골을 앞에 놓고 있는 젊은 여인의 조각상이 유난히 부각되는 것이었다. 그것은 이름이 잘 알려지지 않은 어느 이탈리아 조각가의 작품이었다.

회랑을 돌다가, 현관 계단에서 올라가 마주치는 방 앞에 걸음을 멈추었다. 한국 관광객으로 보이는 사람들이 몰려 서 있었다. 가이드의 설명을 건성으로 들으며 사진들을 찍느라고 어수선했다. 나는 사람들이 빠져나가기를 기다리기 위해 회랑으로 나왔다. 이슬비가 내리는 창밖을 내다보았다. 감탕빛으로 젖어 있는 네바강이 비안개 속에 음울하게 누워 흘러가고 있었다. 그 강줄기가 어쩌면 땅 밑으로 흘러 하데스로 연결될지도 모른다는 생각이 들었다.

　한국인 관광객들이 가이드를 따라 물러나고 있었다. 나는 슬그머니 그림 앞으로 다가갔다. 언제던가 너랑 이야기했던 적이 있는 렘브란트의 그림이었다. 너를 꼭 탕아라고 못박고 싶지는 않다. 그러나 그림 제목이 그래서 너를 탕아쯤으로 생각하는 것은 자연스러운 일 같기도 하다. 아무튼 렘브란트가 그렇게 아끼던 부인 사사키가 죽었다. 그리고 경제적으로 몰락의 지경으로 치달았다. 렘브란트는 사랑을 지나 고통의 격류 속을 떠내려가고 있었다. 그나마 목숨을 견뎌줄 수 있는 것은 몸이었다. 아직 눈이 밝고 손은 떨리지 않았다. 소소한 그림 몇 점을 팔아 대형 패널을 구입했다. 그리고 빈 패널 앞에 앉아 오래도록 기도했다. 나를 용서해달라는 기도였다. 생각해보면 그림만 열심히 그렸지 간절한 심정으로 기도를 해본 적이 별로 없었다. 물론 성경을 깊이 읽었다. 그것도 그림 소재를 얻기 위한 독서였을 뿐이다. 남을 사랑하고, 그리고 그 때문에 고통스럽기도 했다. 그러나 자신을 위해서 간구한 적이 없었다. 높은 위치에서 본다면, 세속을 허우적거리면서 생애를 망친 탕아나 다름이 없었다. 속에서 불덩이가 치밀어 올랐다. 내 생애를 내가 마무리하고 정리한다는 것은 오만이었다. 속에서 치밀어 오르던 불덩이가 눈물이 되어 두 볼로 흘렀다. 자신은 자기 삶의 주인, 혹은 아버지가 아니라 못난 아들이었다. 아버지보다 더 늙어버린 아들. 저절로 무릎이 구겨졌다. 기억에서 멀어져가는 아내, 함께 그림을 그리던 친구의 침통한 얼굴, 그를 비루먹은 망아지처럼 쳐다보는 형님의 부리부리한 눈. 성경 속의 이야기가 자신의 현실이었다. 나는 그림을 쳐다보던 눈을 감았다. 눈꺼풀이 떨리고 눈알이 확확 달아올랐다.

진동으로 조정해놓은 핸드폰이 드르륵 울렸다. 너의 형 윤형민이 보낸 메시지가 떴다. 모친 졸도. 제민 중환자실. 전화 바람. 등골로 진땀이 주르륵 흐르는 게 느껴졌다. 이마에서 땀이 솟았다. 손으로 이마를 쓸었다. 손가락 사이에 머리털이 몇 가닥 묻어 나왔다. 너의 노트 자락에 들어 있던 핀란디나의 머리털 한 줌이 눈앞에 어른거렸다.

네가 중환자실에서 숨을 몰아쉬고 있는 시간 나는 여기 상트페테르부르크에서 너의 추억을, 엉성한 기억을 주워모으고 있는 중이다. 부질없는 짓이다. 내가 너를 용서할 자격이 없다만, 몸이 살아 있어야 용서를 하든지 말든지 할 일이 아니더냐. 용서를 받아야 하는 것은 나 자신이었다. 그런데 나는 나 자신을 열렬히 사랑한 적이 없다. 따라서 감내하기 어려운 고통을 이겨낸 기억도 아슴할 뿐이다.

내가 돌아갈 때까지, 아무쪼록 내 말을 알아들을 수 있도록 귀를 열어두어라. 그리고 내 얼굴을 볼 수 있도록 눈을 감지 말아달라. 내 손길을 느낄 수 있도록 살아 있어달라. 너의 사랑과 고통의 기억이 묻어 있는 짐은 구태여 안 가지고 가겠다.

비행기는 내일 23시나 되어야 출발한다. 모레 오후까지만 살아 있어달라. 너의 벌컥거리는 심장 소리를 느껴보고 싶다. 너의 손을 잡고 싶다. 너의 눈을 그윽이 바라보고 싶다. 네가 내 말을 알아들을 수 있는 동안만이 너와 나의 인연이 닿아 있는 시간이다. 너에게 사랑한다는 말을 꼭 하고 싶다.

오늘은 밤이 더욱 길 것이다. 그 밤을 견디지 못하면 나는 네바강으로 나가 긴 강둑을 따라 천천히 천천히 걸을 것이다. 그 길이 북해로 해서 지하세계로 연결되는 길일지라도. ✽

---

2017.10.9~14, 상트페테르부르크에서.

돌아오지 못하는 탕아

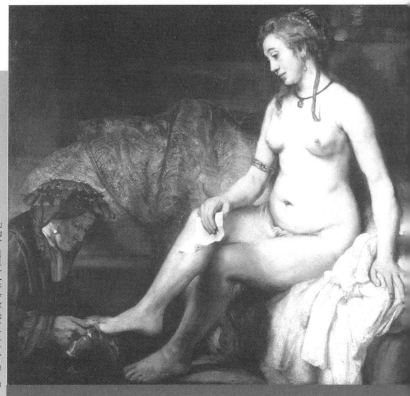

렘브란트, 〈목욕하는 밧세바〉, 루브르 박물관

# 목욕하는 여자

알바니아 여행에서 돌아오는 길이었다. 독재자 엔버 호자도, 폭군 알리 파샤도 전형적 인간상으로 다루기 어렵겠다는 열패감에 빠져, 발길이 무거웠다. 공항까지 나온 나세나가 서무아를 붙들고 들이대는 첫마디는 이런 것이었다.

"나랑 얘기 좀 합시다."

여행 일정을 아무한테도 이야기하지 않았는데 나세나가 공항까지 나온 걸 보면 무슨 사달이 벌어져 있는 모양이었다. 서무아는 습관처럼 나세나의 손을 잡았다. 손에서 끈끈한 땀 기운이 느껴졌다. 느낌이 꼭 달팽이 점액 같았다. 서무아는 푸욱 하고 웃음을 뱉었다.

"웃을 일이 아니라니까."

웃을 일이 아니면, 울 일인가, 물으려다 말았다. '나랑 얘기 좀 하자'는 한마디가, 서무아의 기억을 먼 고등학교 시절로 돌려놓았기 때문이었다.

목욕하는 여자

고등학교 담임선생은 꼴통들을 부를라치면, "온냐, 나랑 야그 좀 히야 쓰겄다잉." 그렇게 나왔다. 학생들은 담임선생 민달봉을 민달팽이라고 불렀다. 민달봉은 생물 담당 선생이었다. 이름에서 연상되는 별명 때문이기도 하지만, 학생들은 담임을 시덥잖게 대했다. 그렇다고 민달봉은 기죽는 일이 없었다.

"놈들아, 달팽이도 바다 건널 걱정 한다잖더나."

담임선생에 대한 서무아의 대답은 이런 식이었다.

"달팽이가 바다에 가면 소금물에 절어서 죽어요."

담임 민달봉이 서무아에게 물었다.

"햄릿의 아버지가 어떻게 죽었는지 아냐?"

"클로디어스가 귀에다가 독약을 흘려 넣어 독살했잖아요……."

"어, 꽤 안다야 이잉. 귀 속에 뭐가 있다냐?"

서무아는 귓밥이요, 하려다가 달팽이 껍질 둘러쓰듯이 입을 닫았다. '나랑 야그 좀 히야 쓰겄다아' 그렇게 걸려들 게 꺼려졌다.

"거기 달팽이관이 들어 있는데, 그걸 한자어로는 와우관이라고 한다, 알겄제?"

민달봉은 한자로 와우관(蝸牛管)이라 쓰고 설명을 달았다. 와우관을 영어로는 코킬라(cochlea)라고 하는데, 그 어원은 그리스어 코흐리아스야. 그리스 문자로 κοχλίας라고 칠판에 써주었다. 학생들이 와아, 소리를 질렀다. 그래서 담임은 유식한 달팽이가 되었다.

"와우관에 세반고리관이 붙어 있고, 그 기관을 통해서 소리를 들을 수 있다, 알제?"

"민달팽이는 영어로 뭐라고 해요?"

"네가 선생을 시험하는 거냐? 영어로는 슬러그라고 하지."

"불어로는요?"

"점입가경이라더니, 불어로 달팽이는 에스카르고, 민달팽이는 라 리마스라고 헌다."

"러시아어로는요?"

민달봉은 아무 말 없이 칠판에다가 улйтка라고 썼다. 누군지, 야아 달팽이 귀신이다, 그렇게 작은 소리로 감탄했다.

"서무아, 냉큼 나와서 점입가경이라고 한자로 써보그라이."

칠판 앞에 나서기는 했지만, 점입가경 가운데 들 입(入) 자 말고는 떠오르지를 않았다. 멈칫거리고 있는 서무아에게 민달봉 선생이 말했다.

"나랑 야그 좀 히야 쓰겄다아, 너."

서무아는 교무실로 불려갔다. '訓長 凌辱罪에 대한 反省文'을 써서 제출하라는 것이었다. 능욕이라? 서무아는 고개를 갸웃거리다가, 교무실 공용으로 쓰느라고 펼쳐놓은 국어대사전을 뒤져보았다. 사전에는 '능욕'에 대한 풀이가 둘이 있었다. (1) 남을 업신여겨 욕보임, (2) 여자를 강간하여 욕보임. 서무아는 두 주먹을 쥐었다 펴고서는 손가락을 우둑우둑 꺾으면서 담임선생에게 다가갔다.

"반성문 쓸 수 없습니다."

"야아 보아라, 왜?"

서무아는 이유를 댔다. 선생님께서 이야기하자 했지요? 그렇지. 반성문 쓰기는 이야기가 아니잖습니까? 그렇지. 사전에 능욕은 '남을 업신여겨 욕보이는 일'이라고 되어 있는데, 제가 선생님을 업신여겼다고 보십니까? 아니지. 또 능욕의 다른 뜻으로, 여자를 강간하여 욕보임이라고 되어 있는데요, 선생님은 여자가 아니지요? 그렇지. 강간은 할 수 없지요? 그렇지. 그럼 욕보인 거 아니지요? 그렇지. 그럼 반성문 안 써도 되지요? 그렇지. 가도 되지요? 그렇지. 서무아는 거수경례를 붙이고 교무실을 물러 나왔다.

교실에서 학생들은 서무아가 요절이 나서 돌아오는 모양을 보자고 기다리고 있었다. 빙긋거리면서 돌아오는 서무아를 보고 학생들은, 뭐가 어떻게 된 거냐는 듯이 어리뻥해져 있었다. 서무아가 담임선생 민달봉과 펼친 '요-지문답'이 학생들에게 널리 퍼졌다. 학생이 조퇴해도 되지요? 하면 담임교사는 그렇지, 그렇게 대답하는 게 관용어가 되었다. 아무튼 당시는 '이야기하자'는 것이 불러다놓고 혼구멍을 내는 뜻으로 전용되었다.

"서 박사가 그렇게 순진할 줄 몰랐네." 나세나가 서무아를 향해 중얼거렸다.

"박사가 순진하면 못쓴다는 법이라도 있소?" 서무아는 나세나가 이야기하자는 게 뭔가 못내 궁금했다. 나세나가 말하기를 멈칫거리는 사이, 서무아의 기억은 과거 회귀를 거듭하고 있었다.

박사학위가 설사를 했다는 이야기가 돌아갔다. 그게 현실이었다. 허나 다른 현실은 맥이 달랐다. 고등학교에 근무하재도 박사학위가 필요한 시대가 되었다. 서무아가 박사학위를 받은 것은 일차적으로 잘 가르치기 위해서였다. 국어 선생으로 일한 지 20년이 되었지만, 그 시시한 시를 가르치는 데는 영 자신이 없었다. 그럴 바에는 시를 연구해서 박사학위를 하나 받아두자는 셈이었다.

누구 말대로, 박사학위라는 게 나이롱뽕 해서 따는 게 아니라는 것을 뼈아프게 깨달아야 했다. 세상 쉬운 일 어디 있던가, 서무아는 자신의 무모한 도전을 스스로 독려했다.

아무튼, 「한국현대시에 나타난 식민지적 상상력 연구」라는 논문으로 학위를 받았다. 학위 두었다가 삶아 먹을 거 아니면 학회 활동도 하고 그러면서 공부하는 사람들끼리 낯도 익히고 지내자는 게 나세나의 조언이었다. 낯을 익힌다? 하기는 서무아는 낯가림이 심한 편이었다. 나세나는 서무아의 고등학교 동창이었다. 남들이 볼 때 둘은 호형호제하는 사이였다. 서무아는 아무한테나 형님, 아우님 하는 말투가 거슬렸다.

미국에 가서 의류상을 해서 돈주먹이나 쥔 친구가 있었다. 한국민(韓局롯)이라는 친구였다. 그가 한국에 와서, 서무아에게 한 주일 정도 가이드를 해줄 수 없느냐는 제안을 했다. 마침 방학이어서 시간이 났기에 그러마 했다. 여행 목적을 물었다. 희한하게도 죽은 형님이 개구멍받이를 하나 길렀는데, 그 소식이 궁금해서 찾아 나선다는 것이었다.

"형님의 입양한 딸까지 챙겨?"

형님 내외가 공들여 길렀으니 정히 조카 아니냐는 대답이었다. 그런 이야기는 김유정 시대나 가당한 거 아닌가 물었다. "삼촌의 유고를 월북한 안회남이 가져갔다."는 증언을 한 것은 김유정의 조카 김영수 씨였다. 한국민은 뜬금없이, 조카라는 말에 이끌린 듯 김유정문학촌을 가보자고 했다. 문학촌이 너무 빈약하다는 게 한국민의 평이었다.

"김유정 공부하는 이들 가운데 라면도 못 먹는 젊은이도 있어요."

서무아는 식민지적 수사법을 동원해서 말했다.

고국에서 공부하는 이들에게 도움 줄 일이 있으면 언제든지 연락하라 하고, 한국민은 아무 소득 없이 미국으로 돌아갔다. 서무아는 자기가 관여하는 '식민지문화학회' 재정이 어려운데 도와줄 수 있는가 연락을 했다. 일억이라는 돈을 선뜻 보내주었다. 김유정학회에서는 물론, 다른 학회에서도 그런 독지가 소개할 수 있느냐고 연락을 해오는 이들도 있었다.

서무아에게 일이 하나 떨어졌다. 일이라기보다는 여행 티켓 한 장이 날아들었다. 나세나가 회장을 맡고 있던 '식민지문화학회'에서 서무아를 배려한 것이었다. 식민지적 인간상 발굴이라는 프로젝트였다. 서무아는 김유정의 제법 긴 단편소설 「만무방」을 떠올렸다. 그리고 거기 나오는 응오, 응칠이 같은 인물과 그를 둘러싼 인물들이 식민지 인간상이 아닌가 하는 가설을 세웠다. 학회 발전기금을 일억이나 얻어 왔으니, 서무아가 외국 한 번 다녀오는 게 어떤가 하는 의견을 제시한 것은 나세나였다. 별로 이의를 제기하는 회원이 없었다. 아무

말 않고 있는 회원들의 속은 알 수 없었다.

여행 제안을 받은 서무아는 식민지적 인간상의 주변에 독재자의 그림자가 어른거린다는 생각이 들었다. 마침 시진핑은 중국을 평생 다스릴 수 있는 개헌에 성공했다. 푸틴은 러시아를 30년 통치하게 생겼다는 뉴스가 나돌았다. 트럼프는 어느 신문기사에 난대로 '대화'라 쓰고 '압박'으로 읽는 언어 왜곡을 실현하고 있었다. 그렇기 때문에 '말'이 아니라 '행동'을 예의주시해야 한다고 신문은 강조했다. 언행일치는 표리부동을 옹호하는 수사학이었다.

역사가 거꾸로 돌아가는 세태였다. 서무아는 40년 독재를 당한 알바니아를 떠올렸다. 그 유명한 '엔버 호자'란 독재자가 다스린 나라였다. 엔버 호자가 철도를 깔고 학교 짓고 항만 구축하는 개발독재 기간 동안 처형한 사람이 자그마치 2만 5천 명이나 된다고 했다. 독재자가 거쳐간 나라의 뒷모습이 궁금했다. 식민지는 독재를 떠올리게 한다. 식민지 가운데 민주주의를 했다는 경우는 눈 씻고 보아도 안 나타났다. 일단 알바니아를 여행지로 결정하고 준비했다. 엔버 호자 이전에 알리 파샤라는 폭군도 흥미로운 인간이었다. 전에 읽은 적이 있는 이스마일 카다레도 더 터보고 싶었다.

발칸 지역 가운데 알바니아는 일반 관광객이 선호하는 지역이 아니었다. 그러나 서무아에게 알바니아는 흥미를 돋우었다. 알바니아는 유럽에서 가장 가난한 나라로 알려져 있다. 서무아는 그 원인이 식민지와 연관된다는 생각을 했다. 알바니아 서쪽 해안은 아드리아해와 이오니아해가 접해 있다. 바다 하나 건너가 이탈리아, 아니 로마 제국이다. 알바니아 북쪽에는 크로아티아, 마케도니아가, 남쪽에는 그리스가 접해 있다. 이러한 지정학적 위치가 알바니아를 식민지를 겪을 수밖에 없게 했다. 로마, 터키 등의 식민지를 오래 경험하고, 근대화의 과정에 등장한 독재자가 엔버 호자였다. 2차대전 무렵에는 이탈리아, 그리스, 영국, 독일 등의 침략을 받았다. 국토는 거칠고 산이 많아 경작지가 부족했다. 그리고 원한과 보복으로 이어지는 종교적 갈등, 공산주의로 구체화되는 전체주의…… 그 국민들의 뒤끝을 보고 싶었다.

"얘기하자는 게, 거 뭐야?" 기억을 더듬던 서무아가 물었다.

"시침 떼지 말고, 밧세바 콤플렉스라고 기억하나?" 나세나의 반문이었다. 서무아는 자신도 모르게 두 손바닥을 마주쳐 짝, 소리를 냈다. 기억이고 자시고 할 게 없는 얘기였다. 이미 짐작을 하고 있던 일이기도 했다. 한편 텍스트의 복합성을 이해하기 위해서는 텍스트와 연관되는 다른 장르를 살펴봐야 한다고 강조한 게 마음에 걸렸다. 밧세바와 연관된 〈목욕하는 여자〉 그림을 잔뜩 모아 구경하면서 낄낄거린 것은 아닌가, 끈끈한 생각이 머리에 엉켜들었다.

담임 반 학생 가운데 소로문이라는 녀석이 있었다. 이름이 특이해서 기억에 남는 학생이었을 뿐, 특이점은 그다지 두드러지지 않았다.

"자네 이름 한자로 쓸 수 있나?"

"저의 이름이 이상해서 그러세요? 진주 소씨, 신라 때부터 내려오는 성이라는데요." 그러면서 칠판에다가 소로문(蘇路文)이라고 썼다. 관리가 출장을 갈 때, 그가 도착하는 날짜를 미리 알려주어 준비하게 보내는 공문을 노문이라 한다. 그리스 신화에 나오는 헤르메스를 연상하게 했다. 성이 소씨라면 그다지 어색할 게 없었다. 그런데 문제는 소로문이 '솔로몬'을 그대로 옮긴 것 아닌가 하는 서무아 자신의 의심 가운데 있었다.

"네가 솔로몬이면 너네 엄마는 밧세바라는 거야." 황기찬 장로의 아들 황당헌이 소로문의 귀에다가 쏘삭거려 넣었다. 소로문은 심드렁하니 그런 얘기 많이 들었다는 투였다. 그런데 무엇이 계기가 되었는지 소로문이 시나브로 학교생활에 의욕을 잃고 뒤로 물러서는 태도를 보였다.

"인간은 자신의 존재 근거를 스스로 부여하면서 사는 거야." 박사 교사 서무아가 제자 소로문에게 말했다.

"꼭 그럴까요?" 소로문이 히득, 웃음을 보였다.

"태어나는 것은 자신의 선택일 수 없어. 그러나 사는 것, 어떻게 살 것인가 하는 문제는 너 개인 스스로 선택할 수 있는 거야." 서무아의 목소리가 다소 높아져 있었다.

"선생님은 다윗의 행동을 모두 잘했다고 할 수 있어요?" 소로문이 물었다. 눈동자가 약간 풀려 보였다. 서무아는 저러다가 일 내는 거 아닌가, 속으로 쿵 하고 뭔가 내려앉는 소리가 들렸다. 다윗이나 솔로몬이나 매우 복합적인 성격을 지닌 인물들이었다. 영욕과 폄예가 교차하는 것은 물론, 지혜롭기도 하고 간특하기도 했다. 그러나 사람들

목욕하는 여자

은 그 인물을 몇 가지 의미 있는(자기들 맘에 드는) 모티프만 골라 확대 찬양했다.

"네 인생 네가 만드는 거야!" 서무아는 범연하게 넘어가고 싶어 그렇게 말했다. 어깨를 툭툭 쳐주었는데, 소로문은 담임 서무아의 손을 뿌리쳤다. 소로문의 손에서 담배 냄새가 끼쳤다.

"공연히 궁상 떨지 말고 가봐라." 그 말은 하지 말았어야 했다.

"제 고민이 궁상입니까?" 서무아는 그렇지! 하려다가 입을 닫았다. 고민은 궁상이 아니지요? 그렇지. 그 '요지문답'이 떠올라서였다.

수능이 끝나고 자율학습으로 시간을 때워야 하는 기간이었다. 학교에서는 교육 콘텐츠 제공을 하기 위한 아이디어가 궁했다. 학생들이 시간을 낭비하게 하는 일은 학교의 무책임이었다. 그러나 쓸모 있는 아이디어를 내는 교사는 그다지 많지 않았다. 그때 나선 것이 서무아였다. '교양인을 위한 경전 읽기'가 그것이었다. 경전의 범위가 어디까지인가 학생들이 물었다. 자신의 종교에 따라 선택하라고 대답해주었다. 기독교 신자들은 대부분 성경을 택했다. 소로문은 특별한 종교가 없었다. 서무아는 인간을 복합적으로 이해하고, 자신의 고민을 해결해보도록 하자는 속셈으로 성경을 권했다.

소로문에게 강한성, 황당헌, 심려중을 묶어주었다. 서양 문화를 이해하자면 그리스 신화와 성경을 읽어야 하는 것은 교양인의 필수 과정이라는 게 서무아의 알심 있는 주장이었다. 성경 읽는 그룹을 만들어 안겼다. 그 그룹 이름을 '비블리카'라고 붙였다. 성경 가운데 이해하기 어려운 부분을 선택해서 읽고 토론하기로 했다. 서무아가 제안한 것은 「사무엘 하」에 기록된 솔로몬의 탄생과 연관된 부분이었다. 그것은 다윗과 밧세바 이야기이기도 했다. 물론 소로문의 고심을 정면 대결해보라는 의도가 그런 제안을 내놓게 했다.

  그 무렵 진학 상담을 하기 위해 학부모들을 학교로 불렀다. 소로문의 어머니가 학교에 왔다.

  "와아, 젊어 보이시네요. 누가 보면 소로문 군과 오누이 간이라고 하겠어요." 서무아는 자기 느낌 그대로 감추지 않고 이야기했다.

  "그런 얘기 가끔 듣습니다." 그저 덤덤한 답이었다. 그러나 눈길은 소로문에게 가 있었다.

  "그런데 아드님이 아버지를 닮았는지, 어머니와는 얼굴판이 영 다르네요."

  옆에서 듣고 있던 소로문이 자기 어머니를 흘겨봤다. 얼굴이 벌겋게 달아올라 있었다. 서무아는 말실수를 했구나 하는 생각에, 아차 하면서 속으로 혀를 찼다. 단지 말실수가 아니라 자신의 속을 들킨 것 같은 느낌이었다.

  진학 상담은 별다른 걸거침 없이 진행되었다. 소로문은 언어학을 공부하고 싶다고 했다. 언어학을 하자면 외국어 습득 능력이 있어야 하는데 자신 있는가 물었다. 소로문은 외국어를 배우는 게 취미라고 대답했다. '자유외국어대학교'로 결정하는 데 시간이 걸릴 일이 없었다. 민달봉 선생의 얼굴이 서무아의 눈앞을 스쳤다. '요-지문답'이 떠올라서였다.

진학 상담을 마치고 돌아간 소로문이 우울증에 빠져 있다는 소문이 돌았다. 명랑하던 얼굴에 구름이 드리우기 시작하고, 매사 의욕을 잃었다. 서무아는 그 나이에 누구나 겪는 일 아닌가, 하면서 성경 읽기를 통해 고민을 좀 더 깊게 함으로써 자신의 문제를 해소할 수 있겠거니 생각했다. 자신의 존재에 대한 확신은 그런 번뇌의 과정을 거쳐서라야 생겨난다고 정리했다.

서무아는 생각했다. 무릎의 용도는 기도하는 데 있다. 기도(祈禱)는 기도(企圖)이다. 간절한 소망을 절대자에게 간구할 때 누구나 무릎을 꿇는다. 그래서 기도를 많이 하는 사람은 무릎이 성할 수 없다. 내 존재를 넘어서려 하는 것은 물론 남과 소통을 도모하는 일, 소통을 통해 인간의 보편성을 다소나마 이해하는 일은 정신적 갈망이다. 그러한 갈망을 표현하는 데 언어란 한갓된 연장일 뿐이다. 그러나 인간이 기댈 수 있는 의미 소통의 가장 탁월한 매체는 역시 언어. 이는 서무아 자신의 생각이라기보다는 지도교수한테 듣고 공감한 내용이었다.

"자율학습을 어떻게 지도했길래, 나체화 수집을 종용했다면서?" 나세나가 서무아의 짐가방을 들어주면서 물었다.

"특별한 거 없어. 인간이 얼마나 복잡한 존재인지 깨달으라는 것이었지." 인간의 죄가 과연 섭리나 초월적 논리로 용서될 수 있는가 하는 문제를 학생들 스스로 숙고하게 하자는 의도였다. 지식은 자득이라야 실행으로 연결된다는 서무아의 소신이 그런 기획으로 이어졌다.

자율학습은 네 명을 한 팀으로 해서 진행되었다. 소로문 팀의 과제는 '이스라엘 왕과 그의 자식들'이었다. 서무아는 다윗 왕의 자식들에 대해 알아보라는 과제를 제안했다. 서무아는 비블리카 팀에게 『관주성경』에서 「사무엘 하」 11장과 12장을 복사해서 나눠주었다. 다음 날, 서무아는 비블리카 멤버들의 반응을 기다리고 있었다. 상담실 옆 세미나실에서 모였다.

"이건 우리들이 읽을 수 있는 텍스트가 아닌 거 같습니다." 강한성이 하는 얘기였다.

"늙어 꼬부라진 목사님이나 들고 다닐 성경을 우리한테 왜 주시지요?" 황당헌의 불만이었다.

"독자의 수준을 고려해서 다른 판본으로 주시면 안 될까요?" 심려중이 이마에 주름을 잡고 서무아를 쳐다봤다. 틀린 말들이 없었다.

"이렇게 하자." 인터넷을 뒤지면 쉽게 읽을 수 있는 성경이 여러 가지 판본이 있는데, 아무거나 선택해서 읽어라. 그런 이야기 끝에 책 읽는 방법에 대해 이야기했다. 우선 전체 이야기를 요약하라. 어떤 인물이 나와 어떤 행동을 하는지 파악하라. 그런 다음 시놉시스를 만들어라. 어떤 인물이 어떤 행동을 할 때는 그게 언제 어디서 일어나는 일인가를 파악하라. 인물의 행동으로 만들어지는 사건의 시공간을 구체화하는 일이다. 시공간을 떠난 인간은 유령이다.

"선생님, 성경에서는 이야기를 너무 뚝뚝 잘라놓아서 이해하기 어렵습니다." 황당헌의 항의 비슷한 발언이었다.

"거기에 독자의 몫이 있는 거다." 작가가 다 이야기하면 독자가 상상하고 보충해 넣을 여지가 없어진다. 독자의 참여를 유도하기 위해서라도 텍스트에는 빈 공간이 있어야 한다. 그 빈 공간을 얼마나 유려하게 메꿔나가는가 하는 점이 독자의 텍스트 참여 능력이다. 그런 이야기 끝에 텍스트에 나오는 인물의 목록, 사건의 전개, 그리고 배경이 되는 시공간 등을 정리하게 했다. 비블리카 멤버들이 정리해온 등장인물 목록은 아래와 같았다.

등장인물 : 다윗, 요압, 우리아, 밧세바, 아브넬(사울의 충신), 야훼(하나님), 나단(선지자), 솔로몬, 신하들……

인물을 정리하면 이야기 내용은 대개 얼개가 드러나기 마련이었다. 그리고 인물들의 관계를 따라 이야기를 만들어내는 것은 자연스런 과정이었다.

"소로문! 네가 솔로몬이면 너네 아버진 다윗이네?" 황당헌이 기발한 아이디어라는 듯, 엄지를 들어올렸다.

비블리카 팀의 다른 멤버들이 깔깔깔 웃었다. 소로문의 얼굴에 벌겋게 열이 올랐다. 대답할 말이 없었다. 안에 감추고 있는 이야기는 하지 못했다. 서무아가 나서서 이야기의 방향을 틀었다.

"인물 정리한 것 보니 제대로 읽은 것 같다. 헌데 위 인물 가운데 가장 흥미를 끄는 인물은?" 서무아가 물었다.

강한성은 선지자 나단이 흥미롭다고 했다. 우리나라에 없는 인물이기 때문이라 했다. 황당헌은 요압이라는 인물이 플롯상으로 흥미를 끈다고 했다. 희생물로 설정된 우리아가 애정이 간다는 것은 심려중이었다.

"소로문은 왜 대답이 없어?"

"이해가 안 가는 인간들입니다." 시무룩한 얼굴로 대답했다.

"뭐가 이해가 안 가는데?" 서무아가 물었다.

"다윗의 용기와 능력은 이해가 돼요. 그런데 다윗은 남의 여자들을 탈취해다가 아내로 삼았어요." 맞아요, 색골인가 봐요, 비블리카의 다른 친구들이 소로문을 응원했다.

"그건 거의 삼천 년 전 이야기다, 그리고 일반 백성이 아니라 왕이잖아." 서무아는 인간 윤리의 항구성과 임의성에 대해 이야기했다. 시기와 신분에 따라 정당화되는 행위가 다르다는 것을 이해할 수 있을까 의문이 들기도 했던 터였다. 멈칫거리고 있는데 소로문이 서무아를 향해 등을 돌리고 섰다.

"왕이라고 하더라도, 왕도 인간이잖아요?" 심려중이 고개를 갸웃했다. 서무아는 다시 자세한 이야기로 대답하기가 어려웠다. 이야기 방향을 바꾸기로 작정했다.

"소로문이 성경의 해당 부분 이야기를 요약해볼까?" 사실 조심스런 제안이었다. 소로문은 서무아의 염려와 달리 평이한 목소리로 이야기를 요약했다.

"다윗 왕 때, 우리아라는 부대장이 있었다, 맞지요?" 서무아의 그렇지, 하는 대답을 들은 소로문은 이렇게 요약하기 시작했다.

우리아의 직속상관은 요압이라는 대장이었다. 요압은 아브넬이라는 사울의 신하를 죽였다. 아브넬은 요압의 동생 아사헬을 죽였다. 요압은 아브넬을 꾀어내어 살해했다. 그런데 정당한 법적 처벌을 받지 않았다. 여러 차례 전공을 세웠던 터라 용서하고 넘어갔다. 다윗은 요압이 자기에게 빚진 것을 기억했다. 요압과 우리아가 전투에 나가 싸우는 동안 다윗은 왕궁에 머물고 있었다.

어느 저녁 무렵 왕궁 옥상에 올라가 거닐면서 궁성을 돌아보던 중, 성 밑 동네 어느 집 후원에서 여인이 목욕하는 장면을 목도하게 된다. 여인의 몸은 다윗이 진저리를 칠 정도로 눈부셨다. 다윗이 신하를 시켜 그게 누군지를 알아보게 했다.

"엘리암이라는 사람의 딸인데, 히타이트 사람 우리아의 아내 밧세바라고 합니다." 신하의 말을 들은 다윗은 그 여인을 당장 왕궁으로 불러들이라 명령했다. 다윗은 불끈불끈 솟아오르는 욕정을 제어하지 못하고, 금방 목욕하고 온 밧세바를 안고 침대 속으로 뒹굴어 들어갔다. 얼마 후 밧세바는 사람을 보내 자기가 임신한 사실을 다윗에게 알렸다. 다윗은 우리아가 어떻게 나올지 긴장해서, 사건을 무마할 계책을 강구했다.

처음에는 우리아를 불러 융숭한 대접을 하고 전투의 노고를 치켜세웠다. 그리고는 집에 돌아가 밧세바와 동침할 수 있도록 몇 가지로 권유했다. 우리아는 핑계를 대어 집에 돌아가지 않았다. 동료들이 노숙

하고 있으며 '언약궤'가 모셔진 궁궐 근처에 있어야 한다는 게 빌미였다. 밧세바와 동침하게 해서, 밧세바가 임신한 게 우리아의 자식이라고 틀어댈 다윗의 계책은 허사가 되었다.

우리아를 속일 계책이 삐꾸러지자 다윗은 요압을 시켜 다른 계략을 써서 우리아가 전사하게 한다. 남편이 전사한 밧세바를 아내로 삼아 아들을 낳게 된다. 야훼의 징벌이 가해지고 이를 회개하는 참회가 이어지나 아들은 결국 죽고 만다. 야훼의 응징이었다. 이후 밧세바는 아들 셋을 낳고, 그 뒤로 낳은 아들이 솔로몬이었다.

"어어, 이거 봐라, 소로문 소설가가 되어도 괜찮겠다. 잘했어." 서무아는 자기가 얘기하는 소설가라는 게 무엇을 전제하는가 의문이 들었다. 소설가 하다가 굶어죽으라고요? 그런 답이 돌아오는 건 아닌가 걱정도 되었다.


"자아, 그러면 지금부터 서로 질문하고 그 질문에 대답하면서 텍스트 이해를 심화하는 작업을 해보기로 한다. 누가 먼저 질문할까?" 서무아가 비블리카 멤버들을 죽 둘러보았다.

"다윗이 회개하는 과정에서, 다윗은 이미 용서받은 걸로 하고, 다윗이 밧세바와 낳은 자식을 죽게 하는 이유를 잘 모르겠더라구요. 왜 그래야 해요?" 강한성이 물었다.

"야훼가 잠깐 헤까닥한 거 아닌가?" 황당헌이 피식 웃으며 대답했다. '하나님도 죄는 있다' 그거 몰랐지…… 하는 말을 덧붙였다.

"하나님의 잘못이 어디 있어?" 하나님의 오류를 인정하는 순간 세계는 혼란에 빠지게 된다는 게 심려중의 의견이었다.

"다윗이 그렇게 교사스런 인간인 줄 몰랐어요. 가증스런 인간이잖아요? 자기 부하의 아내를 강간하고, 그러고는 사태를 위장하려고 남편을 불러 아내와 자도록 하려다가 안 되니까, 아예 남편을 죽이잖아요. 그것도 자기한테 부담을 가질 수밖에 없는 요압을 시켜서, 자기부하 죽게 하고는 전투 잘못 수행했다고 짐짓 꾸짖는 그 책략을 보면용서할 수 없는 간특한 인간이란 생각이 들어요. 그러니까 아까 강한성이 이야기한, 야훼의 다윗 응징 과정도 의문이 가는 거죠. 솔로몬도그래요……." 소로문은 얼굴에 벌겋게 달아올랐다. 솔로몬의 지혜를칭찬하는 사람들이 많지만, 현명한 재판이라는 게 얼마나 엉터리인가 들이댔다. 인간은 자기 경험의 범위를 벗어나지 못하는 법이다, 서무아는 그런 생각을 하고 있었다.

"동화에는 아이를 두 어머니가 서로 잡아당기라고 명령하고, 친어미가 차마 아이 팔 빠질까 봐 못 잡아당기고 놓아주자, 그게 진짜 어머니라고 판정하는 걸로 되어 있지요? 그런데 성경에서는, 칼을 가져와라, 내가 저 아이를 둘로 잘라줄 터이니 각자 절반씩 가져가라, 그런 징그러운 판정으로 가잖아요. 사람 칼로 베고 창으로 찔러 죽이기를 밥 먹듯 한 솔로몬의 판결, 거기다가 지혜를 끌어 붙일 일 없어요." 소로문은 여전히 얼굴에 열기가 가득했다. 서무아는 '단장'이라는 고사가 담긴 환온의 이야기를 생각했다. 소로문은 자기를 낳은 어미를 생각하고 있는지도 모를 일이었다.

"다윗이 편지를 써서 우리아의 손에 들려 요압에게 보냈잖아요? 그렇지요? 그 내용이라는 게 희한해요. 우리아를 격전지로 보내라는 거잖아요. 우리아가 맹렬한 전투에 임해 목숨 걸고 싸울 때, 다른 병졸들은 뒤로 퇴각해서 우리아가 성 위에서 내려치는 돌에 맞아 죽도록 하라는 거지요? 아무리 생각해도 그런 인간한테 임금 자리를 맡기는 건 말이 안 돼요. 그렇지요?" 심려중의 평소 태도와는 다른 말투요 몸짓이었다.

"말이지, 난 생각이 달라. 밧세바가 꾸민 모략에 다윗이 넘어간 거야." 황당헌이 친구들을 둘러보며 말했다. 친구들이 우우, 유식하네 하며 야유를 보냈다.

"밧세바가 어쨌다는 건가 들어보자." 서무아가 검지를 들어 입에 대면서 멤버들을 둘러보았다.

"밧세바는, 자기 남편은 전쟁에 나가 피 흘리며 싸우는데, 궁궐에 뭉기적거리고 있는 왕 때문에 왕창 열받은 거야. 그래서 왕을 유혹하려고 자기 집 뜰에서 목욕을 한 거잖아. 밧세바가 친 거미줄에 왕이 걸려든 거라고." 황당헌은 친구들을 주욱 둘러봤다. 서무아는 그렇게 생각할 수도 있겠다 싶어, 그 뒤에 이야기가 어떻게 전개되는가는 묻지 않았다. 황당헌도 이야기를 더 이어갈 생각이 없어 보였다.

"책을 구체적으로 잘 읽자면 말이다, 디테일을 달아보아야 한다. 자네들이 할 수 있는 한 자세한 묘사로 텍스트의 빈 곳을 채워봐라. 말하자면 각색을 해보라는 것이다. 각색을 하되 어떤 장르로 할 것인가는 자네들 마음대로 정하고, 무대에 올려도 좋은 만큼 등장인물들의 행동이나 대화를 자세하게 구체화해서 제출하도록. 자네들한테는 그게, 아마 자기 자신에게 주는 고등학교 졸업 선물이 되지 않겠나, 그런 생각이네."

"밧세바를 그린 명화도 많던데요, 그것도 모아볼까요?" 심려중이 서무아에게 물었다.

"좋은 발상이야. 예술의 장르 사이에 의미 고리가 잔뜩 연결되어 있으니까."

그렇게 대강 마무리하고 서무아는 여행을 떠났다. 여행 중에 무슨 일이 벌어진 것인지 서무아로서는 아무것도 알 수 없었다.


"애들의 발상은 알 수 없어." 이마를 짚고 있던 나세나가 서무아에게 무얼 좀 먹자고 했다.

"엉뚱한 애들일수록 속이 깊기도 하지." 서무아의 대답이었다.

"애들한테 나체화를 모으라고 했다면서?" 나세나가 한쪽 눈을 찡긋하며 물었다.

"춘화를?" 서무아는 고개를 저었다. 명화가 춘화와 동일시되는 의미의 혼란 속에 빠지는 중이었다. 춘화와 식민지, 식민지 성담론 그런 생각이 머리를 쳤다.


알바니아에서 돌아오는 동안, 서무아는 비행기 안에서 '식민지란 무엇인가' '폭력이란 무엇인가' 하는 화두에 매달렸다. 식민지는 한마디로 수탈이었다. 수탈의 방법은 간교했다. 대개는 언어의 의미를 뒤엎는 방식이었다.

일과 놀이를 구분하지 못하게 만들었다. 남의 돈을 공으로 먹으려는 사행심을 조장했다. 김유정 소설에 자주 등장하는 도박은 식민지 운영의 한 방책이었다. 일확천금을 노리는 사행심을 조장하고, 일을 해봤자 정당한 보수가 보장되지 않는 환경에서 가로채먹는 놈이 장땡이었다.

노름해서 생긴 돈은 재투자를 모른다. 술과 계집을 사는 데 들어가고 말았다. 매춘을 국가사업으로 장려했다. 성의 타락을 조장하고, 축첩을 묵인하는 풍조를 조성했다. 이는 가정의 파괴를 재촉했다. 마약을 공급하고, 단속이라는 명분으로 벌칙을 만들어 돈을 알구어냈다.

생각이 정신대(挺身隊)라는 데 이르렀다. 정신(挺身)이란 투신이란 말과 동의어에 가까웠다. 어떤 일에 몸을 던져 헌신한다는 뜻이었다. 여자 정신대는 위안부로 둔갑했다. 그런데 위안부는 성노예라는 게 실상에 맞는 말이었다. 서무아는 노트북을 펴고 '정신대'를 찾아보았다.

일제가 조선 여성들을 강제 징발, 일본 군대의 위안부로 삼은 일. 1944년 8월 23일, 일본 후생성은 이른바 '여자정신대근무령'을 공포, 12세에서 40세까지의 조선 여성을 강제징집했다.

그 뒤에 이어지는 내용은 너무 잘 알려진 거라서 그만 빠져나갔다.

서무아는 어느 사이 자기도 모르게 말장난을 하고 있었다. 위안부=성노예. 이런 영어 단어들이 떠올랐다. a comfort girl, a military prostitute, a military sexual slave, 그런 말들에 이어 신문에 난 달팽이

크림 광고 문안을 보고 민달봉 선생 얼굴이 눈앞을 스쳤다. 달팽이를 프랑스에서는 에스카르고(escargot)라 하고, 영어로는 스네일(snail), 민달팽이는 영어로 슬러그(slug), 불어로는 관사를 붙여 라리마스(la limace), 달팽이 크림이야 그렇다고 해도 태반주사가 한참 유행을 타더니, 모유비누라는 게 나와, 남의 여자 젖가슴 주무르고 싶은 작자들의 느글거리는 감각을 자극했다.

식민지는 인간 자체의 수탈로 귀결되었다. 식민지 본국이나 대상국이나 인간이 말살되기는 마찬가지였다. 그리고 그것은 전쟁과 폭력으로 모습을 바꾸었다. 엔버 호자가 태어난 도시, 지로카스트라는 돌의 도시라는 이름을 달고 있었다. 가파른 언덕에 돌로 지붕을 이은 집들이 지붕과 지붕을 맞대어 줄지어 있고, 언덕 꼭대기에는 어마어마한 성채가 깃발을 날리고 있었다. 그 성채는 무기 박물관이 되어 1, 2차 대전 당시에 쓰던 대포들이 진열되어 있었다. 언제 지은 것인지 시계탑의 시계는 도시의 내러티브를 감아 돌리고 있었다. 이 내러티브를 돌 쪼가리 이어가며 지붕 잇듯이 엮어나간 작가가 이스마일 카다레였다.

무려 40년 독재를 한 독재자 엔버 호자를 넘어설 수 있는 인물로 이스마일 카다레가 다시 눈에 들어왔다. 서무아는 캐논게이트(Canongate)라는 출판사에서 나온 이스마일 카다레의 『돌의 연대기(Chronicle in Stone)』라는 소설을 티라나의 어느 서점에서 샀다. 진정한 문학과 소설의 존재 이유를 탐구했던 이스마일 카다레가 스테판 쿠르투아(Stéphane Courtois, 데이비드 벨로(David Bellos) 역)와 나눈 대담이 소설 본문 뒤에 부록으로 붙어 있었다. 이 대담은 작가와 그의 소설의 빈자리를 메워주는 역할을 했다. 그 대담 가운데 공산 치하에서 언어가 어떻게 운용되었는가 하는 부분이 눈에 들어왔다. 이웃과 친구를 맹렬히 비난하지 않으면 살 수 없는 그 환경에서 언어는 심각하게 왜곡되었다. 서구인들의 감각으로 '대화(conversation)'는 자유와 존엄과 창의성을 바탕으로 하는데, 공산 치하에서는 그 대화가 왜곡된다는 것이었다. 마크스 벨로라는 시인을 인용해서 대화를 규정했다. 말하자면 "전체주의 치하에서 대화는 민주적이고 보편적인 형태의 비난"이라고 그 책 322쪽에 씌어 있었다. 무얼 가지고 비난하는가는 아무 문제가 없었다. 문제가 되는 것은 비난하는 행위 그 자체였다. 비난하는 행위는 자동적으로 사회적 유대를 파괴했다. 그리고 모든 사실은 당에 보고되어야 했다. 서무아는 언어의 일방통행, 이웃과 친지에 대한 비난은 당에 대한 충성을 뜻하는 이 일방통행적 언어 수행은 식민지나, 독재체제, 공산체제나 매한가지라는 생각을 했다. 그것은 심한 언어의 왜곡이었다. 식민지적 인간상은 테러적 인간상과 맞물린다는 생각을 하면서 이스마일 카다레의 소설 『돌의 연대기』를 읽다가 이상화 시인의 「통곡」이라는 시가 불쑥 기억의 지평으로 떠올랐다.

　하늘을 우러러/ 울기는 하여도/ 하늘이 그리워 울음이 아니다/ 두 발을 못 뻗는 이 땅이 애닯아/ 하늘을 흘기니/ 울음이 터진다/ 해야 웃지 마라/ 달도 뜨지 마라 자신이 태양인 양, 강을 말리고 계곡을 메꿔버리는 존재들, 자신이 법이라서 '월인이 천강'인 듯 행동하는 작자들이 발호하는 시대의 인물, 그 인물형을 탐구해서 뭐 하겠다는 것인가 하는 회의로 눈이 알알할 무렵해서 기내식이 나왔다. 두어 시간 뒤면 인천공항에 도착할 예정이라고 기내 모니터는 알리고 있었다. 서무아는 졸업 전에 학생들을 만나서 알바니아 이야기를 해줄 수 있겠다 싶어, 학회에서 받은 과제는 더 이상 생각하지 않기로 했다. 그러나 식민지적 인간상이라는 생각은 뒷골에 찐득찐득 눌어붙었다.

서무아는 자신도 식민지 백성의 탈을 벗지 못하고 있다는 생각을 했다. 옆에 서 있는 나세나가 마음이 쓰였다.

"이제는 이야길 좀 하시지 그래." 서무아가 나세나에게 끌려 식당으로 가면서 궁금증을 풀라고 재촉했다.

"명화와 춘화를 구분하지 못하는 박사 교사가 문제랄까." 나세나가 궁싯거렸다. 공항에서 만나자마자 이야기를 하자던 데 비하면 풀죽은 태도였다. 나세나가 화제를 바꾸었다.

"일지매 클럽이라고 들어봤소?" 나세나가 우습지도 않다는 듯이 서무아를 쳐다봤다.

"일지매라면, 의적 일지매? 만화가 고우영이 그린 칠십 년대 작품인데, 그게 지금 무슨 문제가 된다는 것인가." 서무아는 황당한 소리 말라는 듯이 비실비실 웃었다.

"웃을 일이 아니라니까 그러네." 나세나가 가방을 열고 복사지 한

묶음을 내놓았다.

서무아가 이게 무슨 일인가 하면서 종잇장을 넘기고 있는데, 나세나가 다가와 페이지를 펼쳐서 서무아 앞에 내밀었다.

"여기가 핵심이야." '일지매의 행동수칙'이라는 제목이 붙어 있었다. 회개 없는 애비들에 대한 증오가 가득 차 있는 문장이었다.

"한마디로 애비 죽이기로구만." 성적으로 정당하지 못한 관계 속에서 자식을 낳은 애비들을 죽이기 위한 행동 지침이었다. 전문에는 이런 문장도 있었다.

정당하지 못한 성관계로 자식을 낳고 그 사실을 은닉한 모든 애비는 죽어야 한다. 자식들의 존재감을 말살하는 애비들의 비윤리성은 반드시 응징되어야 한다. 본인이 속죄를 하지 않는 경우 자식이라도 속죄를 해야 한다. 그리하여 죄의 쇠고리를 끊어내야 한다. 애비 응징에 모든 수단을 동원한다. 애비가 강간범이었던 솔로몬에게는 참회가 없었다. 솔로몬의 영광이 영광이 아닌 까닭은 본인의 참회가 없었기 때문이다. 우리는 다윗과 같은 애비를 원치 않는다. 섭리라는 말로 다윗이 용서받을 수 없다. 참회 없는 애비들은 처단되어야 한다.

필요 물품 : 총기, 폭발물, 독극물, 살인 가스, 로프, 야구배트, 부탄가스, 번개탄

자금 조달 : 애비들의 재산 탈취, 필요한 경우 어미들의 재산 활용.

인적 구성 : 국내에서 시작하여 전세계의 일지매들로 확대, 남녀 성

구분은 금물.

지도자들 : 담임교사─서무아, 평론가─나세나, 미투 운동 청소년분과 위원장─위두수, 식민지문화학회 임원─부사훈 등.


"얘들 도대체 뭐 하자는 거야?" 서무아가 목소리를 높였다. 나세나가 서무아를 향해 목소리 낮추라고 손을 아래로 할랑할랑 흔들었다. 서무아는 자초지종을 듣고 싶었다. 자초지종을 듣기 이전에 소로문의 얼굴이 눈앞을 스쳤다. 나세나가 전하는 저간의 사정은 이랬다.

학교마다 성평등 교육을 위한 부서가 신설되었다. 미투 운동이 운동으로 끝나서는 안 되고, 남녀 성을 넘어서 인간에 대한 관점을 바꾸는 교육이 되어야 한다는 교육부의 대안 제시가 있었다. 남녀 어느 편이 가해자, 피해자로 양립하는 관계를 넘어서기 위해서는 학교 교육에서부터 인간 이해의 바탕을 마련해야 한다는 주장이었다. 궁극적 목적으로 보아 페미니즘에서 내세우는 주장과 별반 다르지 않았다.

일이 이상한 방향으로 흘러갔다. 학생회에서 미투 관련 경험을 자진해서 고백하는 행사를 마련했다. 비블리카 멤버들이 참여해서 겁탈의 역사라는 연구 발표를 했다. 유럽이라는 말의 연원에 해당하는 유로파의 납치에서부터 시작해서 솔로몬의 탄생에 이르기까지 지적 호기심으로 가득한 발표들이었다. 발표에 이어 증언이 진행되었다. 증언에는 소로문이 나섰다.

"제 이름은 소로문인데, 이스라엘의 왕 솔로몬과 같은 이름입니다.

솔로몬이 누굽니까. 다윗 왕이 밧세바를 납치해다가 간음하고, 밧세바의 남편을 죽인 다음 결혼해서 낳은 아들 아닙니까. 나는 어머니를 알지 못합니다. 아버지가 납치해서 아들 만들고 내쳐버린 어떤 불쌍한 여인의 아들입니다. 아버지는 회개하지 않은 것은 물론, 가족을 돌보지 않고 어디론가 잠적했습니다. 다윗이 죄인인 것처럼 우리 아버지 또한 죄인입니다. 회개와 참회 없는 죄인입니다." 소로문의 목소리는 담대하고 말하는 태도는 당당했다. 한쪽에서 우우 하는 야유가 터졌다. 다윗과 솔로몬을 죄인이라고 하는 소로문의 이야기에 대한 비난이었다.

"자기 죄를 회개하지 않는 아버지의 아들, 저는 저 자신의 구원을 위해 아버지의 죄를 회개하는 생활을 할 겁니다. 대학 안 가도 좋습니다. 하찮은 지식으로 진실을 왜곡하고 싶지 않습니다." 소로문이 연단을 내려서자 비블리카 멤버들이 하이파이브로 환대했다.

"너네 어머니가 꼬리 안 흔들었다는 증거 있어?" 황당헌이 소로문에게 들이댔다. 소로문이 황당헌의 명치에 주먹을 날렸다. 강한성이 타들어 둘을 떼어놓았다.

"저놈들 사람 죽이겠다." 누군가 궁싯거렸다.

"지가 무슨 홍길동이나 된다고, 캭 그냥." 야구부 탁하몽이 중얼거렸다. 탁하몽의 부친은 경찰 간부였다.

누가 어떻게 찔러 넣은 것인지, 교육청에서 감사단이 나왔다. 학생들이 테러 조직을 꾸미고 있다는 제보가 들어왔다는 것이었다. 비블리카 멤버들이 서무아 선생 책상에 갖다 놓은 보고서가 학생 선동의 자료로 압수당해 갔다. 황당헌이 모은 명화와 춘화 한 뭉텅이도 함께 압수당했다. 보고서에 붙어 있던 일지매 클럽과 연관된 자료들이 압수당했고, 드디어 '식민지문화학회'가 수사의 대상이 되었다. 그것은 서무아가 그 학회에 관여하고 있다는 사실이 학회가 수사 대상으로 부각되는 데 빌미가 되었다.

"뭐야, 애들이 무슨 발상은 못 해?" 서무아의 목소리가 과도히 높아졌다.

"누가 아니래." 나세나가 맥주잔을 부딪치면서 힘이 빠져 응수했다.

서무아는 학생들의 자존감과 창의성과 발언의 자유를 이야기하는 교육 당국에서 과도한 견제와 감시를 하고 있다는 생각이 들었다. 학교 현실은 이스마일 카다레의『돌의 연대기』에 나오는 이탈리아와 독일의 알바니아 공격, 그 폭력이 한반도에서 재연되는 듯했다.

"하기사 그건 오이디푸스 이래 프로이트에 이르기까지 인류의 심리 밑바닥에 가라앉은 욕망이기도 하지. 이것은 내 몸이요 내 피니라 하는 밀떡과 포도주, 그 아버지의 살과 피를 먹고 같이 마심으로써 그리스도와 한 몸이 된다는 일체감을 왜 생각하지 않는지 몰라. 아비 죽이기가 종교적으로 승화된 의식인데……." 나세나가 그런 소릴 했다. 아버지의 피와 살을 함께 먹은 자식들은 공범이었다. 공범이기 때문에 앙숙으로 지내야 하는 게 아닌가 싶었다.

"염려 놓으셔. 우리 마음속에 식민지가 아직 잔존하고 있어서 그래." 서무아가 조심스럽게 말했다. 누군가 일찍이 「내 마음속의 식민지」라는 글을 썼던 것 같은 기시감 때문에 말이 조심스러웠다. 기시감, 그것은 늪이었다.

"골치 아픈 일이야. 알바니아에서 여자 건드린 거 없지?" 나세나는 떠보듯이, 서무아를 쳐다보며 게슴츠레한 눈으로 물었다.

서무아는 며칠 교육청이며 경찰서에 드나들면서 비블리카 멤버들에 대해 설명하는 데 진을 뺐다. 사실대로 이야기하시오, 순진하게 학생들을 믿습니까. 솔로몬의 영광과 지혜를 왜곡하지 마시오, 애들이 애비 죽이겠다는 데 동조하는 교사가 어찌 스승일 수 있습니까, 요새 대학교에서 미투 때문에 자살하는 교수들, 그들을 옹호할 수 있습니까. 학생들에게 춘화나 모아보라 하는 선생들…… 도무지 반성이 없고, 개전의 정이 없어요. 그래, 참회가 없는 사람들. 식민지라는 것이 결국 참회 없는 역사 아닌가 싶었다. 그렇다고 고민 끝에 자살한 이들을 교육 동지라고 옹호할 생각은 없었다.

"너 자신을 사랑하는 것같이 다른 사람을 사랑하라. 예수님의 말씀입니다. 예수 믿고 복 받으세요." 전철 안에서 전도사는 소리 높여 외쳤다. 서무아는 가방에서 신문을 꺼냈다. 철학자는 말하고 있었다. "남을 남처럼 대하라." 이웃은 결국 타자다. 타자를 식구처럼 생각하는 데서 윤리적 범주의 혼란이 온다. 학생은 가족이 아니었다. 한스 멤링의 〈밧세바〉는 현기증이 일게 했다. 그에 비하면 렘브란트의 밧세바는 숫기가 있었다. 서무아는 머리가 혼란스러웠다. 그 이후 서무아는 외출했다 집으로 돌아올 때마다 발이 접질리곤 했다.

엔버 호자를 식민지 인간상으로 다루는 글은 포기하는 게 옳다는 생각이 들었다. 하기는 알바니아에서 호자의 동상을 못 보았다. 대신 알리 파샤의 동상은 테펠레너 광장에서 비호저강을 오만하게 내려다보고 있었다. 그 역시 폭군이었다. ✽

우크라이나 오데사 예카테리나 여제 동상(촬영 : 우한용)

청동의 그늘

　　　　　　　건강 하나는 타고났다고 자랑하고 다니던 유치헌이었다. 혈압도 정상이고, 당뇨 걱정 없이 살았다. 그의 아내 정숙정은 건강은 자랑하면서 밤일에는 죽을 쑤는 남편이 맘에 안 들었다. 혹시 다른 여자 꿰차고 있어서 자기한테 시들한 거 아닌가, 치사한 의심마저 들었다.

　정숙정은 친구들을 만나면 남의 집 남편들 밤일 어떻게 치르는가 묻기도 했다. 대개는 대답을 않고 정숙정을 별난 친구라는 듯이들 바라보았다. 그런 거 잊고 지낸 지 오래라는 얼굴이 대부분이었다. 이따금 남자는 여자 하기 나름이라는 이야기를 하는 축도 있었다.

　애석하게도 남편의 오기는 펄펄 살아 있었다.

　"도무지 당신이란 여자는 어딜 그렇게 싸돌아다니는 거야?" 유치헌은 저녁 일곱 시가 한참 지나 들어오는 아내를 향해 소리를 버럭 질렀다. 사실 정숙정은 흔들리는 남편을 어찌할 것인가 하는 대책 모임에

다녀오는 중이었다.

"이제 아주 나를 의심까지 하는 거 같네. 의처증 전조가 그렇다던데, 내 원." 정숙정이 지지 않고 대거리를 했다.

"의처증?" 유치헌은 주먹을 부르쥐고 일어나 나갔다. 남편은 어디서 마셨는지 밤늦게 곤죽이 되어 돌아왔다. 그런데 침대에 누워 숨이 고르지 못했다. 자기 몸 자기가 아껴야지, 누가 돌본다고 자기 몸 상하는 것두 모르고……. 정숙정은 그렇게 투덜거렸다. 코를 골며 자던 유치헌이 일어나, 침대에 엉덩이를 걸치고 앉아서는 가슴을 쓸어안고 고통을 호소하기 시작했다.

구급차를 불러 병원으로 달려갔다. 남편 유치헌은 심혈관이 막혔다는 진단을 받았다. 심장 수술을 해야 하는 거 아닌가 겁이 더럭 났다. 담당 의사는 수술까지는 안 가도 심혈관에 스탠트 삽입 시술을 해야 한다면서, 간단하니 걱정 말라고 안출러주었다. 그나마 다행이었다. 아옹다옹 지내지만, 덜컥 가버리기나 하면 어쩔 것인가, 눈앞이 아득했다.

시술 후 '아이고 죽겠네'를 외치며 방바닥을 긁맸다. 한 보름 그렇게 고통스러워하더니, 몸을 뒤틀 정도의 고통은 사라진 것 같은데 유치헌의 말투가 바뀌었다. 5분을 넘기지 못하고 '아이고 죽겠네'를 이까지 갈아가면서 외쳐댔다. 정숙정은 어떻게든지 저 말버릇 고쳐주지 못하면, 그 소리 듣기 싫어 자기가 먼저 죽겠다는 생각이 들었다. 정숙정은 말에 민감한 편이었다. 친정어머니도 시어머니도 노상 죽겠다는 말을 달고 살았다. 죽어 죽어 하면 정말 죽는다는 이야기로,

제발 그 소리 그만두라고 채근했지만, 벽에 대고 소리지르기였다.

어느 전철역이던가 그런 명언이 액자로 만들어 걸려 있었다. 생각은 행동을 만들고, 행동이 반복되면 습관으로 굳어진다. 습관은 결국 어떤 인간의 운명을 결정한다. 생각해보면 말은 행동이었고, 그게 습관이 되었으니 죽을 운명으로 치달아가는 중이었다.

정숙정은 이이고 죽겠네 소리를 들으면, 신경이 조여와 몸을 떨었다. 차라리 남편 없는 게 낫겠다 싶은 생각까지 들었다. 그러다가 다시 내가 무슨 생각을 하는 건가, 자신의 생각이 두려워 또 몸이 떨렸다. 이러다가 일 저지르는 건 아닌가 스스로 통제할 수 없는 자신의 의지에 겁에 질렸다. 그것은 내면에서 일어나 온몸을 휘젓고 지나가는 검은 피였다.

정숙정은 친구 나노자를 찾아갔다. 남편이 '아이고 죽겠네'를 외는 통에 자기가 지레 죽을 거 같다는 이야길 했다. 나노자는 그건 이상한 병이라고 한마디로 규정을 하고 나왔다. 그런 이상한 병은 힐링 여행을 다녀와야 나을 것 같다면서, 자기가 잘 아는 여행사가 있는데, 팀을 짜서 같이 가자고 했다. 힐링 여행이라면, 짜릿한 긴장미가 있어야 한다는 것이 나노자의 부추김이었다. 딸꾹질을 할 때 몰래 숨어 있다가 등을 쳐 놀래주면 그치는 것처럼, 사람 죽는 꼴을 눈으로 똑똑히 보아야 그딴 소리 않는다는 것이었다. 놀라게 해주려면 짜릿한 뭔가가 있는 데를 찾아가야 한다고 은근히 우크라이나를 쳐들었다. 한국 여행객 안 만나고도 돌아다닐 수 있는 그런 데. 그래서 남편 문제 있는 부부 네 쌍이 모였다. 나노자만 혼자였다. 나노자는 남편이 아직 현역이었다.

"섬망증이라는 거 들어봤어? 유치헌 씨 증상 그대로야." 알코올성 섬망증을 앓던 남편이 안데스 여행 다녀와서 싹 나았다는, 소중한 여사의 말이었다. 멀쩡한 사람이 엊저녁 일은 까맣게 잊어버리고 딴소리를 했다. 알코올 기운과 함께 증발하는 기억은 다른 한편으로, 상투어를 만들어냈다. '염병, 미치겠네' 하는 감탄어가 소중한 여사를 미치게 만들었다.

정숙정은 남편을 세탁기에 넣고 한판 휙 돌려야 한다는 다짐을 두었다. 세탁기 돌리기의 구체적인 방법으로 여행이 약발을 받을까, 그런 의문도 들었다.

기왕 남들 안 가본 데를 찾아가자고 나노자가 점찍은 것이 우크라이나였다. 이스탄불을 거쳐 우크라이나 남쪽에서 북쪽으로 올라가 폴란드 바르샤바에서 귀국하는 걸로 여정을 잡았다. 가이드는 러시아사를 전공한 젊은이였다. 해박한 지식을 가진 이야기꾼이었다. 이름이 게로이 박이라고 했다. 본래 자기 이름이 박영웅인데 러시아 티를 내느라고 그렇게 부른다 했다. 게로이는 러시아어로 영웅이었다. 러시아에서 공부한 사람이라 그런지 발음이 영 낯설었다. 상트페테르부르크는 '상크트뻬쩨르부르크'로, 예카테리나는 '예까쩨리나'로, 유성자음을 두드러지게 발음하는 어투였다.

오데사에 도착하기까지, 유치헌은 '아이구 죽겠네'를 입에 달고 꿍꿍 앓았다. 몸 상태로 보아서는 그리 염려할 상황은 아닌 듯했다. 잘 먹고 잘 견디면서도 입에서는 여전히 '아이구 죽겠네'가 청솔가지 연기처럼 쏟아져 나왔다. 일행에게 낯이 서지 않아, 정숙정은 초콜릿이니 캔디니 하는 선물도 내놓고 현지식에 익숙하지 않은 이들을 위해 깻잎이니 멸치볶음이니 그런 반찬거리도 준비했다.

오데사에서는 푸시킨 호텔에 묵기로 되어 있었다. 어떻게 된 일인지, 아마 한국인들이 많이 찾아오니까 그랬는지, 푸시킨의 시가 호텔 로비 벽에 액자까지 끼운 채 걸려 있었다. 가이드가 체크인을 하는 동안 정숙정 일행은 시를 읊기도 하고, 남자들은 저거 이발소 전용 시인데 어쩌구 하면서, 유치헌에게 시를 읽어보라고 권하기도 했다. 유치헌은 '아이구 죽겠네'를 잠시 잊은 듯이 목청을 돋우어 시를 읊었다.

삶이 그대를 속일지라도 슬퍼하거나 노여워하지 말라
슬픔의 날 참고 견디면 기쁨의 날이 오리니
마음은 미래에 살고 현재는 늘 슬픈 것
모든 것은 순간에 지나가고 지나간 것은 다시 그리워지나니

시를 다 읽은 유치헌을 향해 박수들을 쳤다. 유치헌은 누구에게랄 것 없이 중얼거렸다.

"요컨대, 고진감래라는 거잖아? 그런데 저게 왜 한국의 이발소에 걸릴 정도로 명시라는 거지?" 그렇게 꿍얼거렸다. 가이드가 키를 들고 일행 쪽으로 다가왔다.

"아, 시를 읽으시는군요. 역시 교양 있는 분들은 달라도 뭔가 달라요." 교양 너무 좋아하지 마라, 교양이 스트레스의 근원이 되기도 한

다, 유치헌은 속으로 그런 생각을 굴렸다.

"그런데, 저게 왜 명품 시인지 설명해줄래요?" 유치헌이 가이드에게 요청했다. 저 주책 좀 봐, 정숙정이 남편에게 눈을 흘긴 채 중얼거렸다.

"삶의 진실을 이야기하니까 그렇지 않을까요?" 가이드의 말은 간명했다. 그런데 삶의 진실이란 말은 사실 모호했다. 삶이라는 것하고 거기에 속는 '나'는 뭐란 말인가. 유치헌이 그런 생각을 하고 있을 때 정숙정이 앞으로 나섰다.

"시를 노래라 하는 것은 의미가 아니라 존재, 언어적인 존재 자체가 쾌적감을 가져오기 때문이지요. 예를 들면⋯⋯." 정숙정이 내달아 설명을 하는 중이었다. 유치헌은 아내가 그런 지식을 어디서 얻은 것인지 의문이 들었다. 아내의 유식함에 한 방 맞은 기분이었다. 유치헌은 자기도 모르게 '아이구 죽겠네' 후렴을 달았다.

어라, 저이가 언제⋯⋯? 유치헌은 의아한 눈으로 아내 정숙정을 다시 쳐다봤다. 그러다가 구체적인 예까지는 안 들어도 된다면서 손사래를 쳐서 아내 정숙정의 앞을 가로막았다.

"각자 룸에 가셔서 짐 푸시고, 세수하시고, 세 시까지 호텔 로비 이자리로 모이세요. 오늘은 워밍업 삼아 오데사 시내를 돌아볼 겁니다." 반복되는 존칭어미가 유치헌의 귀에 거슬렸다.

정숙정이 남편 유치헌의 손에서 방 키를 가로채듯 받아들었다. 키는 두 장이었다. 유치헌은 아내 정숙정의 네크라인 아래 불룩하게 돌아 있는 앞가슴을 내려다보고 있었다. 남의 아내 젖가슴 훔쳐보는 것처럼 뭔가 켕겨왔다. 정숙정은 러시아 귀부인처럼 젖가슴 드러나는 옷을 잘 입었다.

"정조대왕이 피라미드에서 포템킨과 맞붙어서 씨름이 벌어졌네."

유치헌이 킬킬거리면서 자기 캐리어를 발로 툭툭 찼다. 그게 마치 사도세자의 뒤주라도 되는 듯이. 섬망증 증상이 도지는 건가, 정숙정은 유치헌을 흘겨봤다.

"이제 정신까지 돌아버린 모양이야. 아이구 내가 죽겠네." 정숙정은 자신도 모르는 사이에 '아이구 죽겠네'를 내뱉었다. 그건 분명 남편에게서 내림을 받은 저주 같은 말이었다. 시어머니부터 내려오는 것인지도 몰랐다.

"호텔에서 쉬시지, 땡볕에 나가 돌아다녀도 되겠수, 당신?" 정숙정이 유치헌에게 호텔에서 쉬기를 은근히 제안했다.

"피라미드의 미로는 하데스로, 아니 제니스로 뚫려……" 정숙정이 달려들어 유치헌의 입을 손바닥으로 틀어막았다. 죽겠다는 푸념이 헛소리로 날개를 달고 비약하는 중이었다. 정숙정은 짐가방을 데스크에 올리고는 침대에 벌렁 누웠다.

"미치다가 팔짝 뛸 일이네." 유치헌이 정숙정을 어디 한번 뛰어보시지 하는 눈으로 쳐다보았다.

"당신 날 좀 살려줘요. 이러단 내가 지레 죽겠어요." 정숙정이 몸을 일으켜 유치헌의 바짓자락을 붙들고 통사정이었다. 유치헌은 이렇다 저렇단 이야기 없이 세면도구 파우치를 들고 화장실로 들어갔다.

"나라고 밸도 없는 여잔 줄 알아? 정 죽고 싶으면 내가 죽여주지."

면도기로 수염을 밀고 있던 유치헌의 눈길이 희끗 돌아갔다. 정숙정이 아이구 화상! 하면서 유치헌의 머리에 꿀밤을 먹였다.

"그럴 줄 알았지. 그날이 이렇게 빨리 올 줄이야." 연극 대사를 외듯 중얼대는 유치헌의 볼에서 맑은 피가 흘러내렸다. 유치헌은 화를 내지 않았다. 화를 돋울 기운이 다 빠진 모양이었다. 정숙정은 남편 유치헌이 측은해 보였다.

둘이는 아무 일 없었다는 듯, 여권 백을 어깨에 가로질러 메고 엘리베이터를 탔다. 일행은 둘을 기다리고 있었다. 3시 10분으로 들어가는 중이었다.

"삶이 그대를 속일지라도……" 가이드가 능청을 떨었다.

"슬퍼하거나 노여워하지 말라." 유치헌이 그렇게 응수했다. 인간이 삶을 속이지 왜 삶이 인간을 속여? 유치헌이 혼자 꿍얼거렸다. 정숙정이 숄더백서 껌을 꺼내 유치헌에게 건넸다. 입을 틀어막는 모양이라고, 유치헌은 껌을 입에 털어 넣고 꿀꺽 삼켜버렸다.

"우선 포템킨 계단부터 보시겠습니다. 그러니까 천구백오년, 러시아 흑해함대 수병들이 반란을 일으켜요. 아시지요? 러일전쟁에서 발틱함대가 작신 깨지지요. 군함 사십 척 가운데 겨우 두 척만 온전했으니까요. 당시 러시아에는 동양함대와 흑해함대가 남아 있었는데, 흑해함대 가운데 포템킨 전함 수병들이 반란을 일으키지요. 이유가 뭐냐구요? 보급품이 엉망인 데다가 썩은 돼지고기를 수병들에게 공급했던 겁니다. 수병들이 뿔이 안 나겠어요? 장교들은 싱싱한 고기 먹고, 지들한테는 썩은 고기 주는 걸 어떻게 참아요. 먹는 거 가지고 장난하는 인간은 천벌을 받아야 해요." 가이드 게로이 박은 스스로 격분을 가장하는 어투로 말했다. 그러다가는 다시 씨익 웃고, 말을 이어갔다.

"천벌? 아이구 죽겠네." 정숙정이 유치헌의 등짝을 후려쳤다. 게로이 박은 흘금 쳐다보고는 말을 이었다.

"난리를 일으킨 놈들은 무찔러야지요. 짜르의 정부군들은 코자크들을 동원해서 무리를 총으로 무참하게 쏘아버려요." 가이드 게로이 박은 잠시 말을 멈추고 있다가, 조금만 더 설명을 드려도 될까요? 에에, 일행의 대답이었다. 1905년에 6월 27일, 그날의 선상 반란이 러시아 혁명의 도화선이 되는 오데사 반란으로 번지지요. 그 반란 이야기를 1925년 스물일곱 살짜리 영화감독 에이젠슈쩨인이 〈전함 포템킨〉이란 영화를 만들죠. 영화 역사에서 지울 수 없는 이 작품, 몽타주 기법의 탁월한 사례로 영화 공부하는 사람들은 누구나 한 번은 훑어보는 유명한 작품이 됩니다. 여러분이 서 있는 이 계단은 본래 오데사 계단인데, 영화가 너무 유명해지니까 포템킨 계단이라고 아예 이름이 바뀌었어요." 가이드의 설명이 계속 이어졌다.

"거시기 말요, 하나 물어봅시다, 그 포템킨이란 배 이름에 붙은 포템킨이 무슨 뜻이오?" 유치헌은 나름 진지하게 물었다. 정숙정은 속으로 아이구 죽겠네, 가슴을 쳤다.

"아, 탐구심이 대단하십니다. 대개는 그러니라 하고 넘어가는데 아버님은 그 연유를 물으시네요. 탐구심이 여행을 즐겁게 합니다. 그 즐거움이 가이드를 괴롭히기도 하지만요. 아무튼 영어식으로 포템킨이라고 하는 것은, 정확한 러시아 발음으로는 포툠킨입니다. 그리고리 포툠킨은 정치가로서, 군 지휘자로서, 책략가로서 명성이 자자했는데, 여러분 포템킨 경제라고 아시지요? 미국 경제학자 폴 크루그먼이 처음 쓴 용어인데요, 일종의 거품 경제인데…… 말하자면……." 게로이 박은 일행을 쳐다보면서 눈가에 주름을 잡았다. "포템킨 빌리지, 전시용 가짜 마을이지요. 포템킨 경제나 포템킨 빌리지나, 둘 다 허상을 만들어 사람 눈속임을 하는 짓이랄까……."

게로이 박은 그런 이야기를 길게 해도 괜찮겠나 물어보는 식으로 말을 멈칫거리고 있었다. 이야기에 흥미 있는 분들은 제 이야길 듣고, 다른 분들은 30분 드릴 테니 포템킨 계단을 돌아보고 다시 올라오라고, 일행을 풀어주었다.

"우릴 그렇게 흩어놨다가, 이산가족 만들면 책임질겨, 가이드 선생!" 정숙정이 나서서 이의를 제기하는 데는 남편 유치헌을 염려하는 기색이 완연했다. 가이드는 누구 하나만 불만이 있어도 전체가 불만스러워하니, 포템킨 이야기는 광장을 돌아보면서 하기로 하고 계단에서 사진도 찍어드리고 하겠다면서 일행과 함께 계단으로 내려갔다. 계단 저 밑으로 시커먼 바다가 펼쳐져 있었다. 흑해였다. 그 앞에 쇠파이프로 구조물을 설치하고 있는 중이었다. '2018 오데사 필름 페스티벌'을 알리는 현수막이 걸려 있었다.

"유형지 하면 의당 시베리아 아닌가. 이런 번화한 도시가 유형지가 되다니, 원?" 광장 초입에서 푸시킨 동상을 넋 놓고 바라보던 유치헌이, 설명해달라는 듯이 가이드를 쳐다봤다. 게로이 박은 별스런 일 아니라는 듯, 푸시킨이 오데사로 유형을 당한 적이 있어요. 그렇게 간단히 말했다. 유치헌이 턱을 쳐들고 가이드를 바라보았다. 설명이 허술하다는 눈치였다.

"당시 말입니다, 상크트뻬쩨르부르크에서 보자면 오데사는 땅끝이지요. 도둑들이 우글거리고. 외국인들이 설치는 그런 동네였어요." 게로이 박은 고개를 좌우로 저으며 징그런 동네라는 얼굴을 해보였다.

"〈전함 포템킨〉의 필름 가운데, 유모차 장면이 그렇게 유명한데, 유모차 기념물은 왜 안 만들었나요?" 정숙정이 물었다. 게로이 박이 잠시 어정쩡한 자세로 서 있다가, 정숙정을 바라보면서 볼 쪽에다가 손가락으로 물음표를 그려보였다. 무슨 질문인지 잘 모르겠다는 제스처였다.

"한국의 촛불집회를 더욱 촛불답게 만든 건 유모차였어요." 유치헌은 그런 이야기를 하는 아내를 넋 놓고 바라보았다. 너도 정신이 없긴 나랑 하나도 다르지 않다는 표정이었다. 아이가 편하게 잠 잘 권리를 보장하라, 천사들이 나타나서 유모차 몰고 나온 엄마들의 목을 면도칼로 긋고 지나갔다. 광장이 피범벅이 되었다. 유치헌은 고개를 두어 번 옆으로 저었다. 환영인지 환청인지 알 수 없는 허상이 눈앞을 맴돌았다. 유치헌은 눈을 막고 이를 악물어 환영을 몰아냈다. 아이구 죽겠네, 유치헌은 손으로 입을 막았다. 누구한테 책망을 듣는 것보다 자신이 하는 말을 자각하는 것이 더 안쓰러웠다.

"포템킨호에서 시작된 반란은 오데사 반란이라는 유혈 사태로 전개됩니다. 짜르 정부에서는 군대를 투입하고, 그 가운데는 소위 그 잔인무도한 코자크들이 투입되어 인민대중을 향해 총질을 하게 됩니다. 계단으로 아이를 태운 유모차가 굴러내려가는 것은, 에이젠슈쩨인의 장난이지만요. 암튼 러시아 혁명의 불길은 그렇게 번져나갑니다." 게로이 박은 잠시 말을 멈추고 일행을 둘러보았다.

"다 오셨네요, 이동하겠습니다." 게로이 박이 계단 맞은편 광장 쪽으로 일행을 이끌었다.

"저 미끈한 남자는 누굽니까?" 정숙정이 동상을 가리키며 물었다. 미끈한 남자 보면 오금을 못 펴는 여자가 되기라도 한 듯, 남자 타령이었다. 유치헌은 그런 아내가 걱정이 되어 죽을 지경이었다. 아내 걱정보다는 자신이 더 문제가 컸다. 늙마에 오쟁이진 사내가 되는 거 아닌가 싶어서였다.

"아, 그거요, 리슐리외라고 프랑스인 정치간데요, 오데사로 정치적 망명하는데요, 예까쩨리나 여제가 오데사 시장으로 임명해서 오데사라는 도시를 건설하는 데 혁혁한 공을 세우게 됩니다." 설명의 구체성은 떨어졌지만 예카테리나 여제의 불란서 취향을 짐작하게 하는 대목이었다.

"여제와 내연 관계였다는 이야기도 있던데……?" 정숙정이 새끼손가락을 펴서 곰실거리면서 물었다.

"워낙 대단한 여자라…… 내 침실로 오소, 한마디면 대신들이 물건 곧추세우고 설설 기었을 겁니다." 유치헌은 그 이야기가 자기를 향하는 게 아닌가 싶어 신경이 곤두서 있었다.

"저게 예까쩨리나 여제의 동상인데 말입니다, 포템킨 빌리지라는 말의 연원이 여기 있습니다." 게로이 박은 우리 현실과 그들의 과거가 어떻게 연관되는가 하는 맥락에서 이야기를 풀어가고 있었다. 이런 식의 이야기였다.

세상에는 눈이 멀어서 현실을 바로 보지 못하고 환상에 빠지고 결국은 그 환상이 한 생애를 망치는 경우가 수도 없이 많습니다. 포템킨은 크림반도 지역의, 뭐랄까 지방장관과 군사령관을 겸하고 있었습니다. 그런데 여제가 상크트뻬쩨르부르크에서 배를 타고 드네프로강을 따라 내려와 크림반도를 순회 시찰하는 때였습니다. 가난하고 못사는 크림반도의 참상을 그대로 보여주자니 포템킨 자신의 무능이 노골적으로 드러날 판이었습니다. 포템킨은 생각하고, 생각하고 몇 밤을 뜬눈으로 새웠습니다. 생각 끝에 여제가 직접 내려서 땅을 밟는 게 아니라 배에서 멀리 바라볼 것이니 눈만 속이면 된다는 데에 이르렀습니다. 사람 눈이라는 게 사실 여부를 떠나서 들어오는 그림이 같으면 같은 반응을 하는 거거든요. 그래서 강안에다가 평화롭고 풍요한 농촌 그림을 그려서 주욱 진열한 것입니다. 그걸 보면서 지나가던 여제는 포템킨의 치적에 크게 만족했습니다. 그날 저녁 여제는 포템킨을 군함으로 불러 질펀한 하룻밤을 보냈습니다. 여제의 포템킨에 대한 사랑이 날로 깊어진 건 물론이구요. 대포 소리가 났거든요.

"쪼매 느끼하네. 근데 해가 너무 뜨겁다. 우리 아이스크림 먹으면서 이야기해요." 정숙정이 아이스크림을 쏘겠다는 통에 일행은 역시, 하면서 줄레줄레 정숙정과 가이드를 따라갔다. "어른들만 계시니까,

아니 알 만한 분들이 모이셨으니까 하는 얘긴데, 사실 새벽에 그게 안 서는 놈한테는 돈도 빌려주지 말라는 거잖습니까? 포템킨, 정치 잘하지, 끝내주는 남성이고, 뭐가 부족하겠습니까?" 게로이 박이 좀 야한 분위기로 끌고 간다는 느낌이었다. 한편 어른들이라는 게 다 그렇지 뭐어, 누가 그런 얘기 마다할까 하는 공범자들의 표정이 되었다.

"하나 부족한 게 있기는 했는데, 그게 뭐라고 생각하세요?" 게로이 박이 일행을 둘러보며 진지하게 물었다. 대답들이 없었다. 게로이 박은 한참 망설이며 서 있다가, 그게 교양입니다, 당시 러시아는 후진국이고 백성은 무식했거든요, 그래서 여제는 프랑스 백과전서 학파들에게 홀딱 빠져가지고 볼테르를 얼마나 좋아했는지, 아까 저 뒤에서 본 리슐리외 동상도 그런 콤플렉스의 발로 아닌가 싶습니다. 제가 좀 아는 게 있어서 이런 이야기 드리는데, 제가 아는 거 관광 가이드에게는 무용지물이지요. 그래서 썰렁합니다, 제 생애가. 무식한 나라 말 배우고 그 나라에서 학위 받아 이렇게 살아가고 있으니 말입니다, 산다는 게 별거겠어요, 견디는 거지요. 유치헌은 견딘다는 말이 적실하다는 생각을 했다. 그러니 삶을 슬퍼하거나 노여워하지 말라 한 것 같았다. 현재의 괴로움과 미래에 대한 꿈 사이에서 견디는 것, 그게 삶이라야 옳았다.

"볼테르 아시지요? 그는 여제한테 한 이십 년 연상인데, 볼테르가 쓴『캉디드』를 읽고 여제가 홀딱 반했다 아닙니까?" 게로이 박은 자기 지식을 부추겨올리는 것 같더니, 일행이 주눅이 들 만큼 자기 아는 척을 하는 것이었다.『캉디드』읽은 분 있으면 나와보세요, 그런 자긍심을 내보였다. 사실 여행 중에 가이드가 너무 설치면 손님들 편에서는 불편하기도 한 법이다. 유치헌은 게욱질이 나는 것처럼 손으로 입을 막았다.

"자, 아무튼 여제는 『캉디드』의 작가 볼테르를 러시아의 희망이라고 생각했습니다. 러시아를 교양 있는 나라, 이성적으로 매사를 결정할 수 있는 나라로 만들어야 하겠다는 일념으로 불타올랐습니다. 그런데 그 염원을 뒷받침해줄 사람이 없었습니다. 자기 남편을 자기 스스로 제거해버렸거든요. 그 살인에 동원된 인간이 왜 살인을 교사한 인간을 넘보지 않겠습니까. 그래서 예까쩨리나 여제는 정적을 애인으로 삼기를 거듭했습니다." 그래서라니, 유치헌은 고개를 갸웃했다.

"예카테리난가 예까쩨리나라는 그 여자 애인 가운데 포템킨이 있었다는 말이지예?" 나노자가 눈을 반짝이면서 듣고 있다가 그렇게 물었다.

"그렇습니다. 볼테르 추종자였던 여제는 이용후생의 실용주의자였습니다. 『캉디드』에서 볼테르가 주장하는 것처럼, 검증 가능성이 없는 낙천주의를 경계했고, 정치적 혹은 이념적 논쟁을 지속할 게 아니라 실천을 강조했으며, 그래서 일하는 것만이 세상을 견딜 수 있게 해준다는 볼테르 철학을 실천했습니다." 정숙정은 가이드치고는 공부를 제대로 한 사람이라 생각했다.

"남편을 제거하다니, 어떻게 그딴 일을……?" 유치헌이 어깨를 들썩했다. 납득이 안 간다는 태도였다. 아무튼, 남편이 측은하다는 것인지, 여제가 대단하다는 것인지 그런 질문을 하면서였다. 정숙정이 유치헌을 흘금 쳐다보았다. 유치헌은 이야기를 더 듣기 거북하다는 듯이 슬그머니 일어나 손으로 입을 막고 문 쪽으로 빠져나갔다.

"그 여자가 남편을 자기 손으로 죽였어요?" 정숙정이, 아이구 징그러워 하듯, 고개를 흔들면서 물었다. 나노자의 눈길이 희번득했다. 저라고 별수 있겠는가 하는 표정이었다.

"가이드가 썰을 너무 길게 풀면, 여러분들은 검증 가능성 없는 지식의 낙천주의에 빠집니다. 여행에서 얻을 수 있는 모든 걸 가이드가 몽땅 전해줄 수 있다는 환상에 빠집니다. 자아, 나가서 여제의 동상을 보기로 하지요." 가이드가 자리에서 일어나면서 말했다. 먼저 자리를 떴던 유치헌은 보이지 않았다.

예카테리나 동상은 여름날 서편으로 기우는 태양 아래 멀리 흑해 쪽을 향해 영웅의 모습을 하고 서 있었다. 게로이 박은 그 동상이 러시아가 남쪽으로 세를 확장해가는 국운을 잘 표현했노란 설명을 달았다.

"여제의 치마 밑에 세워둔 남자들은 다 뭡니까?" 나노자가 호기심 어린 표정이 되어 앞으로 나서면서 물었다.

"당시 각료들인데요, 중앙에 위치한 인물이, 역광이라서 얼굴이 잘 안 보이네요, 그게 포템킨, 러시아 말로 포튬킨입니다." 잘 보면 눈이 짝짝이라는 운만 떼고 설명은 하지 않았다.

"최소한 애인이, 아니 정부가 한 다스는 넘었을 거라고 해요." 가이드가 말했다.

"애인과 정부의 차이가 뭘까?" 정숙정이 히죽 웃으면서 물었다.

"애인은 산책용이고 정부는 침실용이지요." 가이드가 히죽거리며 웃었다. 정숙정은 가이드가 유머 감각도 갖추고 있다는 생각을 했다. 티셔츠 밖으로 드러난 팔뚝의 이두박근이 툭툭 불거져 보였다.

"다 오셨지요?" 가이드가 인원을 확인했다. 유치헌의 얼굴이 안 보였다. 정숙정의 얼굴에 갑자기 먹구름이 끼었다. 아이구 죽겠네, 그 소리는 하지 않았다.

"어머, 이 인간이 어딜 싸질러갔지?" 정숙정이 그럴 줄 알았다면서, 이 앓는 소리를 시작하더니 드디어는, 아이구 나 못 살아, 발을 동동 굴렀다. 나노자는 정숙정의 남편 유치헌이 간단한 증상이 아니라 풀리지 않는 심리적 스트레스에 시달리고 있는 게 아닌가 생각했다. 나노자는 이상적인 부부상으로 정숙정과 유치헌 부부를 들곤 했다. 자기 남편을 책망할 일이 있으면 정숙정의 남편 유치헌을 보라 했다. 그런데 정황이 뒤집혀버렸다.

게로이 박이 유치헌을 찾으러 나간 사이 일행은 아이스크림 집 앞에 나와 예카테리나 여제의 동상을 멀뚱멀뚱 쳐다보고 서 있었다. 몇몇은 기념품 가게에 들어가 가족들에게 줄 선물을 사기도 했다.

"정숙정 너 걱정된다, 유치헌 씨가 죽겠다는 말 시작한 게 언제부터야?" 나노자가 정숙정을 빤히 쳐다보면서 물었다. 정숙정은 만사 귀찮다는 듯 입을 다물고, 낡은 동상처럼 서 있었다.

"잘 보듬어주고 그래야지…… 남자들 나이 먹으면 어린애 된다잖아." 나노자가 정숙정을 위로하려는 듯 조근조근 이야기를 트고 들어왔다.

"히야, 웃기시네. 너나 잘하세요." 정숙정은 속에서부터 무언가 꼬여 있었다. 나노자는 말 잘못했다는 듯 한발 뒤로 물러섰다.

"저거 너네 남편 아니니?" 나노자가 정숙정에게 보라는 듯이 포템킨 계단 쪽을 가리켰다. 유치헌이 긴 그림자를 보도에 던지고 허적허적 걸어오고 있었다. 소중한 여사와 나란히 걷는 품이 꽤 다정해 보이기까지 했다. 그의 머리 위에 서쪽으로 기웃한 땡볕이 내리쬐었다. 일행들은 박수를 쳤다. 정숙정이 기다려준 여러분을 위해 저녁에 맥주를 쏘겠다고 했고, 일행들은 또 별일 없었던 것처럼 손뼉을 쳤다. 정숙정은 아이구 죽겠네, 하다가 부채로 입을 가렸다.

"오데사 필름 페스티벌에서…… 한국 영화가 와 있어서, 남편이 죽인 환관의 머리, 아버지의 애인, 후궁들, 그래서 뒤주에 갇힌 왕자." 일행은 유치헌이 무슨 이야기를 하려는지 맥락을 잡기 어려웠다. 정숙정이 다가가 남편의 입을 막았다. 횡설수설하는 것을 막기보다는, 아이구 죽겠네 소리가 튀어나올 게 겁나서였다. 소중한 여사가, 한국 영화 대단해, 하면서 일행을 둘러봤다.

저녁을 먹고 나서 호텔 라운지에 모였다. 정숙정이 약속한 대로 맥주를 쏘기로 되어 있어서였다. 화장을 지운 정숙정의 얼굴에는 피곤한 기색이 역력했다. 아이구 죽겠네, 하는 정숙정의 표정에 비하면 유치헌은 쌩쌩하니 살아나 있었다.

"제가 해찰을 하고 다녀서 정말로 미안합니다." 여행 중에 그럴 수도 있지요, 호기심 많은 분들의 특징일 뿐, 다 잊어버리세요. 우리도 잊어버렸어요. 삶이 그대를 속일지라도, 우리는 내일이 있잖아요, 게로이 박은 실감 없는 대사를 늘어놓았다.

"감사합니다, 그런데 맥주 뭘로 하나, 게로이 씨가 골라줄래요?" 유치헌이 또랑또랑한 음성으로 가이드에게 부탁했다. 가이드 게로이 박은 오데사를 다 보고 나서 키예프로 갈 것이니까, 키예프에서 유명한, 따라서 우크라이나에서 유명한 오볼롱 맥주를 추천한다고 설명하고는 웨이터를 불렀다. 술자리가 벌어지고, 유치헌은 오볼롱이라는 맥주 회사가 지원하는 축구팀이 키예프에 있다는 이야기를 하기도 했다. 정숙정이 새초롬한 눈으로 남편을 쏘아봤다. 가이드는 우크라이나는 코자크의 고장이기도 하다면서, 자포로제 코자크 이야기를 했다.

오데사에서 동북쪽으로 400킬로미터쯤 떨어진 자포로제라는 도시 근처, 예카테리나 여제가 배를 타고 왔던 드네프로강 가운데 있는 섬에 마련된 '시치'라는 코자크 본부를 소개하면서, 관심 있는 분은 다시 찾아오라고 자기 연락처가 적힌 명함을 돌렸다. 코자크 이야기가 좀 길어진다 싶을 때였다. 나노자의 제안으로 화제가 다른 데로 옮겨갔다.

"가이드님이 예까쩨리나라고 발음하는 그 여자 애인 이야기나 해주세요. 포템킨 이야기도 좀 덜 들었잖아요?" 나노자가 게로이 박을 향해 눈을 찡긋해보였다.

"좀 길어요, 이야기가. 괜찮을까요? 한 분이라도 노라고 하는 분이 있으면 저는 이야기 닫는 사람입니다." 가이드가 뒤로 빼는 듯 달려들었다.

"난 세상에서 이야기 잘 하는 사람이 제일 좋더라." 나노자가 야살을 떨자 게로이 박이 알았습니다, 하고는 이야기를 시작했다.

예까쩨리나 여제는 본래 독일 출신으로 이름이 캐서린, 즉 카테린이었는데 말이지요, 러시아 황태자비가 되면서 러시아 정교로 개종하고 러식아식 이름을 받은 게 예까쩨리나인데 말이지요, 황태자비가 된 게 열다섯, 춘향이보다 어린 나이였고, 황태자는 그보다 하나 위였다나요, 그런데 이 황태자가 그 겁나는 표트르 대제의 외손자인데, 애가 좀 찌질해서 말이지요, 여자를 몰라요, 그래서 한다는 게 전쟁놀이나 하고, 쥐나 잡아다가 사형을 시키는 그딴 장난이나 하는 거예요. 황제가 될 청년이 그딴 식으로 놀고 있으니 여자 나이 그만하면, 봄철의 뭐시기는 놋젓가락도 녹인다는데 무슨 낙이 있었겠어요, 하니까 불란서 책이나 드립다 읽다가, 남자처럼 말등에 걸터앉아 사냥을 나가곤 했어요.

"육욕의 대리 충족인가?" 유치헌이 그렇게 물었고, 사람들은 아무도 웃지 않았다. 가이드가 이야길 이어갔다.

에이 인생 날 샜다, 하고 있는데 시어머니는 자꾸만 애를 낳으라는 거잖아요, 그래서 찌질한 남편 대신 애인을 만들어 불무질을 해가지고 애를 만들었는데, 첫째도 둘째도 연이어 죽었어요. 그러다가 하나가 살았는데 그게 표트르의 아들이라는 보장이 없는 거예요. 의문이 꼬리를 무는 중에, 폴란드 무시깽이 백작과 불륜에 빠지고, 맛이 쫀쫀했던 모양이라서, 백작이 싫증만 내지 않으면 죽을 때까지 알콩달콩했을 거라고, 자백도 했고요, 말이지요, 그다음 정부가 오를로프라는 곰 같은 인간이었는데 말이지요, 애를 만들어가지고 시어머니 죽은 지 석 달 되는 때에 애가 나오니까 극비리에 수양부모에게 맡겼어요. 이쯤 되면 아무리 숙맥이라도 남편이라는 자가 눈치를 못 챌 까닭이 없는 거잖아요. 여제의 가슴이 콩닥거리기 시작한 겁니다요. 오를로프를 불렀어요. 그러고는 쿠데타를 모의했어요. 근위병들을 조직해서 쿠데타를 결행했던 겁니다.

"황후가 황제인 남편을 죽인다는 거야?" 유치헌이 놀라서, 아이구, 죽겠네 하면서 물었다. 물론이지요, 가이드의 대답이었다. 유치헌이 눈을 감고 머리를 두 손으로 거머쥐고 부르르 떨었다.

"그만할까요?" 아뇨, 계속하세요, 일행들이 그렇게 외쳤다.

"우리 이야기의 주인공 한 사람이 여기 등장합니다." 일행은 귀를 세웠다.

근위대와 결탁하기는 했지만, 정작 근위대로 변장한 자기 복장에는 몇 가지 착오가 있었던 건데 말이지요, 삼각모자의 깃털이 빠져 있고, 황금실 술도 없는 검을 차고 나선 거지요. 그걸 눈치챈 포툠킨이 잽싸게 달려가 깃털과 술을 갖다가 처억하니 달아주었다는 겁니다. 그 포툠킨이 전함 포템킨의 그 포툠킨입니다. 황제 자리 내놓는다는 문서에 서명하고, 투옥된 남편을 처리해야 하는 시점에 다다랐는데, 사람을 처리한다는 게 간단치 않잖아요, 말이지요, 사람 죽여본 경험 있는 분 손 들어보세요. 일행은 어리뻥한 눈으로 서로 흘금거렸다.

"아버님, 이리 나와보실래요?" 게로이 박이 유치헌을 손가락질해서 불러냈다. 유치헌이, 아이구 이제 정말 죽겠네, 하자 일행들은 웃음이 자지러졌다.

내가 칼 들고 왔다는 거 모른다 치고 가만 계세요. 뒤로 살금살금 걸어가서 왼팔로 목을 이렇게 옭아 쥐고 오른손에 든 칼로 심장을 향해 힘껏, 힘껏 해야지, 안 그러면 늑골에 칼이 걸려 실패할 수 있걸랑요, 이렇게 박아 넣고 하나 둘 셋을 센 다음 칼을 뽑아내야 합니다. 오를로프와 그 동생이 이렇게 처치하고, 시신을 들어서 마대에 담아다가 호수에, 말이 끝나기 전에 유치헌은 가이드의 손에서 풀려나 스르르 무너져내려 바닥에 주저앉았다.

"오를로프는 그 대가로 여제의 침실을 안방 드나들듯 했지요, 당연한 일이지만." 가이드는 자기가 연극을 좋아해서 사람 죽이는 연습을 많이 했노란 이야기도 덧붙였다. 살인 연습은 안에서 충동적으로 돋아나는 살의 충동을 다스리는 데 큰 도움이 되었습니다. 연극과 현실은 늘 넘나들죠.

"그렇게 죽이고 끝난 건 아니겠지?" 나노자가 다리 사이에 손을 맞잡아 비벼 넣으면서 이야기를 재촉했다.

"오를로프라는 작자는 자기에게 굴러들어온 복을 차버린 놈인데요……." 어떻게? 하는 나노자의 맞장구에 맞춰 이야기를 이어갔다.

이 작자가 글쎄 열세 살밖에 안 된 사촌을 겁탈한 거 아녜요, 말하자면 제 무덤을 제가 판 거지요. 그래가지고 연금 증서와 함께, 한국말로 뭐라나, 삭탈관직이 되었지요.

저런, 뭐가 저런이야 천벌을 받을 놈이지, 그런 말들이 튀어나왔다. 아이구 죽겠네, 유치헌의 후렴이었다. 죽었대잖아, 정숙정이 유치헌의 옆구리를 찔렀다.

"포툠킨인가 하는 작자는 어디 숨었나?" 정숙정이 유치헌을 옆으로 제치면서 물었다.

"요약적으로 말씀드리지요." 가이드는 손가락을 튕겨 딱 소리를 냈다.

포툠킨 이 양반은, 아니 그 상놈은 예까쩨리나보다 열 살이 아래였는데요, 대학 때려치우고 황실 근위대에 입대했어요. 포툠킨은 워낙 덩치가 크고, 잘생긴 놈이라서 여제가 끔찍이 사랑했는데 말이지요, 불어를 러시아어만큼이나 잘하고 신학 지식도 짱짱해서 여제의 내실에 드나들면서 여제와 정분이 나기 시작한 거고요, 열 받아 위 뚜껑이 확 열린 오를로프 형제가 참겠어요? 오를로프 형제들한테 맞아서 나가떨어져가지고는 눈알을 두룩두룩 굴리면서 올려다보는 거 아닙니까, 오를로프가, 개자식이 어디다 눈깔 굴려, 깔아, 악마 같은 자식 하면서 달려들어 검지와 장지를 모아 눈알을 후벼냈어요. 이렇게 말이지요. 가이드는 오른손 검지와 장지를 모아 눈알을 후벼내는 시늉을 했다. 유치헌이 두 손으로 눈을 가렸다.

"끔찍해라……." 정숙정이 두 손으로 눈을 가리는 척하면서 유치헌을 흘금거렸다. 손가락 사이로는 유치헌의 일그러진 얼굴이 부옇게 떠올랐다.

1769년이니까, 조선으로 치면 영조 땐데요, 사도세자가 죽은 지 7년이 되는 무렵, 포툠킨은 전쟁에 나가 대승을 해가지고 영웅이 되어 돌아오지요. 외눈으로 전쟁을 수행하는 데 아무 지장이 없었던 모양인데요, 아무튼 여제가 대충 거들떠도 안 보는 거예요. 아까 신학에 밝다고 했지요, 이 양반이 말예요. 그래서 수도원에 들어가 수도승이 되겠다고 여제에게 신고를 하러 갔어요. 그런데 여제가 쿠데타할 때 자기를 도와준 옛일을 잊지 못해서, 가까이 오라 해서는 오를로프가 후벼낸 눈에다가 키스를 했다던가…… 암튼 그때가 1773년이 되는데, 푸가초프란 작자가 난리를 일으켜 자기가 표트르 3세라고, 사실은 표트르가 죽지 않고 살아 있다고 사기를 치면서 사람을 모아 난리를 일으킨 거라구요. 여러분 아시지요, 『대위의 딸』이라고, 왜 광장에 서 있던 동상의 주인, 그 푸시킨이 쓴 소설, 그게 푸가초프의 난을 소재로 삼은 겁니다, 아시겠어요?

"우린 잘 모르니, 그놈의 아시지요? 겁 주는 구절은 빼고 이야기하시지." 유치헌이 근엄한 어투로 말했다. 일행들의 눈길이 유치헌에게 쏠렸다.

좋습니다, 여러분, 3040의 법칙이라고 아시나요? 또 아시냐네, 아무튼. 아무도 대답하는 사람이 없었다. 30대 남자와 40대 여자가 만나면 어떻게 어떻게 된다는 건데요, 아시지요 안 할 테니 상상해보세요. 둘이는 1년 6개월 동안 먹고 마시고 섹스하고 전쟁 궁리하느라고 정신이 홀딱 빠졌어요. 예까쩨리나 여제가 외눈박이, 궁예도 그랬지요? 둘이 업고 놀자를 너무 해서, 여제가 포템킨의 대포를 감당 못할 지경이 되었던 모양입니다. 감당 못 하면? 쫓아내야지요. 그래서 쫓아낸 데가 크림반도 지역 흑해 연안이었습니다. 오데사가 거기 포함되는 것은 물론이구요. 여제가 54세 되던 해, 포템킨이 그리웠던지

드네프로강을 따라 군함을 이용해 항해를 하는데, 그 유명한 포템킨 빌리지가 만들어진 게 바로 그때였습니다.

"제가 한심한 놈이란 생각이 드실지도 몰라요. 러시아 유학해서 박사 받아가지고 한다는 짓이 남의 나라 궁정의 문란하기 짝이 없는 섹스 행태나 이야기하고 있다고 말이지요. 그러나 저는 이런 일에 자부심을 가지고 있기도 합니다. 인간사를 이해하는 데 도움이 되거든요. 상크트뻬쩨르부르크의 에르미따쥐 그냥 다녀오신 분은 아마, 그 유명짜한 예까쩨리나 2세 혹은 여제가 그런 음탕한 여자라고는 생각지도 못했을 거니까, 표트르 대제 기마상도 사실은 예까쩨리나가 자기 내세우려고 한 작업이지요. '표트르 대제가 프리모, 예까쩨리나는 세쿤다' 그런 표어를 만들어 백성들이 암송하게 해서, 자기를 영웅화하려고 한 짓이거든요. 모르면 겉만 보지요. 알아야, 공부를 하든 스스로 탐구를 하든 뭘 알아야 해석도 하고 의미 부여도 하고 그러지요. 사실 말이지요……." 가이드 이야기가 더 이어질 조짐이었다.

"여제가 그런 짓 하던 때가 조선으로 치면 언제가 되오?" 유치헌이 눈을 반짝이며 물었다. 맥주잔이 거의 그대로 남아 있었다. 정숙정이 남편을 신통하다는 듯 바라보았다. 정신이 돌아오는 중인 것 같기도 했다. 술을 안 마셔서 말짱한가, 정숙정은 고개를 갸웃했다.

"영조 정조 무렵입니다. 사도세자가 뒤주에 갇혀 죽고 나서 10년 뒤 푸가초프의 난이 일어났습니다. 사도세자가 뒤주에 갇혀 죽은 해 표트르 3세, 예까쩨리나 여제의 불행한 남편은 폐위되고, 오를로프에게 암살된 해가 공교롭게도 1762년으로 일치합니다. 세상사는 비교

해봐야, 바꿔봐야 뭘 좀 알겠더라구요." 유치헌이 고개를 끄덕였다. 누군가 이야기가 더 있는가 물었다.

"끝낼까요?" 가이드가 묻자, 말이 그렇다는 말이지, 누군가 그렇게 응수했다.

"포툠킨이란 작자, 이거 순 잡놈이라구요." 가이드가 이야기를 마무리하는 중이었다. 아까 3040의 법칙 이야길 했습니다만, 여제는 2050이란 규칙을 만들었어요. 여제가 50대로 들어서니까 정부를 20대 젊은이로 바꿔대기 시작했고, 마지막 정부는 여제보다 40년 연하였습니다.

"그게 어때서?" 나노자가 정숙정을 바라보며 부러운 눈치를 했다.

"여러분, 사람의 심장을 움직이는 게 뭔지 아세요? 사랑이라고요? 그렇습니다. 예까쩨리나 여제가 바로 그런 사람이었습니다. 사랑이 없으면 자기 심장은 한순간도 움직이지 않을 것이라고 털어놓았어요." 그럴듯하지요? 가이드가 일행을 둘러봤다.

"그게 왜 사랑인가, 섹스지." 유치헌이 가이드의 말을 고치고 있었다. 유치헌은 사도세자가 왜 뒤주에 갇히게 되었는지를, 그리고 세자가 그렇게 된 원인이 사랑의 결핍에 있다는 이야기를 하려다 입을 닫았다. 어떤 책에선가 읽은 사도세자의 이야기가 생생하게 살아났다. 사도세자는 환관을 죽여서 그 머리를 부인에게 가져다주었다. 세례 요한의 목을 잘라 살로메에게 갖다 주었던 헤롯 왕처럼. 영조의 침방나인 박씨를 덮쳐 임신하게 했다. 침방나인이라면 침모인 셈인데, 그게 유모와 무엇이 다른가. 후궁을 살해한 적도 있다. 후궁이라면 그 또한 부친 영조의 여자였다. 가선이라는 여성을 겁탈하고 궁중에 들이는 등 아무리 참을성 있는 제왕이지만, 교육 의지로 가득했던 만큼 참고 지나갈 수 없었을 터였다. 어쩌면 사도세자의 그런 방자함은 영조 자신에게서 물려받은 내림인지도 알 수 없는 일이었다. 머릿속이 환하게 트여오는 느낌이었다. 그것은 논리가 아니라 느낌이었다. 유치헌의 얼굴에 웃음기가 떠올랐다.

"상크트뻬쩨르부르크에서 가장 값나가는 운하가 뭔지 아시는 분?" 일행을 둘러보던 게로이 박이 이야기를 이어갔다. 아무도 대답 않는 걸로 알고요, 아무튼 예까쩨리나 여제는 정부에게 지성을 요구하지 않았습니다. 귀족이 들고일어날 것 같으면 농노제를 강화해서 귀족들에게 영지를 공급하고 농노들이 세금을 혹독하게 내도록 했습니다. 황제의 간 덩어리는 워낙 단단해서 측은지심이 뿌릴 못 박아요." 유치헌이 손뼉을 쳤다. 일행들의 눈이 둥그레졌다.

우리가 무슨 이야기를 하고 있는 거지요? 정부에게서 자식을 낳는 족족 비밀리에 수도원 같은 데로 빼돌려야 했던 여제에게, 정부들은 자기 '새끼'와 같은 존재였습니다. 정부들에게 하나하나 편지질을 했는데, 온통 오 마이 베이비, 그거였습니다. 여제가 55세 되던 해 뭐랄까, 공식 정부 알렉산더는 23세였는데, 죽었어요. 살해되었을 거라는 소문이 돌았어요. 포툠킨에게도 그 소식이 전해졌고, 포툠킨은 여제를 위로한다고 상크트뻬쩨르부르크로 돌아옵니다. 여제는 포툠킨을 거들떠보지두 않았어요. 포툠킨의 사촌들 가운데 고아로 지내는 처녀들이 있었는데, 모두 다섯 처녀였대요. 그들을 궁정으로 불러들였고 예까쩨리나 여제는 그들을 시녀로 임명합니다. 이게 묘한 맥락인데 말입니다, 예까쩨리나가 공식 정부 자바도프스키를 침실로 불러들이는 것을 보고는 눈이 뒤집혀 사촌 셋을 차례로 아내로 삼는 이런 잡놈이 어디 있습니까. 궁정에 포툠킨의 첩들 집단이 만들어질 지경이었어요.

"거 죽일놈이구만……." 유치헌이 게로이 박의 동의를 구하듯 올려다보았다.

"희한한 인간이지요. 아마 여제에 대한 보복 심리랄까 원한 감정이랄까, 그런 왜곡되어 안에 틀어앉은 욕망 때문인 듯하기도 해요." 전투에서는 자기 부하 장교의 마누라는 단골로 따먹고, 흘레붙을 때, 군악대를 동원해서 드럼을 울리게 하질 않나, 오르가슴에 도달해서 꺽꺽 소리를 지르면 예포가 펑펑 발사되었다잖아요. 게로이 박은 얼굴을 심하게 일그러뜨렸다.

"여기까지입니다. 이제 포템킨, 포툠킨, 전함 포템킨의 그 포템킨이 어떤 인간인지, 러시아 로마노프 왕조의 궁정이 어떠했는지 아시겠지요?" 아앙, 누군가 하품을 했다.

"우리 가이드 선생 대단하다. 그런 일들을 어떻게 그렇게 좌악 꿰고 있대?" 나노자가, 그거 다 책에서 본 겁니다, 말하는 게로이 박에게 다가가 등을 어루만졌다. 몸도 좋고……. 손 치우세요, 덥습니다. 가이드가 셔츠 앞자락을 풀었다. 가슴에 무성한 털이 내비쳤다. 여제가 쓰다듬었던 포툠킨의 몸은 털투성이였다.

"우리집에 와서 살 생각 있어?" 나노자가 게로이 박을 향해 눈을 찡

굿했다.

"댁에 예쁜 따님 있습니까?" 게로이 박이 물었다.

"요새 어떤 에미가 딸년 서방 구해다 준대나?" 나노자가 정숙정을 흘금거리면서, 너도 한마디 하라는 듯이 가이드의 이두박근 불거진 팔뚝을 어루만졌다.

"맥주나 한 잔 더 주시지요." 뒷자리에 앉아 있던 소중한 여사가 자기 잔을 게로이 박에게 밀어주었다.

"말이지요, 여기 푸시킨 호텔 오디오 성능 좋습니다. 신청하시면 차이코프스키 멋진 걸로 서비스하겠습니다. 침대에서 이용들 하세요." 게로이 박이 자기 가방에서 차이코프스키 CD를 꺼내 탁자에 늘어놓았다.

"나부터 하나 주소." 유치헌이 앞으로 나서서 20유로를 내고 CD를 하나 골랐다. 정숙정은 속으로 아이구 죽겠네, 유치헌을 꼬나보았다.

"정숙정이 좋겠다." 나노자가 가이드를 쳐다보며 정숙정에게 말했다.

정숙정이 유치헌과 호텔 방에 들어와 CD 포장을 뜯었다. 그 안에서 '포템킨의 대포'라는 상표가 나왔다. 그러면 그렇지, CD를 겨우 하나 판 가이드 게로이 박이 울상이 되어 있던 모습이 떠올랐다.

다음 날, 정숙정과 유치헌 내외는 오데사에서 하루 더 묵기로 하고, 다른 사람들 먼저 키예프를 향해 출발했다. 비행기 표는 게로이 박이 하루 연기해서 바꿔놓은 뒤였다.

"어이, 정숙정, 어제는 자기가 아이고 좋아 죽겠네, 그렇게 외쳤겠다." 나노자의 전화였다.

정숙정은 아무 대답도 하지 않고 빙긋이 웃고 서 있었다. 그 모습은
예카테리나 여제의 청동상과 너무 흡사했다. ✽

차디찬 꿈

누구나 알 것이다. 생애의 어느 마디에서 이제는 그만두어야 하는 일들이 생긴다는 것. 그만두어야 하는 일들이 쌓여 더는 진전을 이룰 수 없을 때 생애가 마무리된다는 것. 하던 일을 그만두어야 한다는 것, 아니 그만두어야 할 때를 알아서 그만두는 그 결행, 그것은 슬프고 아름다운 일이기도 했다. 그게 요즈음 현장구가 거듭 곱씹는 화두였다.

현장구(玄長久)는 자기 이름이 짱구를 연상하게 한다고 해서 스스로 '현장'이라고 줄여서 불렀다. 아무튼 현장에게는 여행이 정리해야 할 항목 가운데 하나였다. 히말라야 트레킹을 끝으로 무리한 여행은 하지 말아야 한다는 다짐을 두고 지내는 터였다.

그런데 유라시아 포럼 광 회장으로부터 제안이 왔다. 우크라이나에 가 있는 박안토니아 교수와 협의해서, 우크라이나 오데사에서 한-우문학교류 포럼을 갖는다는 것이었다. 그러니 꼭 참여해달라는 요청

차디찬 꿈

이었다. 현장은 오데사 이야기를 듣고는 때아니게 가슴이 벌렁거리기 시작했다. 좋지요, 하고는 여행 단념해야 한다는 다짐을 깨면서 일정표를 보내달라고 했다.

광 회장이 보내온 일정표에는 폴란드 바르샤바, 오데사, 키예프, 프라하, 그런 도시들을 하루씩 거쳐가는 걸로 여정이 짜여 있었다. 에이젠슈쩨인의 〈전함 포템킨〉 때문이라도 오데사는 꼭 가보고 싶은 도시였다. 그리고 도시의 역사로 보아 소설 소재를 하나 얻을 수 있겠다는 욕심이 들기도 했다. 현장은 구글 지도를 샅샅이 뒤져 자기가 가는 행로를 추적했다. 부담 없이 다녀오자는 생각으로 기억을 더듬기도 하고, 어떤 볼거리가 있는가를 찾아보기도 했다. 그러는 중에 길 부회장이 전화를 해왔다.

"현장 선생께서 발표도 하나 해주시기로 했다지요. 잘 하셨습니다."

현장은 그건 안 된다는 이야기를 하려다가 입을 가렸다. 명칭은 포럼으로 되어 있지만 명색이 학회인데 발표라는 역할도 없이 그 먼 데를 여행한다는 게 열없었다. 발표 못 한다고 뻗댈 일이 아니었다.

"알았습니다. 발표문 언제까지 보내야지요?"

길 부회장은 6월 말까지는 보내주어야 한다고 했다. 알았다고 대답을 하고는, 시간이 겅정거리며 계획을 앞서갔다. 참가비를 보내고, 조정된 일정표를 다시 받고, 참가자가 누구들인지 묻고 하면서, 여행 준비를 하는 중에 정작 발표 원고는 진척이 없었다. 현장은 실제로 알맹이에 해당하는 원고를 쓰는 것보다 준비를 한다는 핑계로 대책 없는 해찰에 빠져들었다.

현장이 꾀를 낸다고 머리를 짜내서 한 작정이라는 게 자그마한 주제를 잡아 그걸로 발표를 때우자는 속셈이었다. 전에 두어 번 읽고 언젠가 그 작품을 대상으로 글을 하나 쓰겠다고 처박아두었던 니콜라이 고골의 『타라스 불바(ТАРАС БУЛЬБА)』를 서가에서 꺼내놓았다. 그리고는 또 다른 곁길로 빠지는 해찰이 시작되었다. 〈대장 부리바〉(1962)라는 영화도 보고, 러시아에서 제작한 〈타라스 불바〉도 다운받아 보았다. 그게 우크라이나 지역 출신 작가 혹은 우크라이나 지역의 인물과 연관된 작품이라, 전해에 상크트페테르부르크에 가서 발표를 했던 '스텐카 라진' 설화를 찾아보고, 같은 이름으로 된 영화도 다시 감상했다.

길 부회장이 발표 제목을 달라고 전화를 해왔다. 『타라스 불바』의 텍스트 재생산의 시도라는 제목 어떠냐고 슬그머니 내놨다.

"거 중편 정도밖에 안 되는 책 아닙니까?" 대상 작품이 너무 협소하다는 듯, 좀 시덥잖은 반응이었다.

"책의 크기가 책값을 결정하지 않습니다. 이번은…… 부담을 줄이려고……."

"현장 선생님의 위상도 그렇고, 비중도 만만찮은 분이…… 하긴 작은 고추가 맵다지요. 죽갔네." 하고는 전화 속에서 낄낄낄, 키릴로프를 연상하게 하는 웃음소리가 흘러나왔다. 시간 지켜주어야 한다는 당부를 하고는 전화가 끊겼다. 현장은 책상 위에 놓인 달력을 쳐다보았다. 6월도 중순을 지나고 있었다. 급하다는 압박감이 목을 죄어왔다.

무엇보다 텍스트를 읽어야 할 일이었다. 전에 읽은 것은 스토리도 잘 안 떠올랐다. 그래 그렇게 잊히는 것이겠지. 중얼거리면서 현장은 책상 위에 빼놓았던 책을 들고 표지부터 더듬어 읽었다. 민음사 세계문학전집 211권이었다. 띠지에는 영화 〈대장 부리바〉의 원작, '러시아 대문호 고골 탄생 200주년 기념 출간'이라고 자랑찬 구절을 늘어놓는 중이었다. 번역자는 조주관으로 되어 있었다. 조주관은 현장이 글을 통해 대강 아는 사람이었다. 번역자를 아는, 그것도 대강 짐작하듯 아는 것과 작품을 아는 것 사이에는 엄청난 구렁이 가로놓여 있곤 했다.

코자크…… 대장이 앞서서 자아, 가자, 아이다(айда)!를 외쳐대는 그 어지러운 족속의 삶을 다룬 언어를 번역한다니? 러시아어로 쓴 소설이지만, 우크라이나 어투가 배어 있는 텍스트를 번역하는 데는 대단한 공력이 들었을 거라고 짐작했다. 그러나 짐작일 뿐 러시아어 텍스트는 구할 수가 없어서, 번역본을 읽는 걸로 원고를 읽어야 할 형편이었다. 영상을 먼저 보는 것도 잘못은 아니지 않나, 그런 생각이 떠올랐다.

현장은 책을 집어던지고 율 브린너가 주연한 영화 〈대장 부리바〉를 다시 돌려보았다. 영화는 전란의 소란 속에 온통 빠져 무슨 이야기를 하는지 알 수 없을 지경이었다. 영화에서는 어떤 장면이 극대화되는 경우가 있다. 소란스런 장면의 극대화는 사유를 저해한다. 그것은 의미는 제거하고 수사만 남게 한다. 그래서 의미를 찾는 사람들은 영화보다는 문자 텍스트 소설 읽는 데 빠지곤 하는 터. 물론 영화를 보면서 철학을 하는 이가 없는 바 아니지만. 현장은 다시 소설 텍스트로 돌아왔다. 첫 줄부터 읽는 게 아니라 이게 언제 작품이던가 하면서 '해설' 부분을 먼저 훑어봤다.

아무튼, 원작 소설은 1835~1842년 사이에 씌어졌다고 같은 책 220쪽에 기록되어 있었다. 170년 전 작품인 셈이다. 현장은 그렇게 오래된 작품을 지금 읽어야 하는 이유가 뭔가 잠시 고개를 갸웃했다. 4차 산업혁명의 시대라는 이때에, 이상(李箱)이라는 작가가 혐오해 마지않던 19세기 작가로 돌아가는 뜻은 스스로 헤아리기 어려운 작태이기도 했다. 달리 생각하면 문화라는 게 '동사'라고는 하지만, 시간차를 극복하는 해석학이 문화 아닌가 하는 생각이 머리 한구석을 짓눌렀다. 아무튼 오데사 여행이 현장을 잡아 족치기 시작하는 중이었다.

현장은 작가 연보를 들춰보았다. 니콜라이 고골(1809~1852), 43년을 산 이 천재, 현장은 고골의 천재성에 공감하기보다 고골이 죽은 나이에 자신은 무엇을 했던가 되짚어보다가, 졸음이 와서 손에 들었던 책을 바닥에 떨어뜨렸다. 휘뚱 하는 허리를 곧추세운 현장은 책을 주워들고 표지 그림을 살펴보았다. 익숙한 그림이었다. 일리야 레핀! 현장은 손바닥으로 책상을 쳤다. 그의 제자들이 진홍색 의상 속에 그려 넣었던 여인들. 불타는 듯한 눈초리를 번득이며 춤사위에 돌아가던 그 여인들의 고향. 코자크…… 들, 영어의 s, 러시아어에서는 и가 붙는 그 사람들. 그 책의 표지 그림은 일리야 레핀(1844~1930)의 명작으로 알려진 〈터키 술탄에게 답신을 쓰는 자포로제 코자크인들〉이었다. 영어로는 The Reply of the Zaporozhian Cossacks to Sultan Mahmed IV로 되어 있고, 현장이 상트페테르부르크의 러시아 박물관에서 보앉던 작품에는 러시아어로 Письмо запорожцее турецкому султану라는 제목이 붙어 있었다. 2017년 수첩에 그렇게 메모되어 있을 뿐, 그 표기가 정확한지는 자신이 없었다.

그림을 그린 기간이 1878~1891년, 무려 13년이나 되었다. 10년이 넘는 그동안 아무 짓도 않고 그 그림에만 매달린 것은 아닐 터이나, 레핀이 이 그림에 얼마나 정성을 들였는가를 짐작하게 하는 일이었다. 현장은 자신은 책을 하나 쓰기 위해 10년 공을 들였던 적이 있던가, 후회스런 생각을 하매 갑자기 우울해졌다.

현장은 그림 한 폭이 무슨 사주팔자의 끄나풀처럼 자신을 따라다닌다는 생각을 하면서, 일리야 레핀의 〈답신〉 그림에 대한 탐구라는 걸 해나갔다. 현장에게는 연구 아닌 것이 없고 눈만 가서 머물면 모든 게 탐구 대상으로 '승화'를 거듭해갔다. 현장은 진국이라는 세상의 평판과는 달리, 자기 먹을 것 별로 챙기지 못하는 빙충이라고 생각하곤 하였다. 그래서 용맹하고 잔혹한 코자크들 앞에서는 기가 팍 죽어 늘어지곤 했다.

아무튼, 1675~1676년, 우크라이나의 드네프르강 근처에 살던 코자크들은 오스만투르크 제국의 세력과 한판 붙는다. 투르크 세력은 코자크 부대의 막강한 전투력에 밀려 후퇴하고 만다. 그런데 가관인 것은 투르크의 술탄이 자포로제의 코자크들에게 편지를 보내 자기들에게 복종하라고 기염을 토하는 것이었다. 현장은 『일리야 레핀』이라는 화집을 들춰보았다. 그 책에 전해지는 바 술탄의 편지는 이렇게 되어 있다.

술탄이자, 무하마드의 아들, 태양과 달의 형제, 주님의 손자이자 권한을 부여받은 총독, 마케도니아, 바빌론, 예루살렘과 이집트 왕국의 통치자, 황제 중의 황제, 왕 중의 왕, 패배를 모르는 탁월한 기사, 예수 그리스도의 무덤을 지키는 단호한 파수꾼, 신 자신으로부터 권한을 위임받은 제왕, 무슬림의 희망이자 기쁨, 그리스도교의 확고한 방어자인—짐은 자포로제의 코자크인들에게 어떠한 저항 없이 자발적으로 짐에게 복종할 것과, 무익한 공격으로 짐의 심기를 건드리는 일이 없을 것을 요구한다.

웃겨도 분수가 있지, 전투에 지고 패주한 주제에 항복하라니, 적반하장이란 말이 아까울 지경이었다. 코자크들이 모였다. 그리고 대중들 앞에서 헤트만(대장)이 편지를 읽었다. 전하는 바 내용을 자세히 이야기하기는 말이 거칠고 비루해서 그대로 구연할 수 없는 형편이다. 평등을 주장하는 자유인들의 말본새라는 것이, 각자 혓바닥 돌아가는 대로 툭툭 내뱉는 식이었다. 육담으로 질펀한 말 속에 그들의 자유정신이 숨어 있는 것이라고 강변할 생각은 없다는 게 현장의 속셈이었다. 그의 외삼촌은 늘 썩을 놈이니, 뭘 좀 꾸물거리면 뜨물에 뭣 담글 놈이라느니 그러다가 제에미— 하고 왜가리 같은 소리를 질렀다. 그런 구습은 자유라는 것과는 아무 연이 닿질 않았다.

아무튼 말이라는 게 무엇인가 하는 생각이 머리를 옥죄들었다. 동시에 전에 불가리아에 갔을 때, 키릴과 메토디우스 두 성인이 언어적으로 종교적 헌신을 했다나는 이야기를 들은 것이 잊히지 않았다. 키릴 문자의 기원이 거기 있고, 동방정교의 분리 과정에 대해서는 제임스 빌링턴이 자세히 기록해놓고 있었다. 그리스어 orthodoxos는 찬양 제대로 하기란 뜻인데 러시아어로 옮기면 프라보슬라비에(православие)가 된다는 설명이 『이콘과 도끼』 8~9쪽에 기록되어 있었다. 아무튼 답장 내용은 대충 이런 것으로 전해진다.

오, 술탄, 터키의 악마이자 빌어먹을 악마들의 형제, 루시퍼의 꼬붕 놈. 도대체 너는 얼마나 잘난 기사 양반이길래, 엉덩이에 붙은 벌레 한 마리 못 죽이나? 악마의 똥과 너네 쫄병의 짬밥 같은 새끼. 너같은 개새끼는 절대 그리스도인들을 복종시키지 못한다. 우리는 너네 쫄따구들이 두렵지 않고, 땅과 바다에서 기꺼이 싸워서 너네 엄마들의 눈물을 쥐어 짜내겠다.

너는 바빌론의 설거지꾼, 마케도니아의 마차꾼, 예루살렘의 양털깎이, 알렉산드리아의 염소치기, 이집트의 돼지치기, 포돌리안의 도둑, 타타르의 창남, 카마네트의 망나니, 그리고 모든 이승과 저승을 통틀어 돌 대가리인 놈이다. 주님 앞의 천치, 독사의 손자, 놈팽이의 사타구니. 너는 돼지 같은 얼굴에, 당나귀 같은 엉덩이를 달고, 도살장의 강아지와 이교도의 대가리를 들고 있는 제미붙을 놈들이다.

이게 너 같은 새끼에게 해줄 수 있는 코사크인들의 답장이다. 너는 그리스도의 돼지한테 밥 줄 자격도 못 된다. 이제 끝을 맺는데, 우리는 달력도 없고, 날짜도 알지 못한다. 달은 중천에 떠 있고, 주님은 연도를 알고 계시고, 여기의 날짜는 니가 있는 그곳의 날짜와 같다. 그러니 니가 우리 엉덩이에 키스나 해라.

　　　　— 코사크인의 수령 이반 시르코(Сирко)와 자포로제의 형제들


　최소한 공식 문서인데 이런 말투가 도무지 가당치 않다는 생각이 들었다. 현장은 이인영 교수가 쓴 『아바쿰』이란 책 어디선가 17세기 러시아의 언어 상황을 서술한 내용을 본 듯했다. 마침 책꽂이 구석에 그 책이 꽂혀 있었다. 책갈피를 접어놓은 데에 이런 내용이 들어 있었다.


　17세기 러시아는 아직도 완벽한 이중언어 사회였다…… 말은 러시아어로, 글은 슬라브어로…… 말하기와 글쓰기라는 두 기능이 러시아어와 교회슬라브어라는 두 언어에 의해 안정되게 분화되어 있었으며 이러한 분화는 '글'을 모르는 일반 민중들을 제대로 된 의미전달로부터, 그리고 따라서 지배적 이데올로기로부터 격리시키는 결과를 가져오게 되었다.(p.89)


　코자크들의 말은 지배 이데올로기를 일탈한 자율 언어였던 셈이라고, 현장은 생각을 정리했다. 현장은 다시 자료를 들여다보았다.

　수령이 혼자 서명하지 않고 '자포로제 형제들'이라 달아둔 게 인상적이었다. 이 그림을 두고 "사실보다 더욱 사실적인 표현"이라고 극찬한 이도 있기는 하지만(최영진, 『전쟁과 미술』, pp.230~231), 현장이 볼 때, 팩트로서의 사실과 역사를 해석하고 그것을 예술로 전환한 데서 우러나오는 '진실'에 가까운 사실은, 사실 말하자면, 사실과는 별

개로 존재하는 것이었다. 당시 자포로제 코자크들은 폴란드와 모스크바 왕국(정부)과 갈등 상황을 지속했다. 타타르인들의 침입과 그를 막아내기 위한 터키와의 협력과 배반, 끊임없이 이어지는 전투 등 복잡하고 어지러운 상황이었다. 거기다가 기근이 계속되고 역병이 돌아 농민들 거의 절반이 죽어가는 참경이었다. 그러한 내용은 안드레이 타르코프스키가 만든 영화 〈안드레이 루블료프〉(1966)에도 지문으로 나온다. 그만큼 코자크들의 고통스런 상황은 일상화되어 있었다.

현장은, 그런 정황으로 본다면? 하고 자기 말에 의문부를 달았다. 그러고는 일리야 레핀의 그림을 다시 들여다보았다. 사실 이 그림의 뛰어난 점은 인물의 개성이 살아 있다는 것과, 자포로제 코자크들의 특성을 밀도 있게 집약해 표현했다는 데 있다. 그리고 디테일의 섬세함이 이 그림의 황금 부분이었다. 현장은 도스토옙스키가 자기 소설에서 작중인물이 그림을 보는 이야기를 삽입한 것처럼, 그림 한 편을 자세히 들여다보느라고 소설 본문에서는 한참 외돌고 있었다. 그러나 분명한 것은, 현장은 도스토옙스키의 작중인물이 아니라는 점이었다.

이 그림의 주인공은 누구인가? 분명하지 않다. 복장으로 보았을 때, 가운데 붉은 코트를 걸치고 털모자를 쓴 채 몸을 뒤로 젖히고 자지러지게 웃어대는 인물이 헤트만(대장)이다. 그러나 그의 외모는 다른 인물들과 대비되는 가운데 코자크 특성에 묻어들어가고 만다. 따라서 주인공이라고 하기 어려웠다. 주인공? 현장은 그런 의문을 두고 킬킬 웃었다. 독불장군이란 말을 떠올리면서였다.

구도가 대각선 구도로 되어 있어서 역동감과 함께 안정감을 주는 것 또한 이 그림의 특성이다. 귀에다가 예비용 깃털 펜을 하나 꽂고 앉아 편지를 (받아)쓰고 있는 서기는 주변의 인물들과는 이질적이다. 코자크족 같지 않다. 그런데 이 부각되지 않는 인물을 중심으로 해서 다른 인물들이 마주 보게 배치되어 있어서 여전히 서기가 중심인물임을 알게 한다. 구도상의 중심과 그림이 전하는 메시지의 중심은 같은 위상에 놓이지 않는다. 한편 바라보아 오른쪽에 흰색 가죽 코트를 입고 등을 돌리고 서 있는 인물을 배치함으로써 다른 인물들이 흩어지는 것을 막고 집약된 구도를 드러냈다는 점도 특징적이다. 이러한 구도는 어찌 보면 이콘의 정형적 기법과 연관되는 것인 듯했다. 그리스인 테오파니스 학파 화가들이 그린 것으로 되어 있는 〈그리스도의 거룩한 변모〉에서 볼 수 있는 구도가 이 그림에 와서 겹쳐지는 것이었다(석영중, 『러시아 정교』, p.318). 무질서한 인물들의 휜소 가운데 자리잡고 있는 러시아 정교의 정신적 구도가 그런 게 아닌가 하는 생각이, 손에 잡히지 않지만, 거의 형상을 드러내기 시작했다.

또 하나 놀라운 것은 정면에 부각된 인물들이 차고 있는 소도구들이 정밀하게 묘사되어 있다는 점이다. 화가 자신이 코자크 지역 출신이라는 점, 디테일에 치중하는 러시안 리얼리즘 화풍 등을 읽을 수 있게 한다. 글로 묘사해 보일 수 없는 디테일을 드러내는 이 그림의 무게를 소설과 어떻게 비견할 수 있을 것인가, 예술로서의 그림에 대해 잠시 깊은 생각에 잠겼다. 일리야 레핀이 그림 공부를 이콘화가 밑에서 시작한 것과 어떤 연관이 있을까? 그런 의문도 일었다.

이 작품은 자유, 평등, 연대 등을 강조하는 자포로제 코자크들의 정신 상황을 하나의 화폭에 압축한 데 그 리얼리티가 살아난다. 현장은 자신의 고향과, 고향에 대한 애정과 그런 것들이 자기 안에 얼마나 살아 있는가, 스스로 물어보았다. 겉으로 드러내거나 손으로 잡을 수 있는 게 아무것도 없었다.

현장의 머릿속에 독일어 단어 하나가 잊었던 추억인 양 떠올랐다. Heimatlosigkeit …… 하이데거의 고향이 어디던가, 그런 엉뚱한 생각이 들었다. Die Sprache ist das Haus des Seins. 언어가 존재의 집이라는 그런 명제도 아스무레하게 떠올랐다. 그러나 러시아는 기본적으로 언어중심주의를 넘어서는 정신을 지니고 있는 것으로 설명되고, 이콘에 대한 몰두, 반주악기 없는 성가 등이 신비주의를 표상하는 정신의 종교적 높이를 보여준다고 한다. 미를 통한 구원을 지향한 종교, 그것은 현장에게 낯설었다(석영중, 앞의 책, p.235). 이는 다시 '삼위일체'라는 논의와 연관되는 것인데, 안드레이 루블료프를 비롯해서 시몬 우샤코프 그리고 이름 없는 화가들에 이르기까지 수없이 많은 삼위일체 그림들, 성부, 성자 그리고 성령으로 드러나는 이 형상들. 코자크들에게 이콘이란 무엇이었을까 하는 데까지 생각이 치달았다.

하이데거의 고향은 바덴뷔르템베르크 어디던가? 언어가 존재의 집이라면, 코자크들이 깃들였던 언어란 무엇인가? 코자크, 우크라이나, 폴란드, 리투아니아, 러시아…… 지금 그들은 어디에 존재를 의지하고 있는가? 책표지는 편집자가 본문에 추가하는 다른 본문이 아닌가 하는 생각도 들었다. 코자크를 그린 그림과 코자크의 삶을 담은 소설의 텍스트 연관성은 무엇인가, 정리되지 않는 상념이 맴돌았다. 거기다가 러시아 말과 우크라이나 말의 분파와 차이는 어떤 것이고 두 나라의 정체성을 이야기하는 데 어떤 역할을 하는 것인가…… 의문이 끊임없이 이어졌다.

현장은 튀빙겐대학에서 공부하고 돌아온 금이성(金以性)에게 전화를 넣었다. 그는 다른 김씨와 자기는 다르다고 金이라 쓰고 금으로 읽어달라고 우기는 축이었다. 현장은 책의 표지를 들여다보고, 언어와 회화의 관계에 대해 곰곰 궁리를 하다가 철학을 공부한 이에게 물어보자 하고는 연락을 했던 터였다.

"아아, 현장 형이 전화를 다하고, 일단 만납시다."

그렇게 해서 사당역 12번 출구 지하층에 있는 '반디 앤 루니스'라는 서점에서 금이성을 만났다. 하이데거 존재론에 대한 이야기를 들으면서, 술을 한잔 하는 동안, 공부는 혼자 하고 발표는 여럿 앞에서 한다는 결론을 얻었을 뿐 소득이 별로 없었다. 금이성도 '아르카디아 철학아카데미'에서 썰을 푸는 걸로 자기 존재를 겨우겨우 버텨낸다는 탄식을 듣기는 심기가 더욱 고단했다. 말로 벌어먹는 게 얼마나 고된 일인가를 생각했다. 하기는 오데사까지 가서 발표라는 걸 한다는 일은 일종의 말로 하는 노동 같은 것이었다. 그런데 말로 벌어먹는다는 말은 말로 빌어먹는다는 것과 동격이라는 생각이 치고 지나갔다. '너 그렇게 공부해서 어디 밥 빌어먹고 살겠냐?' 어머니는 늘 그렇게 현장을 닦달하곤 했다.

"코자크 이야기 제대로 알려면, 우선 그들의 역사를 이해할 필요가 있지 않을까, 그런 생각이 듭니다."

금이성이 일어서면서 덤덤한 어투로 말했다. 도수가 낮아져 맛이 덤덤한 소주 각 일병으로, 자리를 털고 일어났다.

금이성과 헤어진 현장은 다시 지하 서점으로 달려가 책을 샀다. 우선 우크라이나의 역사를 알아야 한다는 금이성의 말이 머리를 휘잡아 끌었다. 미하일로 흐루셰브스키가 쓴 『우크라이나의 역사』는 1, 2권으로 되어 있는데, 두 권에 자그마치 6만 2천 원을 지불해야 했다. 일리야 레핀의 전기며, 레핀의 〈답신〉이란 작품을 한 꼭지 원고로 다룬 글이 들어 있는 『전쟁과 미술』이란 책도 샀다. 현장에게 머신이 낼름 내밀어준 영수증에는 마이너스 부호 뒤에 기다란 숫자가 붙어 있었다. 연금 받아서 마누라에게 다 바치고 용돈 타서 겨우 체면 유지하는 그로서는 과도한 지출이었다. 그것은 일종의 지적 허영이었다. 차라리 발표 그만둔다고 손을 들고 싶었다. 그러나 버릇이라는 게 오기를 만들어서 맘대로 되는 게 없었다.


현장은 집에 돌아오자마자 우크라이나의 역사에 대해 훑어보기 시작했다. 미하일로 흐루셰브스키 『우크라이나의 역사 1, 2』 한정숙·허승철 옮김으로 되어 있는 책은 아카넷이라는 출판사에서 발간되었다. 머리말은 2016년 5월에 쓴 걸로 되어 있었다. 1911년 우크라이나에서 출판된 것을 1913년 러시아 말로 출판했다. 그 머리말도 번역되어 달려 있었다. 번역자는 머리말을 쓴 날짜 밑에 "우크라이나 내전의 평화적 해결을 바라며"라고 적어놓았다. 그렇지, 우크라이나 내전을 잊고 지냈군. 우크라이나 정부군과 친러 세력의 갈등. 어딘가 빌붙지 않으면 살 수 없는 사람들, 나라들. 현장은 강대국 사이에 낀 자기 나라의 운명이라는 걸 잠시 생각했다. 우크라이나와 한국을 일대일로 맞대놓고 비교할 수 없는 일이었다.

현장은 전에 받아두었던 메일을 확인했다. 서울대학교 아시아연구소, 중아아세아센터 특별강연을 알리는 내용이었다. 2018년 4월 20일 금요일, '우크라이나 도네츠크인민공화국 갈등의 역사와 해결방안'. 모스크바 국립대 마리아 제지나 교수가 강사로 되어 있었다. 도네츠크는 자포로제와 그리 멀지 않은지라 한 번 들러보고 싶은 도시였다. 내전 중인 지역엘 가고 싶다는 현장의 그 의욕은 스스로 생각해도 '위험인물'의 혐의를 받을 만한 것이 틀림없었다. 자기 스스로 자신을 비웃기도 하는 문제적 인물은 아닌가, 현장의 안에서 의혹이 일었다. 현장은 제지나 교수의 발표에 참여할 수가 없었다. 모국어문학회라는 데 가서 강연을 해야 하는 일정이 겹쳤다. 그가 근무하던 대학의 조교에게 부탁해 자료를 구해다 읽었던 기억이 떠올랐다.

도네츠크는 러시아와 우크라이나 사이에 끼어 있는 지역이다. 도네츠크는 러시아가 지원하고 우크라이나는 미국이 지원한다. 그러나 돈바스 지역의 도네츠크들이 분리 독립을 주장하는 가장 중요한 요인은 '모국어로 말하기 위한 인민독립전쟁'이라는 점을 강조하고 있었다. '모국어로 말할 권리(за прав говорить на родном языке)'를 위한 전쟁, 분리 독립…… 돈바스 혹은 도네츠분지에서 모국어란 무엇인가. 자료만 가지고는 알 수 없는 일이었다. 현장은 '조선어학회

사건'을 잠시 생각했다. 식민지 시기 언어는 민족이고 민족은 나라였다. 김현승 시인의 「가을의 기도」 가운데 "겸허한 모국어로 나를 채우소서." 하는 구절의 그 모국어와 이들이 주장하는 모국어로 말할 권리, 그 둘 사이의 차이가 무엇인가, 감이 잡히지 않았다. 그리고 모국어의 질적 차원이란 무엇인가 하는 생각도 했다. 학문과 사상을 형상하는 수준에 이르지 못한 언어라면? 학술 언어로서의 한국어는? 현장은 다시 읽던 책으로 눈을 돌렸다.

번역자는 이 책의 저자 미하일로 흐루셰브스키에 대해 "그는 실로 우크라이나 국가와 우크라이나 인민을 형성해낸 역사가이다!"(p.56)라고 느낌표까지 달아 적어놓았다. 역사가가 국가와 인민을 형성하다니, 그렇다면 역사가, 결국 국가도 인민도 역사가가 만들어낸 것이란 뜻인가. 현장은 역사도 서술이라는 측면에서 보자면 허구와 분리될 수 없다는 생각을 되뇌었다. 아무튼, 미하일로 흐루셰브스키가 강조하는 우크라이나 역사 가운데 특징적 사항들이 보였다.

'키예프 루스의 전유', 우크라이나와 모스크바 중심의 러시아를 갈라보는 역사의식이 그렇게 표현된다는 것. 흐루셰브스키의 입장은 "혈연 중심 민족주의라기보다는 문화적 민족주의에 가까운 경향"(1권 p.59)으로 인식된다. 그리고 '정교의 중요성', '언어의 독자성을 통한 문화민족주의', 우크라이나 역사를 기술하면서 '코자크 중심 사관' 등의 항목을 들어 자기가 번역하는 책의 성격을 설명하고 있었다. 그 항목들 가운데 현장의 관심을 끌어잡는 것은 '언어'였다.

현장은 '언어의 독자성을 통한 문화민족주의'라는 데로 돌아가 다시 읽어보았다. 언어의 독자성, 현장은 갑자기 자기가 쓰는 용어가 적절한가 하는 의문이 들었다. 용어의 연원이라든지 하는 게 아니라 발음이 문제였다. 발음이 언어의 전부는 아니나 언어의 과육과 같은 요건은 틀림없었다. 보드카 생각이 났다. 바다(вода), 물에서 왔다는 그 불타는 물. 코자크들이 환장을 했던 그 물, 술…… 그러나, 다시, 또한 언어의 독자성이란 무엇인가 발음만이 문제인가, 언어로 빚어지는 각종의 문화물들은 어떻게 처리하는가, 존재가 그 안에 거주하게 하는 집 역할을 하는 건 분명 발음만은 아닐 것이다. '훈민정음'과 '언문'과 '한글'이 동일한 지시물을 가지고 있다고 해도, 이념은 달리 보아야 한다는 생각이 들었다. 동학혁명인가 동학란인가 하는 갈림길이 어쩌면 발음과 표기 체계에만 있지 않은 듯했다.

현장은『우크라이나의 역사』를 헐렁헐렁 넘겨보았다. 책의 제4부가 '코자크 시대'로 명명되어 있는 것을 보고, 우크라이나 역사에서 코자크가 차지하는 비중이 어떠한 것인지를 짐작할 수 있었다. 현장은『타라스 불바』를 꺼내 표지를 다시 들여다보았다. 코자크들의 형상을 확인한 후 곧바로『역사』로 돌아갔다. '자포로제 코자크'와 연관된 내용이『우크라이나 역사』2권에 들어 있었다.


코자크 조직의 가장 중요한 중심은 여전히 드니프로강 하류 유역(니즈)에 자리잡고 있었다. 이곳은 폴란드 귀족, 정부 권력, 군대의 영향력이 미치지 않아서 코자크 조직이 자유롭게 발전할 수 있었다. 조직의 본부는 드니프로강의 한 섬에서 다른 섬으로 자유롭게 이동하는 자포로자

시치였다. 시치는 자포로자와 다른 읍락에 흩어진 코자크 병력을 모두 통솔했다.(p.25)

시치는 영어식으로 sich로 표기한다. 이는 우크라이나어 ciч에서 유래한다. 영지를 세우기 위해 숲을 걷어낸 땅, 개활지를 의미한다. 그러다가 제도적 의미를 입어 소속 군대를 통솔하는 본부 정도의 의미도 지니는 걸로 보였다. 우크라이나에 가는 중에 꼭 들러보고 싶은 대상 지역이 시치였다.

이어서 현장은 밑줄을 치면서 읽어나갔다.

코자크 포병대는 소규모였으나 사격의 정확성은 뛰어났다. 군악대의 존재도 언급되어 있다. 나팔수, 뿔피리 연주자, 솥과 북을 치는 고수 등이 군악대에서 활동했다. 소중히 보관된 군기도 있었다. 군자금 금고도 있었고, 군사용 말의 무리와 투르크로부터 탈취한 보트와 선박도 있었다.(p.25)

코자크들이 흑해를 중심으로 해상 활동을 전개한 것은 이들 선박을 이용한 역사를 보여주는 게 아닌가, 현장은 그런 생각을 했다.

『타라스 불바』 표지 그림을 연상하게 하는 구절도 보였다.

평의회 회의 때마다 토론과 표결은 아무런 정해진 격식 없이 진행되어 무질서하고 시끄럽고 소란스러운 분위기 속에서 이루어졌다. 참석자들은 서로 소리치고, 싸우고, 모자를 집어던지고, 첫 인상이 어떠한가를 중시해 헤트만을 쫓아내곤 했으며, 헤트만은 병사들 무리 앞에 머리를 수그리고 자신을 낮추었다.(p.30)

이렇게 무질서한 집단에게 언어란, 대화란, 문법이란 무엇인가 의문이 꼬리를 물었다. 그런 의식은 머리에 먹물로 가득한 '두족류(頭足類)'들의 옹졸한 사고 특징인지도 알 수 없는 일. 현장은 피식 웃었다. 평생 말로 벌어먹은 자기 신세를 생각하고서였다.

현장은 이런 장면을 읽으면서, 이런 텍스트에서는 역사와 소설의 차이는 이미 사라졌다는 생각을 했다. 같은 페이지 윗부분에는 악기를 연주하는 코자크와 그 앞에서 춤추는 병사를 그린 그림이 곁들여 있었다. 역사의 대중화를 위한 '개설서'라고는 하지만 장르를 넘나드는 모양이 이채로운 책이었다.

이어서, 인간이 대상을 디테일로 파악한다는 것과 추상적 언어로 파악하는 차이가 무엇인가 하는 생각이 떠올랐다. 풍속은 디테일이고 이념은 추상적이었다. 이념이 제도화되지 않으면 지속성을 지니기 어렵다. 제사를 지낼 것인가 추도예배를 볼 것인가…… 조선조 상투꾼들의 논의…… 저고리 자락을 왼여밈으로 할 것인가 오른여밈으로 할 것인가, 사랑을 표현하는 형식…… 정든 님이 오셨는데 인사를 못해 행주치마 입에 물고 입만 벙끗…… 인용을 한다는 것은 무엇인가? 현장의 생각은 널을 뛰었다. 널뛰는 생각을 정리하기 위해 인용이 필요한 게 아닌가 싶기도 했다. 내 이야기가 아니라 남들이 그렇게 이야기한다는 것…… 현장은 어떤 인용문을 읽고 있었다.

코자크들의 불구대천의 숙적인 폴란드군 헤트만(사령관) 코니에츠폴스키(1594~1646, 인용자) 밑에서 근무했던 보플랑(1600경~1673)이라는 프랑스인은 다음과 같이 적었다. '코자크에게서 평범한 것은 제복뿐이다. 이들은 기지가 뛰어나고 예리하며, 진취적이고 포용력이 크다. 이들은 부에 연연하지 않으며, 자신들의 자유를 무엇보다 소중히 여긴다. 이들은 신체적으로 강해서 더위와 추위, 배고픔과 목마름을 다 잘 견딘다. 전투에서는 인내심이 강하고 대담하고 용맹할 뿐 아니라 심지어 무분별하기까지 한데 이는 그들이 죽음을 두려워하지 않기 때문이다. 그들은 키가 크고 기민하고 강하며, 건강 상태가 좋다. 심지어 웬만해서는 병에 걸리지 않으며 아주 나이가 든 경우가 아니면 병에 걸려 죽는 일이 드물다. 그들은 대부분의 경우 코자크들의 명예의 전당에서 생을 마친다 ― 그것은 전쟁터에서 죽는 것이다.(pp.31~32)

이것은 소설이다! 그렇게 꿍얼거리면서, 현장은 책상을 쳤다.

현장은 소설과 역사의 차이가 무엇인가, 다시 그런 엉뚱한 의문이 들었다. 우치무라 간조(內村鑑三)를 존경한다는 역사학자 '사신중'에게 전화를 했다.

"웬일로 전화를 다 하시나?" 심드렁한 말투, 별로 달가운 기색이 없었다.

"나 죽지 않고 살아서 코자크 보러 우크라이나 가려 한다고 일러주려고." 그렇게 뒤틀어나가다가, 역사와 소설이 무슨 차이가 있는가 물었다. 역사를 공부하는 편의 생각을 듣고 싶어서였다.

"자다가 봉창 두드리는 소릴 하시나…… 원." 그렇게 투덜대다가, 자기도 잘 알면서 무슨 쓸데없는 질문이냐며 들이대는 것이 함석헌이었다. 함석헌이 쓴 역사책을 보라는 것이었다.

모시 두루마기에 하얀 수염을 날리면서 명동 거리를 활보하던 함석헌이 『뜻으로 본 한국역사』(숭의사, 1963) 초판 표지에다가 올려놓았던 로댕의 조각 작품 〈한때 창녀였던 여자〉…… 한국사의 '하수구 역사론'…… 남의 죄를 씻어주는 정녀(貞女)로서의 창녀, '뒤로 돌아 가'하는 역사 저 위의 목소리에 대한 그리움…… 회칠한 무덤을 파헤치라는 도도한 목소리, 이야기인가 철학인가 사상인가 종잡을 수 없는 그 책을 두고, 규명할 수 없는 폭포와 같은 아찔함…… 그러나 그게 결국은 이야기 아니던가 하는 데 생각이 머물렀다. 함석헌은 이야기를 하기 위해 산 셈이었다.

가브리엘 마르케스의 『이야기하기 위해 살다』, 스페인어로 Vivir para contarla는 2002년에 발간된 책이다. 세상에 이야기하기 위해 살다?! 태초에 이야기가 있었다, 이야기는 말로 풀어내는 행동이었다. 언어 행위로서의 역사? 뒤집으면 역사로서의 언어 행위. 글을 쓴다는 것. 이야기하기. 뒤집기와 재치기를 거듭하는 가운데, 『타라스 불바』에 대한 발표를 한다면, 누군가가 그게 무슨 이야긴데? 그렇게 물을 게 틀림없었다. 현장은 발표에서, 다른 건 몰라도 최소한 『타라스 불바』의 이야기는 요약할 수 있어야 한다면서, 그 작품의 이야기

를 정리할 작정을 했다. 멈칫거리고 있는데 길 부회장에게서 전화가
왔다.

"전희가 길면 본 게임이 짧아진다잖습니까." 현장에게 발표 준비에
너무 시간을 들인다는 뜻이리라. 현장은 어쩌면 자기가 도모하는 일
이 전희로 끝나고 마는 것은 아닌가 싶기도 했다. 누구 말대로 텍스트
밖에, 아무것도 없는 그 허공을 넘나들 일이 아니었다.

"아무리 생각해도, 발표는 그만두어야 하겠습니다."

"아니, 이제 와서 그럴 수 있습니까?"

현장은 입을 다물 수밖에 없었다. 감정적인 어투가 묻어나는 반응
이었다. 현장은 며칠 속을 끓이며 지냈다. 길 부회장 편에서는 아직
아무런 연락이 없었다. 아마 호되게 화가 치민 것 같기도 했다. 현장
은 책상 위에 수북이 쌓인 책들을 우두커니 바라보았다. 자신이 평생
해온 일을 팽개쳐야 하는 순간이었다. 헛된 벽돌을 쌓아올리던 고된
노동이 허허로운 종말을 고해야 하는 지점에 다다라 있었다.

광 회장 편에서 전화를 해왔다. 만나자는 것이었다. 광 회장도『현
대소설시학의 정점』이라는 책을 낸 학자였다. 현장은 사실 미리 대답
이 준비되어 있었다. 백기를 들기로 한 것이었다.

"말이지요, 뭐랄까, 현장 선생이 정 괴로운 일이면 접으세요."

"괴롭다기보다는……."

"글은 대충 쓰시고, 발표를 육성으로 진정을 털어놓으면 되지 않겠
소?' 광 회장은 글쓰기와 말하기의 차이를 이야기하고 있었다. 현장
은 죄송하다는 이야기와 함께, 시간 맞추어 원고 마무리하겠다고 숙

이고 들어갔다. 어쩌면 그게 현장의 버릇이 된 심리 추이인지도 알 수 없었다. 그리고 며칠이 지났다. 발표의 질과 약속 그 둘 가운데 하나를 선택해야 하는 시점이었다. 어설프지만 개론 수준으로 논의를 진행하기로 했다. 개론 수준이란 신앙적 결단과는 거리가 먼 일종의 타협이었다. 현장은 그런 타협에 빠지는 자신이 짐이 되어 다가온다는 느낌으로 뒤척이곤 했다.

아무리 산문이지만 외국 작품을 번역으로 읽고 발표한다는 게 어설픈 시도였다. 개론 텍스트에, 그것도 산문에 묘수가 있을까 하는 뱃심으로 밀어내기로 했다.

다행히 『타라스 불바』는 12개 장으로 나누어 서술되어 있었다. 읽고 요약하기 편했다. 거기다가 번역자가 작품 해설에서 '고골의 생애와 작품세계'라는 낡은 제목을 붙인 글에서 '소설의 줄거리'를 요약해놓고 있었다. 현장은 책 233~236쪽에 걸쳐 요약해놓은 부분의 모서리를 접어놓았다. 요약은 무섭다, 현장은 메모장에다가 그렇게 적어놓았다. 요약은 '추상화'이기 때문에 무섭다는 생각은 구태여 적어놓지 않았다. 히스토리/허스토리…… 이야기는 사실을 구체화하기도 하고 추상화하기도 한다. 양면을 인정하지 않을 도리가 없었다.

이야기는 누가 만드는가? 그런 생각을 하다가 이야기에는 행위와 서술의 두 차원이 있다는 데로 생각이 옮겨갔다. 현장은 의식 위에 부상되는 생각을 자판에 두드려 형태를 갖추게 했다. "현장은 지금 컴퓨터 앞에 앉아 발표 원고를 타자하고 있다." 그렇게 입력했다가 백스페이스바를 눌러 지웠다. 지웠는데 다시 살아났는지 모니터 화면

차디찬 꿈

에 그 문장이 그대로 떠올라 있다. 아무튼 현재 이루어지고 있는 행동이 있다고 하자. 그 현재는 계속 진행되면서 모양을 달리해간다. 사람이 산다는 게 그런 행위의 연속과 반복으로 이루어진다. 그걸 '삶의 서사'라 하겠지, 학교 선생들이라면. 이야기 만들기로서의 삶, 나는 오늘도 이야기를 만들고 있다. 혼자? 그대들과 더불어…… 그대는 누군가?

눈알이 알알해서 '히아루산' 점안액을 넣었다. 의자에 눕듯이 등을 기대고 있다가 고개를 들어 시계를 보았다. 자판은 4 : 08에서 : 표가 깜박거리고 있었다. "현장은 지금 컴퓨터 앞에 앉아 발표 원고 타자를 하고 있다."고 입력했다가 지운 지 세 시간이 흘렀다. 그러니까 그 문장은 달라져야 한다. "현장은 세 시간 전 컴퓨터 앞에 앉아 발표 원고를 타자했다." 타자하는 데 걸린 시간은? 지속상, durative, continuative 이는 시제가 아니라 상(相, aspect, вид－동사의 體)이라는 문법 범주이다. 아무튼 과거로 편입된 현재는 지나간 일이기 때문에 언어만 남는다. 행위를 언어로 치환한 것을 이야기라고 한다. 모든 이야기는 과거형으로, 과거시제로 서술된다. 이야기는 다른 말로 서사(敍事)라고 하는데 영어로는 내러티브(narrative)라고 한다. 현장은 자기가 쓰는 글을 두고 이게 '이야기가 되는가' 이야기를 평가적으로 의미화하다가, 습관대로 이야기를 토막치기 시작했다. 토막치기, 해설이랄까 분석이랄까, 이름 붙이기 힘든 일이었다.

이야기를 토막치는 방법 가운데 하나는 작중인물을 뽑아내는 것이다. 소설 제목이 된 타라스 불바, 그의 아내, 큰아들 오스타프, 작은 아들 안드리, 안드리의 연인(아가씨), 타타르 여자, 유대인 얀켈 등이 대강 짚어지는 인물들이었다. 인물들은 소속 집단의 특성을 반영한다. 코자크로서의 타라스 불바, 유대인으로서의 얀켈 등이 대표적인 사례일 터였다. 삶에 대한 열정으로 가득한 타라스 불바의 성벽(性癖)은, 전쟁(전투, 싸움)을 위한 호전성으로 표현된다. 그 호전성은 어쩌면 우크라이나 정신 혹은 코자크 정신의 형상화일 터였다.

인물(성격, 캐릭터)은 인간관계로 구체화된다. 이 소설에서는 코자크족 혹은 코자크들의 특성을 고스란히 지닌 타라스 불바와 그의 두 아들이 부자 관계 중심으로 사건을 추동해간다. 호전성은 용기와 더불어 삶에 대한 열정, 신앙에 대한 의무 등으로 드러나기도 한다. 불바의 아내, 즉 두 아들의 어머니는 자기 역할을 변변하게 못 하는 걸로 나타난다. 부계 중심의 사회상을 반영하는 화소(모티프)가 지배적인 소설이다. 현장은 자판 위를 달리던 손을 멈추었다. 소설에서 점점 멀어지는 서술 방식을 깨달았기 때문이었다. 꼭 소설이라야 할 이유는 없었다. 어차피 자기가 쓰는 글의 장르를 '보더라인 픽션'이라 했으니, 그런 시시껄렁한 질문은 스스로 걷어버리는 게 속편했다. 역동적 변화와 진행형으로 전개되는 게 장르 아니던가. 특히 소설 장르.

하던 이야기를 멈출 수는 없었다. 이야기는 끝까지 가서 완결성을 지녀야 이야기 값을 하기 때문이었다. 현장은 이 이야기의 완결을 향한 압력에 압박당하는 꼴이었다. 이야기를 토막치는 또 다른 방법은 모티프로 갈라놓는 일이다. 모티프란 이야기를 이루는 최소한의 의미 단위에서 한 작품에 반복되어 나타나는 주요 사건 주제를 반영, 함의하는 일련의 사건 등을 뜻한다. 어설프지만, 성경에서 '예화'를 하나의 모티프로 설정할 수 있을 것 같았다. 이삭, 요나, 유다, 다윗 등이 그것이었다. 그러나 이콘의 중심 소재인 성모는 떠오르지 않았다.

『타라스 불바』에서는 삶/죽음/전쟁/사랑 등이 주요 모티프를 이루고 있다. 이런 모티프들은 독자가 작품을 읽고 나서 추출하는 것이기 때문에 본성이 추상적이다. 사랑과 이념이라는 대립항으로 정리되는 모티프가 『타라스 불바』의 한 축을 이루고 있다. 코자크라는 자기 족속(집단)을 배반하면서, 키예프 신학 아카데미에서 공부하는 중에 사귄 폴란드 아가씨와 사랑에 빠져, 마침내는 자기 부친 타라스 불바에게 죽임을 당하는 안드리는 일종의 희생 모티프를 구현하고 있다. 현장은 모티프의 저 아래로 내려가서 구체적인 예를 들기로 했다. 읽으면서 접어두었던 페이지를 폈다. 대화는 이렇게 진행되었다.

아가씨 : "당신의 아버지가, 친구들과 조국이 당신을 부르고 있어요. 우리는 당신의 원수입니다."

안드리 : "아버지가, 친구가 그리고 조국이 나에게 무엇이란 말이오? 조국이란 우리 영혼이 찾는 것이어야 하오. 그래야 무엇보다 그리운 법이오. 내 조국은 당신이오…… 내 그런 조국을 위해 목숨을 바치겠소."(p.112)

다분히 유행가투였다. 그런 아들과 코자크 정신의 화신인 타라스 불바가 맞닥뜨릴 때, 둘이 화해할 통로는 어디에도 없다. 결국은 타라스 불바가 자기 아들을 자기 손으로 죽이고 마는 지경에 이른다. "조국과 신앙을 팔아먹은 놈"(p.122)이기 때문에 처단되어야 하고, 자신의 아들을 죽인다는 것은 자신이 자기를 응징하는 의미를 지니는 행동이기도 하다. 등식으로 실현되는 언어는 때로 폭력이 된다.

유대인 얀켈의 말 가운데 이런 부분은 우리 속담, 눈에 콩깍지가 씐다는 것을 떠올리게 했다. "사람이 사랑에 빠지면, 물속에 잠긴 구두 밑창이나 다름없습니다. 꺼내서 구부리면 아무 쪽으로나 휘어지지요."(p.123)

조국과 신앙이라? 현장은 자기 말에 물음표를 달았다. 이 소설에 나오는 조국은 어디를 두고 하는 말인가 의문이 들었다. 군사적 독립성을 지닌 자포로제 코자크인가, 우크라이나로 표현되는 그 나라인가, 짜르의 체제하에 운영되는 모스크바국(러시아)인가 확실한 결론이 얻어지지 않았다. 러시아로 짐작이 되기는 하지만 당시 우크라이나의 정황은 다시 찾아봐야 그 조국의 의미를 알 수 있다는 생각이 들었다. 그러나 국토, 민족, 주권 등의 문제가 아니라 문화라는 것을 기준으로 조국의 '정체'가 규정되어야 할 일이었다. 문화라는 말과 함께 현장의 생각은 그림으로 달려갔다.

표지 그림을 그린 일리야 레핀에 따르면 조국이란 '러시아인의 특별한 영웅심'으로 표현된다. 인용하면 이렇게 된다.

"러시아인은 마음속에 특별한 영웅심을 감추고 있다. 러시아인의 영혼에는 개성을 망각할 때까지 인간을 괴롭히는 열정이고 심오한 그 무엇이 존재한다. 그것은 보이지 않고 은밀한 곳에 숨어 있다. 그러나 그것은 위대한 삶의 힘이다."(『일리야 레핀』, 써네스트, p.75) 이 때의 러시아란 다시 무엇인가? "레핀이 자기 주인공들에게 보내는 존경과 사랑, 환희의 감정은 그림을 보는 관객들에게 그대로 전해진 다."(p.75) 이 또한 모호하기는 마찬가지이다. 러시아 정교에 나타나는 신비주의적 경향이 이렇게 구체화되는 것인지도 모른다.

현장은 다시 빌링턴의 『이콘과 도끼』를 펴들었다. 이런 구절에 밑줄이 그어져 있었다.

비잔티움이 세상 사람들에게 언어로 표현된 신학을 주는 데 독보적이었다면, 러시아인은 형상으로 표현된 신학을 주는 데 뛰어났다.(p.51)

신학의 형상화? 그래서 러시아인들은 이콘을 발달시켰고, 무반주 성가를 불렀으며, 종을 만들어 러시아인들의 영혼을 뒤흔들었다. 이콘에 드러나는 성모는 대지의 관념과 동격이 되어 국토애로 전환되었다.

대지는 천상의 이미지가 아니라 러시아의 영원한 여성상이다. 처녀가 아니라 어머니이다. 순결하지 않고 다산적이다. 그리고 검다. 러시아의 가장 좋은 흙은 검기 때문이다.(p.35)

이 구절은 인용 저자가 인용한 것을 다시 인용한 것이다.

현장은 자기 조국의 대지가 어떤 빛깔로 형상화되는가를 곰곰이 짚어보았다. 김동인의 「붉은 山」이란 작품이 떠올랐다. 해외에 나가 있는 이북 출신 교포가 조국이라고 하면 대한민국을 뜻하나, 조선민주주의인민공화국을 뜻하나 그런 생각과 함께 식민지 조선의 백성에게 조국이란 무엇인가 그런 데로 생각이 이어졌다. "존경과 사랑, 환희의 감정"은 대상에 대한 직관적 간취(看取)인가 이념적 추상화인가…… 현장의 생각은 종잡을 수 없이 얽혀들어갔다. 그게 현장이 글을 읽는 버릇이었다. 사유의 방목(放牧), 일종의 노마디슴(nomadisme)이라고나 할, 헤매 다니는 정신을 그렇게 부를 수 있는 게 아닌가 싶었다.

그러면 신앙이란 무엇인가? 코자크들의 집단적 정체성을 유지할 수 있게 해준 것은 우크라이나 정교로 불리는 종교였다. 정교회(orthodox church)는 로마가톨릭으로 상징되는 서방교회와 대립하는 의미로 동방정교로 불리기도 한다. 우크라이나와 적대관계에 있던 폴란드는 로만가톨릭을 신봉했다. 반면 코자크들이 소속되어 있는 우크라이나는 정교 신앙이 국민(구성원)을 정신적으로 결속하는 신앙이었다. 절에 다니던 현장의 어머니, 성당에 다니던 현장의 장모는, 사돈 간에 저승에서 어떤 관계로 만날까, 그런 생각을 하다가 이 소설은 어쩌면 로마가톨릭과 우크라이나 정교의 대립을 속 깊게 다루고 있는지도 모른다는 생각도 했다. 문학에서 종교적 차원이란 무엇인가? 의문은 의문으로 이어졌다.

사실『타라스 불바』는 팩션이라고 하지만, 우크라이나의 역사 비극이고, 코자크적 삶이 비극적 결말을 가져올 수밖에 없는 필연성을 추구한 작품으로, 현장에게는 읽혔다. 그만큼 동기화(motivation)가 잘

되어 있는 작품이란 생각이 들었다. 현장은 발표를 준비하면서 보았던 러시아판 영화 〈타라스 불바〉의 한 장면을 기억해냈다. 큰아들의 처형 장면, 아들은 끝내 코자크의 당당함을 보이는 데에 감동한 아버지 타라스 불바가 만세! 소릴 지르다가 붙들려 화형당하는 이 비극적 결말은 코자크 역사의 결말을 암시하는 듯했다. 한 인간이 화형을 당하는 장면에 이어지는 평화로운 자연 묘사는, 대비적 의미에서 고골의 산문정신을 대변하는 듯했다.

소설을 공부한 현장은 소설의 이념은 이중적이라는 걸 신념으로 가지고 있었다. 소설가의 이념과 작품에 나타나는 이념은 일치할 필요가 없을 뿐만 아니라, 그것을 억지로 일치시키려 할 때는 소설은 소설이 아니라 정치 팸플릿으로 변한다는 게 현장의 신념 비슷한 믿음이었다. 믿음은 말이었다. 그의 말 속에 그의 문학관 혹은 문학철학이 자리잡고 있었다.

아무튼, 그러한 자세는 일찍이 발자크가 특징적으로 드러낸 일종의 진실이기도 했다. 발자크는 왕당파적 신념을 가지고 산 사람이었다. 그러나 그의 눈에 비친 세상은 공화파가 득세하여 세를 불려나가는 중이었다. 발자크는 주장을 편 게 아니라 변화해가는 세태를 바라보고 그걸 묘사했다. 레닌과 엥겔스가 발자크에게 홀딱 반한 이유가 이 부근에 있지 않나 싶었다.

그러니까⋯⋯, 촛불집회와 태극기집회가 버팅겨나갈 때 어느 한쪽에 편을 들어 참여하는 작가가 있다면, 그는 진정한 의미의 작가라 하기 어렵다는 게 현장의 생각이었다. 그런 뜻에서 소설가는 회의주의자들인지도 모를 일이었다. '예스까 노까'를 강요하던 식민지 시대 회의주의자들은 회색분자로 지목되어 질타의 대상이 되었다. 어디 소설뿐이랴. 소설에서 이념의 이중성은 말할 나위가 없고, 지식인이란 기본적으로 회의주의자이고 사기꾼이라고 갈파한 것은 사팔뜨기 철학자 사르트르의 정당한(正視的) 시각이었다. 그런데 회색분자는 죽음을 무릅써야 할 운명을 짊어지게 마련이다. 피아(彼我) 양쪽에서 공격을 당할 수 있기 때문이다. 현장은 이중간첩이라는 말을 입으로 되뇌었다. 이수근, 황장엽을 예로 들까 입력을 했다가 지웠다. 그 구절은 쉽게 지워져 모니터 위에 다시 살아나지 않았다.

생각이 길면 행동으로 실천할 기회를 잃게 된다. 특히 반성의 경우는 대개가 실천할 기회가 주어지지 않는다. 오죽하면 공자가 과즉물탄개(過則勿憚改)라고 일렀겠는가. 그런데 종종 사람들은 그 앞에 놓인 구절 '자기만 못한 사람을 벗하지 말라(無友不如己者)'라는 행동 지침 부분을 놓치곤 한다. 자기만 못한 사람인지 아닌지를 사귀어보지 않고 어떻게 아는가. 행동이 앞서야 한다는 것일 터였다. 아무튼 현장이 사는 시대는 말씀의 시대가 아니었다. 대화와 말씀의 차이가 무언가 생각하면서 서재를 어슬렁거리던 현장은, 대화는 곧 텍스트의 확장이라는 생각을 했다. 텍스트의 확장은 인터텍스추얼리티(intertextuality)라는 용어로 바꾸어 쓸 수 있는 말이었다. 자기가 읽는 것을 자기가 아는 다른 글과 끈을 대는 작업을 그렇게들 불렀다.

코자크들은 성격이 다양해서 애국자 집단 같기도 하고, 반란을 주도하기도 했다. 돈 코자크의 지도자가 반란을 일으킨 사실은 '스텐카 라진'이라는 농민군을 이끈 대장의 이야기에도 잘 나타나 있다. 현장이 스텐카 라진 이야기와 『홍길동전』을 비교하는 논문을, 상트페테르부르크대학에 가서 발표했던 게 작년 가을이었다. 돈강 지역을 가보지 못하고, 러시아 박물관에서 일리야 레핀이 그린 〈돈강을 건너는 스텐카 라진〉이라는 그림에 빠져 한참을 서 있었던 기억이 떠올랐다. 스텐카 라진이 돈 코자크 중심으로 농민반란을 주도한 것은 1670년에서 1년여에 걸치는 동안이다.

이번에는 자포로제 코자크가 관심의 대상으로 전이된 셈이었다. 『타라스 불바』가 자포로제 코자크의 인간상과 활동상을 그렸다면, 이는 대개 1772년경에서 서너 해 지속된 농민반란이 소재가 된 것이다. 『타라스 불바』와 비슷한 시기에 쓰인 소설로는 푸시킨의 『대위의 딸』이 있었다. 이 작품이 푸가초프의 난을 다루고 있다. 현장은 그 작품을 대강 기억하고 있었다. 어떤 나라의 작품을 대강 기억한다는 것은 그 나라 문화에 대한 소통 의욕의 발현일 터였다. 『타라스 불바』는 소재, 주제 측면에서 푸시킨과 연관을 가지고 있는 터라서, 어느 하나만으로 독서의 욕구가 만족되지 않았다.

현장은 원고가 거의 되어간다는 이야기도 할 겸, 당신한테 곁을 이렇게 준다는 뜻으로 길 부회장에게 전화를 했다.

"푸시킨인가 하는 작가의 소설 『대위의 딸』 가지고 있습니까?"

"『타라스 불바』 하나만 가지고 한다더니…… 보내드리지요."

그래서 또 한 이틀 쉬었다. 길 부회장한테 책이 왔다. 고마운 일이었다. 현장은 소설을 급히 읽었다.

『대위의 딸』은 앞에서 말한 바처럼 푸가초프의 난을 소재로 한 소설이었다. 푸가초프의 난은 예카테리나 2세 때 일어난 대농민반란이었다. 1773년에서 1775년까지 3년이나 진행된 크나큰 난리였다. 남편을 처버리고 자신이 황제가 된 바람둥이 여성 예카테리나 2세는 귀족을 옹호했다. 농노제를 강화했고, 궁정의 귀족들과 연계해서 나라를 다스렸다. 이에 반발한 것이 농민군을 이끈 푸가초프이다. 푸가초프와 적대관계에 있는 장교가 그와 접근해서 여인을 살리고 오해를 받고 그 오해를 풀어가는 흥미진진한 이야기…… 어떤 기록에 따르면, 그 여인은 열여섯 살짜리 코자크 소녀 우스티니아라고 한다. 미모가 뛰어나다고 하니 예카테리나 여제가 어디 얼굴 좀 보자 해서 왕궁으로 불러들였는데, 감옥에서 두 해나 썩어서 얼굴이 별스럽지 않았다. 여제는 그녀를 요새에 종신 유폐하라고 명령한다. 요새에 끌려간 여성들은 남성들의 성노리개가 되기 십상이었다.

현장은 자기가 읽던 소설의 표지를 다시 살펴보았다. 펭귄 클래식스판 표지에 크람스코이(I.N. Kramskoy, 1837~1887)가 그린 〈미지의 여인상〉이 장식되어 있었다. 표지를 책 내용과 연관된 그림으로 장식하는 것은 편집자의 안목을 돋보이게 한다는 생각이 들었다. 크람스코이(1837~1887)는 〈터키 술탄에게 답신을 쓰는 자포로제 코자크인들〉을 그린 일리야 레핀의 스승이었다. 그는 자신이 화가이면서 미술비평가로 활동했다. 당시 관제적인 고식적 미술사조에 대항하여 민중이 그림을 누려야 한다는 이념에서, 지방을 순회하며 전시회를 개최하고 미술의 대중 보급에 미쳐 살던 이른바 '이동파(Peredvizhniki)'

의 수장이었다. 그는 톨스토이의 초상화를 그리기도 했다. 톨스토이에 대한 존경은 일리야 레핀에게 계승되는 걸로 보인다. 아무튼 〈미지의 여인상〉은 톨스토이의 『안나 카레니나』에서 영감을 받아 제작한 작품으로 알려져 있다. 현장은 그게 사실인지 아닌지는 크게 문제될 게 없다면서 고구하기를 그만두었다.

러시아 문학을 전공하는 노성실 교수에게 전화를 해서 고골과 푸시킨의 관계에 대해 물어볼까 하다가 들었던 전화기를 놓아버렸다. 서가에서 오래전에 읽었던 『안나 카레니나』를 찾아보았다. 행복의 조건으로 단순한 생활을 강조하는 이들이 인용하곤 하는, 『안나 카레니나』의 첫 구절에는 선명한 밑줄이 쳐져 있었다. "행복한 가정은 살아가는 모습이 모두 비슷하지만, 불행한 가정은 불행한 이유가 제각각이다." 『안나 카레니나』의 책머리에 적어놓은 이 구절은, 소설이 왜 행복을 이야기하기 어려운가를 생각하게 했다. 비슷하고 똑같은 삶의 이야기는 기실 별 흥미를 이끌어내지 못한다. 그래서 사람들은 남의 불행을 구경하는 일종의 가학적 관음증을 즐기는 것이다.

아무튼, 현장은 『타라스 불바』는 그림, 영화, 소설 등으로 텍스트 연관성을 지니는, 생산적 텍스트라는 생각을 거듭했다. 일리야 레핀의 그림들, 레핀의 스승 크람스코이의 그림, 영화 〈스텐카 라진〉, 〈대장 불리바〉, 〈타라스 불바〉 그런 것들이 떠올랐고, 숄로호프의 『고요한 돈강』은 언젠가 다시 읽어야 한다는 교양적 억압감이 목을 조여왔다. 그리고 이번 여행에서 돈강 유역을 방문할 계획을 세우지 못한 것이 안타까웠다. 자기를 한정하고 스스로 규율해야 하는 시점이 되었다는 생각이 머리를 쳤다.

우크라이나의 역사에서 코자크의 역할이 무엇인가, 현장은 다시 생
각을 곱씹었다. 현장과 같이 공부한 젊은 학자가 지금 오데사에 가 교
수로 근무하고 있다. 현장은 이번에 오데사에 가서 그 젊은 학자 박안
토니나를 만날 계획을 하고 있었다. 박안토니나는 1937년 연해주 지
역 조선족 사람들이 중앙아시아로 강제 이주당할 때, 그의 할아버지
가 우즈베키스탄에 자리잡고 억척같이 살았다. 서울 와서 공부하고
우크라이나로 가서 교수로 일하는 젊은이다. 박안토니나는 이전에
현장의 소설 작품을 러시아어로 번역해준 적이 있었다. 러시아, 우즈
베키스탄, 우크라이나 그리고 한국, 좀 멀기는 하지만 촘촘하게 엮여
진 관계인 게 틀림없었다. 현장이 여행을 하면서 소설을 쓰는 것은 결
국 자신의 생의 자장을 확인하는 작업인 셈이었다.

현장은 우리나라와 러시아의 만남이 언제부터 이루어졌는가 하는
점이 궁금해졌다. 그때 떠오른 게 '나선정벌'이라는 것이었다. 현장은
역사학자 천마산에게 연락을 했다. 현장은 왜 그를 만나자 하는지 자
세하게 이야기했다. 설명을 들은 천마산은 당장 만나자 했다.

"나선정벌 말이로군요. 나한테 자료가 있을 겁니다. 챙겨 가지고 나
가지요."

'나선정벌'이 효종의 북벌론과 연관되며, 조선을 자기들 속국쯤으
로 알고 있는 청나라에게 감히 대들 계획을 하고 있던 효종, 총수(銃手)
의 파병을 요청한 청나라의 요구를 거절할 수 없어서 군사를 파견하
고 청나라 군사와 협조하여 남하하는 러시아군과 싸움을 벌인 기록이

『북정일기』에 자세하다는 이야기를 하면서, 천마산은 책 몇 권을 현장에게 건네주었다. 정작 『북정일기』는 못 찾겠다고 했다. 현장은 행복도서관에서 『북정일기』를 대출해다가 읽었다. 청조 연합군이 대적해서 싸운 게 코자크들이었다는 것을 알고, 현장은 소리를 지를 뻔했다.

만약 여세를 몰아 일시에 적선들을 불태웠더라면 적병 중에 살아남은 자는 한 사람도 없었을 것이고 우리 또한 손실이 없었을 터인데 대장이 탐재지심(貪財之心)으로 불태우지 말라고 무모한 명령을 내린 것은 매우 유감스런 처사였다.(국역 『북정일기』, p.89)

적선에 실린 값나가는 물건 불타 없어지는 게 짠해서 그냥 남겨둔 게, 역습을 당해 우리 군사 일곱 명이 총을 맞아 즉사한 걸로 기록되어 있었다. 전쟁과 재물…… 전쟁과 사랑……

적선에 잡혀 볼모로 잡혀 있던 왈가 여자 1백여 명이 강가에 기어올라 살려달라고 울부짖는 것을 보고 즉각 구출하였다. 나머지 적병들은 선내에서 불에 타 죽거나 혹은 강변에서 총에 맞아 죽어 그 시체가 즐비하였다.(p.91)

전쟁과 여자, 적국에 끌려가 노예가 되거나…… 누구의 첩이 되거나, 아니면…… 현장은 고개를 흔들었다. 도륙을 당했다는 생각을 지우기 위해서였다.

세계가 보이지 않는 줄로 얽혀 있는 건 사실이었다. 현장은 한러 교섭의 역사를 생각하던 중에, 나선정벌-병자호란 이후 조선이 청국에 총수를 파병하여 승리를 거둔 그 이후 어떤 관계가 있었던가를 찾아보았다. 희한하게도 『매천야록』에 그러한 기록이 있다는 것을 알게 되었다. 현장은 전주에 사는 김영붕 박사를 떠올렸다. 전에 김 박사가 책을 낸다고 해서 발문을 하나 써준 적이 있었다. 그 뒤로 김 박사는 현장을 마치 인도인들이 '구루'라고 하는 스승이나 되는 듯이 깍듯하게 대했다. 현장은 오히려 김 박사의 태도에 부담을 지닐 지경이었다.

"김 박사 자료 하나 찾아주시오."

전화를 해서는 『매천야록』에 기록된 러시아군과 전투한 내용을 찾아달라고 부탁했다. 김 박사는 "현장 선생님 부탁인데, 어느 영이라고⋯⋯." 하더니 득달같이 자료를 보내왔다. 그 내용은 『매천야록』 권4 갑진년(1904) 광무 8년에 기록된 두 건의 사안이었다. 하나는 '아국군과의 전투'라는 제목이 달려 있었다.

김 박사가 보내준 자료에 코자크에 대해 직접 언급한 것은 이런 것이었다. 매천이 '코사크'에 대해 직접 언급하고 있다는 점은 그의 시야가 얼마나 탐욕스러울 지경으로 넓었는지를 알게 하는 사태였다.


아국의 서북부에 가살극(哥薩克, 코사크)이 있는데 그 인종은 용맹하고 사나워 구주인들도 두려워하였다. 우리나라 사람들에게 와전되기를, 가살극 병사들은 꼬리가 없어지지 않았고, 사람고기로 양식을 삼는다고 하였다. 그들이 바야흐로 우리의 국경을 넘어 남쪽으로 짓밟아 내려왔다.

안주 백성 중에 암말을 묶어 놓고 말굽을 박는 자가 있었는데 갑자기 아국 군대를 만나자 묶어둔 말을 풀지도 못하고 도망쳤다. 아국 군사들은 암말을 보고서 둘러서서 음행을 저질렀다. 혹자는 말하기를, "이들은 가살극이기에 성질이 가장 음탐하여 부녀자를 만나기만 하면 노소를 가리지 않고 범하며, 숫양처럼 하루에도 수십 번을 한다. 그래서 저들이 지나가는 곳에는 부인의 그림자도 없다. 또한 저들은 의심 많아 매번 약탈을 할 적에도 4, 5명만 모여 있으면 함부로 들어가지 않는다. 그리고 먹을 것을 보면 소나 말처럼 으레 생으로 씹어 먹으며, 말을 잘 타 한 번 획 하고 달리면 눈 깜짝할 사이에 십 수리를 간다. 저들의 외모는 비록 매우 흉악해 보이지만 사람을 보면 죽이는 일이 없었고 도리어 고분고분한 기색이 있다. 그런데 보기만 하면 이를 가는 것을 오직 왜인뿐이다."라고 하였다.

이때 일본군은 황해를 장악하고 있어, 자기 나라의 군량이나 병기를 운반하는 선박 외에 타국 선박들의 통행을 허락하지 않았다. 또 우리나라 사람으로 가장하고 서북 지방에 출입하며 아국군을 정탐하였는데 아국군 또한 이 사실을 알고 엄히 수색하여 머리 깎은 자만 보면 즉시 죽였다. 그런 까닭에 죽임을 당한 승려들이 수백인이었다. 당시 날씨가 추워 사람들이 방한모를 썼는데 아국군은 만나는 사람마다 칼끝으로 모자를 들추어 머리를 깎았는지 여부를 조사했다.

현장은 거기까지 읽고는, 책상을 손바닥으로 탕탕 두드렸다.

김 박사는 이런 사실도 기록해놓았다. "이상 譯註 梅泉野錄 하권(黃玹 지음, 임형택 외 옮김, 문학과지성사, 2011년, 161~162쪽)" 추가되는 설명은 이렇게 되어 있었다.

위의 기사의 내용은 러일전쟁이 발발하면서 대한제국으로 남하해오는 러시아 군대와 대한제국 군대와의 전투 내용입니다. 안주는 평안도 지역 같구요, 한반도로 진군해온 일본군이 개입하고 있습니다.

'기사 내용의 배경'이라는 소제목하에 다음과 같은 기록이 첨부되어 있었다.

1904년 2월에 대한제국을 놓고 일본이 러시아와 러일전쟁을 일으킵니다(1904.2.8). 일본은 이 시기 대한제국과 한일의정서(韓日議定書)를 체결하는데(1904.2.23), 황현은 위의 기사에 앞서 한일의정서의 내용을 대략 다음과 같이 적어놓고 있습니다. 가장 중요한 내용은 다음의 제4조입니다. 4조 내용을 옮겨 적습니다.

"제4조, 한국이 만약 제삼국의 침해를 받거나 내란을 만나면, 일본 정부는 그에 따라 필요한 조치를 집행할 수 있으며, 한국 정부는 일본 정부의 행동에 대해서 완전히 편의대로 행사할 권한을 허용한다. 일본 정부는 이 조항들의 목적을 달성하기 위하여 무릇 군사전략상의 필요한 지점은 모두 상황에 따라 수용할 수 있다."

김 박사가 보내준 자료를 읽다가, 현장은 제기랄! 소리치고 쓴침을 삼켰다. 그러고 보니 박안토니나가 조선에까지 와서 분탕질을 했던 코자크들의 나라에 가 있는 게 아닌가.

현장은 김 박사에게 고맙다는 내용의 메일을 보냈다. 그런데 한국 근대사와 러시아의 관계, 그 관계 안에서 코자크의 자리는 무엇인가 하는 생각을 더 밀고나가기는 현실적으로 어려운 점이 있었다. 우크라이나로 출발하기 전에, 현장은 다른 발표 약속이 있었다.

거년에 노벨문학상을 받은 스베틀라나 알렉시예비치의 『체르노빌의 목소리』에 대한 발표를 부탁받고 준비를 하지 못한 상태였다. 그녀는 '목소리 소설'이라는 장르를 창시한 걸로 알려져 있는데, 플롯을 소설의 장기로 생각하는 통념에서 벗어나는 엄청난 사건을 소설 형식으로 쓰기에는 너무나 '허구' 중심의 문학관에 얽매야 하는 한계 때문에 새로이 모색한 장르가 목소리 소설이다. 그녀의 부친은 리투아니아인이고 모친은 우크라이나인이다. 이들이 코자크와는 어떤 연관이 있는지 궁금해지기 시작했다. 체르노빌은 현재 우크라이나에 소속된 땅이다. 이번에 키예프에 가서 거기를 방문할 수 있는지 알아볼 작정이었다.

우크라이나의 박안토니나에게서 연락이 왔다. 이번 여행에 혹시 몰도바에 갈 계획이 있는가 물었다. 현장은 몰도바의 수도 키시너우(키시나우, 키시뇨프)를 꼭 들러서 와인을 마시고 싶었다.

"와인 마실 수 있으면 가보고 싶은데……."

"와인이야 오데사도 좋습니다."

그런 이야기 끝에 푸시킨이 유형을 당해, 키시너우에서 오데사로 옮겨와서 와인의 진짜 맛을 알았다는 이야기가 전한다면서, 오데사로 곧장 오라 했다. 미친 듯이 술에 빠져 분탕질을 하던 코자크들을 생각하게 했다. 감각과 이성이 언어를 통해 중재되지 않는 코자크들은 아닐까. 반역, 반란, 난리…… 그런데 정연한 언어가 무슨 소용이 있을 것인가. 그런 인물 가운데 하나가 푸가초프였다.

현장의 관심은 『대위의 딸』을 쓴 푸시킨으로 금방 옮겨갔다. 가히 죽을 줄 모르는 탐구 행각이었다. 현장은 자신의 독서 행위에 대해 영어식으로 중얼거렸다. sadistic reading activities, 그건 사디즘이나 마조히즘만큼이나 마찬가지로 슬픈 일이다. 그래서 sad로 시작하는 단어가 되었는지도 모른다. 사드 후작과는 상관없이. 현장은 『대위의 딸』을 찾아들고 들쳐보았다.

푸시킨의 산문관이라고 한 구절에 밑줄이 쳐져 있었다. "정확하고 간결함은 산문의 가치이다. 산문은 생각, 생각을 필요로 한다. 이것이 없다면 빛나는 표현은 아무런 소용이 없다."(p.192) 고골이 푸시킨의 산문에 대해 말한 내용도 밑줄이 그어져 있었다. "그의 산문은 말을 많이 하지는 않지만 그 말들은 너무나도 정확해 모든 의미를 포괄한다. 단어 하나하나가 심연과도 같다."(p.192) 바야흐로 러시아 산문의 '위대한' 시대가 열리고 있었다.

이런 내용도 줄이 그어져 있었는데, 그것은 현장이 이번 발표에서 꼭 이야기하고 싶었던 내용이었다. 소설은 필연적으로 제삼자의 일을 기록하는 작업이므로 내러티브의 논리적 전개가 주인공의 내적 동기화에 따라 설득력 있게 진행되어야 함은 말할 나위가 없을 터였다. "평범한 인물들에게서 발견되는 단순한 위대함"은 소설의 주제론적 차원에서 핵심적 부분을 차지한다(p.196). 학생들에게 강의하면서 그와 비슷한 이야기는 수도 없이 주절거렸다. 그러나 작품으로 실증을 하지는 못했다.

이 작품이 나온 게 언제인데, 이런 앞서가는 소설론을 전개했나가 궁금했다. 현장은 잠시 덮어놓았던 『대위의 딸』을 다시 펼쳐보았다. "발행인 1836년 10월 19일."(p.177) 바로 그 앞 페이지에는 "그의 집안 대대로 전해오는 이야기에 따르면, 그는 1774년 말엽 여제의 칙명을 받고 자유의 몸이 되었으며 푸가초프가 처형되던 날 현장을 지켰다고 한다." 그런 구절이 있었다. 1774~1836~2018. 그런 연도를, 현장은 메모장에다가 적어놓았다. 이렇게 시간을 오르내리는 지적 작업에서 얻는 게 무엇인가. 현장의 생각은 현실로 다가가고 있었다. 그 현실이란 자기가 사는 여기의 오늘이었다.

현장은, 4차 산업혁명 시대라고 하는 시점에서 200년 저쪽에 쓰인 코자크 이야기가 무슨 의미를 가지는가 하는 생각을 하다가, 눈이 아파 바람을 쐬러 밖으로 나갔다. 그는 동네 서점으로 가서 이종관이라는 이가 쓴 『포스트휴먼이 온다』(사월의책, 2017)를 집어 들고 카드를 긁었다. 현재를 알아야 과거를 의미화하는 데 도움이 된다는 생각 때문이었다. 내용을 대충 훑어보았다. 역시 철학자의 글은 추상적이고 술술 읽히지 않는 텍스트였다. 인간은 미래를 당겨쓰면서 자기 존재를 증명해나가는 과업이 자신의 문제로 제출되는 유일한 존재란 이야기를 전제로 4차 산업혁명의 철학적 의미를 탐색하는 책이었다. 기본적인 논리는 하이데거에게서 빌려오고 있었다. '언어가 존재의 집'이라고 한, 철학자(1889.9.26~1976.5.26) 하이데거가 죽던 날 현장은 결혼식을 올렸다. 연상망이 너무 산만한 건 아닌가 하는 생각도 들었다.

현장은 그 책 pp.424~429에 명제 형식으로 제출된 '대안'을 유심히 읽었다. 그러고는 그 내용을 발표문 뒤에 첨부하기로 했다. 우크라이나의 4차 산업혁명은 어떻게 진행되는가 하는 생각을 하면서였다.

1. 완전자동화를 목표로 한 인공지능의 개발 방향을 적응형 자동화개념으로 전환한다.

2. 블록체인 기술을 통해 인간의 사회적 기여를 평가하는 체계를 구축한다.

3. 사회정책과 경제정책을 통합 조정하는 부처를 설치한다.

4. 4차 산업혁명은 기술혁명이 아닌 인간과 사회를 위한 진화로 추진되어야 한다.

5. 사회구성원들 간의 동반자 관계를 굳히는 학교/직장 문화를 조성한다.

6. 사회적 자본의 확충을 해치는 경쟁 및 서열화 기제를 과감히 철폐한다.

7. 협력적 창의성을 증진하는 교육혁신을 이룬다.

8. 민주시민 교육과 평생직업 교육을 시민의 권리로 법제화한다.

9. 시민이 능동적으로 참여하는 플랫폼으로 4차 산업혁명의 방향을

설계한다.

　현장은 근간『타라스 불바』와 연관된 자신의 독서 행위에 대해 되돌아보았다. 구성원 모두가 평등하고, 자유롭게 자기를 드러내며, 그리고 자신의 신념을 실현할 수 있는 그런 체제가 가능할까. 그런 생각을 촉구하도록 하는 게『타라스 불바』를 오늘 읽게 하는 요인이라는 잠정적 결론에 이르렀다. 그런데 의문은, 코자크들이 러시아와의 관계에서 국경수비대, 용병처럼 살던 그 용감한 사내들이 자유와 평등과 신앙적 의리를 자기들 이념으로 삼았다고 하지만, 그들의 존재가 깃들일 언어가 부실해서 결국은 괴멸을 면치 못한 게 아닌가, 그런 의문에 휩싸였다. 부실한 언어를 가진 집단의 운명…… 노예의 언어, 용병의 언어, 전사의 언어, 검투사의 언어…… 그러한 언어의 가능성과 한계. 자유를 외치는 언어는 그 자유를 수호할 수 있는 힘이 실려야 자유를 실현할 수 있다. 자유의 의지는 탄탄한 논리로 무장하지 않는 한 시시껍절한 정념에 지나지 않는 것인지도 모를 일이었다. 그런 점에서 우크라이나가 코자크와는 다른, 그리고 러시아와도 다른 자기 언어를 유지하는 것은 국가적 정체성을 위해 대단히 중요한 일을 해냈다는 생각을 했다.

　현장의 독서 과정은 글쓰기의 과정이기도 했다. 아무튼『타라스 불바』와 연관된 책들을 읽고, 생각을 다지고 그리고 다른 글쓰기를 이끌어가는 그 과정은 그 자체가 삶의 과정이었다. 현장은 오데사에 가서 발표할 내용을 다시 짚어보면서, 결국 소설가는 '차디찬 꿈'을 견지해야 한다는 생각을 확인했다. 사태를 정확하게 바라보기 위해서는 머릿속에 똬리를 트는 편견을 덜어내야 하고, 패거리 짓기를 피해가야 할 일이었다. 그래서 열렬한 꿈을 꾸되 그것은 '차디찬 꿈'이라야 했다. 그런 점에서 코자크들은 열에 들떠 차디찬 꿈을 실현하는 언어를 개발하지 못한 게 아닌가 싶기도 했다.

사실 현장이 쓴 글의 제목은 석영중 교수가 번역한 『대위의 딸』 해설에 들어 있는 푸시킨의 시구절에서 가져온 것이었다.

세월은 엄정한 산문으로 나를 기울게 하고…… 그(압운 중심으로 씌어지는 시, 인용자)와는 다른 차디찬 꿈이/ 그와는 다른 진지한 고민이/ 세상의 번잡 속에서나 정적 속에서나/ 잠든 내 영혼을 흔들어 깨우고 있다.(p.238)

『타라스 불바』에서 주인공들을 끝내 죽음으로 몰아가는 이야기로 마무리하는 고골의 산문정신 또한 '차디찬 꿈'일지도 모른다는 생각을, 현장은 거듭했다. 발표 또한 기대 크게 가지지 않고, 냉연한 언어로 수행해야 할 터였다.

현장은 글을 마무리했다고 컴퓨터를 끄려다가 멈칫했다. 연락하고 만나고, 자료를 얻고 했던 이들의 얼굴이 떠올라 눈앞에 아물거렸다. 박안토니나 교수야 오데사에서 만나면 되지만, 김영붕 박사에게는 어떻게 사례를 해야 할지 방안이 서질 않았다. 현장은 자기 글이 책으로 나오면 서명해서 발송하기로 속다짐을 두고는 컴퓨터를 끄려다가 메일을 확인했다. 길 부회장에게서 메일이 와 있었다. 암호와 같기도 하고 불길한 예언 같기도 한 구절이었다.

Tomorrow, and tomorrow, and tomorrow,
Creeps in this petty pace from day to day,
To the last syllable of recorded time;

내일 내일 하면서 미루다가 약속한 날이 다 가고 있는데 원고 언제 보내겠다는 건가. 현장은 의자 등받이에 몸을 기대고 눈을 감았다. '기록된 시간의 마지막 음절까지'…… 죽음을 두려워하지 않는 삶…… 코자크들, 그러나 그들에게는 차디찬 꿈으로 응결된 언어가 없었던 게 아닌가. 아, 타라스 불바! ✿

# 아무도,
## 그가 살아 돌아오리라고 기대하지 않았다

서울대학교에서 30년 문학을 가르치다가
퇴임한 이정년 박사는 집안에 훈장을 받아 안겨준 첫 번째 인사가 되
었다. 그리고 명예교수의 반열에 올랐다. 간혹 명예교수가 뭐냐고 묻
는 이가 있으면, 명예만 있고 돈은 없는 교수를 명예교수라 한다면서
허허하게 웃었다. 사실 그 말은 아내 민정숙 여사의 알심 있는 유머이
기도 했다. 명예가 생애에 도움이 안 된다는 뜻.
　아버지, 정년하고 뭐 할 거예요? 막내아들 이중성이 물었다. 친구
들이 물으면 이전에 못 했던 연애나 하겠다고 남 않는 소릴 했다. 아
들의 질문에는 그런 대답을 하기가 꺼려졌다. 소설은 경험과 기억의
문학이라는데, 소설이나 써야 하겠다. 이중성은 부친 이정년의 소망
이 너무 야무지다고 실실 웃었다. 희망이 절망의 그림자라는 거 아시
잖아요?
　평생 한 번도 혁명을 도모해보지 못한 얼띤 세대, 그게 이정년이 처

아무도, 그가 살아 돌아오리라고 기대하지 않았다

한 세대에 대한 아들의 평가였다. 혁명? 마누라나 들볶으면서 살았지, 그런 재비가 되겠냐. 자기 주제를 알아야지, 정년 후 연애나 하겠다고 했다면서, 작작 웃겨요. 아내 민정숙의 이정년에 대한 타박을 겸한 평가였다. 당신 그러다가가 코뼈 부러질지도 몰라요. 민정숙은 크응 하니 코웃음을 쳤다.

이정년은 아들이 웃건 말건, 아내가 콧방귀를 뀌든 말든, 평생 로망이었던 소설이라는 걸 썼다. 소설이 별거더냐, 경험에 허구를 적절히 섞어 비벼내면 그게 소설 아닌가 하는 생각에서였다. 아들의 반응은 싸가지가 출타한, 그런 부잡한 것이었다. 보라는 듯이, 자기가 쓴 글을 아들에게 내밀었다. 아들은 신통하다는 듯이 원고를 받아 들고 제 방으로 들어갔다.

누가 이딴 소설을 읽겠어요. 이정년에게 아들은 그렇게 들이댔다. 이정년은 가만있지 않고 작품의 수준은 독자가 알아본다는 투로 받았다. 그러고는 원고를 빼앗다시피 해서 책상 서랍에 처박았다. 그날 이정년은 혼자 나가서 정신이 팽 돌 지경으로 술을 마셨다. 119 소방대원의 부축을 받아 집에 돌아올 만큼 취했다. '네프스키'라는 술집에서 벨루가라는 명품 보드카를 권하는 마담은, 자기 말로 뻬쩨르부르그에서 왔다는 베라 에브게니라는 중년 여성이었다. 어떤 맥락에서 그런 이야기가 나왔는지 정확한 기억은 없지만, 이정년이 물었다. 거기가 레닌그라드지요? 레닌은 죽었어요. 네프스키 대로라는 이름으로 살아 있어요.

네프스키, 그것은 상트페테르부르크 중심으로 뻗은 가로의 이름이었다. 네프스키는 13세기 러시아로 쳐들어오는 외침을 막아낸 영웅적 인물이었다. 그는 러시아 정교회에 의해 성인으로 축성되었다. 왜, 그 위대한 혁명가는 상꺼뜨 레닌이 못 되는 거요? 지금 쌍것들이라고 했어요? 베라가 눈을 부릅뜨고 달려들어 한 방 안길 태세였다. 아니요, 레닌이 성인 상트가 왜 안 됐냐 말요. 레닌은 표트르가 아니니까. 나도 한잔 주세요. 독하지 않을까? 멘델레예프가 보드카는 40도로 맞춰야 한다고 했대요. 원소주기율표 만든 사람? 그렇게 잘 알면서, 왜 우리 루스키를 쌍것들이라고 해요? 벨루가는 캐비어 알을 안주해서 먹어야 한다면서, 베라는 기다리라고 하고는 주방 쪽으로 등을 보이며 사라졌다. 베라가 자리를 뜨자 이정년은 정신을 잃었다. 집에 와서 보니 와이셔츠 주머니에 명함이 한 장 들어 있었다. 머지않아 러시아로 돌아갈 터인데, 페테르부르크에 오면 전화하라던 이야기가 떠올랐다.

아무튼 누가 이딴 소설 읽겠는가 핀잔을 들은 '소설'을 이정년은 혼자서 다시 꺼내 보았다. 마침 2017년 달력 마지막 두 장이 넘어가는 중이었다. 1917년에서부터 100년, 이정년은 자기가 쓴 글을 러시아 혁명 100주년을 위해서라도 어딘가 발표를 하고 싶었다.

정년 동기 박진박 박사가 점심이나 같이 하자고 해서 '소담마루'에서 만나기로 했다. 복도를 지나가면서 소실, 담실, 마실…… 그런 문패를 흘긋흘긋 쳐다봤다. 서정주의 「영산홍」이라는 시에 나오는 한 대목이 떠올랐다. "산자락에 낮잠든 슬픈 소실댁, 소실댁 툇마루에 놓인 놋요강." 뻬쩨르부르그에서 왔다는 베라라는 여자에게, 당신 우리집 소실로 들어올래? 그런 해괴한 이야기를 하기도 했던 것 같았다. 낮이 뜨거웠다.

　이정년은 근간의 혼란을 다스리기도 할 겸 해서, 자기가 쓴 소설을 후배 비평가 장한평이 운영하는 잡지 『지평선』이라는 데 보냈다. 꼭 실어달라는 이야기는 하지 않았다.

　"도시 이름은 그 도시의 역사다." 이정년은 소설의 첫머리를 그렇게 당차게 시작했다. '나'라는 주관적 인칭을 대신해서, 이정년이라는 실명을 쓰기로 했다. 이정년이 스스로 이정년이라는 실명을 쓰는 것은 사실 거슬리는 데가 없지 않았다. 스스로 자기를 마치 남인 양 소외시키는 짓이었기 때문이었다.

　이정년은 그 도시를 '상크트뻬쩨르부르그'라고 부르기를 고집하는 편이다. 그게 키릴 문자로 쓴 러시아어 Санкт-Петербург인데, 그렇게 부르고 싶어 하는 데는 까닭이 있었다. 현지 발음에 가깝다는 이유가 하나고, 상크트뻬쩨르부르그는 그 도시의 역사를 환기하기 때문에 거기 사람들이 부르는 대로 불러주어야 도시에 대한 확실한 이미지를 환기할 수 있다는 주장이었다.

　그의 주장이 억지라는 것은 금방 드러나고 말았다. 장한평 때문이었다. 장한평은 러시아에 기독교사(정교회교회사)를 공부하러 갔다가 실패하고 돌아와 교양강좌로 밥벌이하고 있었다. 장한평의 설명에 따르면, 독일어에서 온 성스럽다는 sankt와 도시를 뜻하는 burg라는 어휘는 러시아에서도 외래어 취향이라는 것이었다. 그 취향이라는 게 열등감과 다르지 않다는 것은 설명의 여지가 없어 보였다. 더구나 독일이라면 치를 떠는 그들에게, 까닭은 모르지만 '뻬쩨르' 말고는 러시아다운 게 없는 셈이다. 그러나 그 뻬쩨르라는 게 페트로스의 러시아 명칭 표트르의 현지 표기라면 그 또한 러시아 고유의 것일 수 없다는 설명이었다. 이정년은 고유함의 현재성을 들어 장한평의 주장을 엎어보려고 애를 썼다. 허나 역부족이었다. 그래 러시아다운 고유한 것은 없다, 그렇게 용인하기로 했다.

하기사 세계 3대 박물관에 든다는 에르미타주 박물관도 비슷한 경우였다. 불어 ermitage를 키릴 문자로 Эрмитаж라고 표기하는 것일 뿐이 아니던가. 황제가 겨울을 나는 궁전. 불란서 취향, 19세기 러시아 소설에 나오는 귀족들의 대화 가운데 불어가 튀어나오는 것은, 문화 열등감이 아니겠는가. 그렇다면 이정년의 고집은 근거가 허약하기 짝이 없는 게 아닌가 하는 생각을 할 만도 했다. 현지 발음이라는 게 얼마나 시덥잖은 것인가를 그가 잘 모르는 것은 아닐 터라서, 마음 내키는 대로 하되 그렇게 고집부리는 작가의 작품을 누가 읽을 것인가는 보증해주지 못한다는 것이 장한평의 시큰둥한 접수 태도였다. 거기다 아드님 이중성은 뭐라던가요, 묻는 데는 슬그머니 뱃살이 꼿꼿해지기도 했다.

그런데 이정년은 학문이라는 걸 한 이로서 꽤나 끈질긴 구석이 있어서 최소한 그 도시의 내력은 얼마간 곰파보았다. 이 도시는 1700년대 초, 그 유명짜한 표트르 대제에 의해 건설되었다. 도시를 건설한다니, 사나이가 해봄직한 일이 아니던가 싶었다. 그건 나라를 건국하는

아무도, 그가 살아 돌아오리라고 기대하지 않았다

일보다 신명나는 사업이었을 거 같았다. 러시아 남정네들이 하도 보드카를 마셔대니까 짜르라는 사람이 몽둥이를 들고 돌아다니면서 길거리에서 잠든 주정꾼들을 두드려 팼다는 이야기는 그의 치적을 모르는 이들도 뜨르르 아는 일화다. 인간미 넘치는 군주였다는 평일 터였다. 아무튼 로마노프 왕조는 상크트뻬쩨르부르그에서 200여 년 동안 나라를 운영했다. 200년이라야 조선이 견딘 500년의 절반도 안 되는 세월이지만, 구라파에서는 꽤 긴 역사에 속한다.

이 도시는 제정러시아 때부터 뻬쩨르부르그라고 불러왔다. 표트르의 영어식 표현 피터의 도시라는 것 말고, 성인 페트로스(베드로)와는 연이 닿질 않는다. 1914년 레닌이 볼셰비키 혁명을 주도할 무렵에는 도시 이름을 같은 뜻의 페트로그라드(Петроград)라고 했는데 독일식 '부르그'를 러시아식 '그라드'라고 바꾼 것일 뿐 큰 변화는 아니었다. 러시아를 붉은 물로 칠한 레닌이 54세에 죽었다. 1924년 레닌이 죽자, 그가 그 도시에서 혁명을 주도했던 사실을 상기하여 레닌그라드(Ленинград)라고 불렀다. 레닌에 대한 오마주였다. 그러나 그 혁명은 거대한 정치 실험으로 끝나고 말았다. 1991년 개방화의 물결을 타고 레닌의 동상이 넘어짐과 동시에 러시아식의 옛 이름 상크트뻬쩨르부르그로 돌아갔다. 이정년은 그 도시를 이전에 레닌그라드라고 불렀다는 데 생각이 머물렀다. 러시아 소설의 연원이라는 『외투』를 쓴 고골도, 「뻬쩨르부르그 연대기」를 쓴 도스토옙스키도 '뻬쩨르부르그'라고 했는데, 미국식으로 '페테르부르크'라고 한다고 해서 현실적 감각이 생생하게 살아나는 것은 아니었다. 여하튼 도시 이름은 그 도시의 역사를 환기했다. 이정년은 레닌그라드를 스탈린그라드와 함께 기억에 살려내곤 했다.

　이정년은 레닌그라드를 떠올릴 때마다, 머리를 긁적거리곤 했다. 레닌의 도시, 그건 있는데 이정년의 도시는 왜 없는가, 그런 생각을 하다가 한숨을 쉬기도 했다. 1917년의 혁명, 한국의 3·1운동과 러시아 혁명을 어떻게 연계할 수 있는가 하는 생각도 들었다. 4월 혁명, 10월 혁명 등으로 이 도시는 '3대 혁명 도시'라는 이름을 얻었다. 러시아 당국은 1918년, 독일 침공을 피하기 위해 모스크바로 수도를 이전하게 된다. 아무튼 이정년은 뻬쩨르부르그 앞에 붙은 '상크트'를 제쳐두고 그냥 뻬쩨르부르그라고 하기로 마음먹었다. 자기들이야 도시를 건설한 표트르 대제를 Пётр Великий(1672.5.30.~1725.2.8), 황제니 짜르니 하지만 이정년으로서는 그렇게 높여 떠받들 빌미가 없었다. 그건 이정년의 열등감이라 해야 설명이 되는 맥락이었다. 역사의 열등감, 그런 게 실재하는가 하는 의문이 없지 않았지만. 상것들과 양반…… 세계사의 세력을 구축한 러시아와 세계사의 뒷골목을 헤집고 나가는 양반 국가 조선. 위험한 발상이었다. 이정년은 손을 들어 헤성글어진 자기 머리를 툭툭 쳤다.

　독일이 혀를 널름거리면서 넘보던 뻬쩨르부르그는 결국 독일한테 호되게 당한다. 1941년 9월부터 1944년 1월까지 872일간 독일군에게 점령된 상태에서 도시를 폐쇄하는 바람에 100만 명 이상이 굶어죽었다는 이야기를 이정년은 기억한다. 러시아에 간다고 자료를 찾아 읽은 결과 알아낸 사실이었다. 독서의 힘이라는 게 그런 사소한 기억을 환기하는 어쭙잖은 것이기는 하지만, 기억이 없으면 다른 발상을 할 수 없지 않은가.

이정년은 먹고사는 문제가 인류의 절체절명의 과제라는 생각을 자주 했다. 유니세프에서 아프리카 기아 돕기 성금 모금 광고를 보면서 생각에 생각을 거듭했다. 인간이 육신을 가진 존재이고, 육신은 먹고 마셔야 제 모습이 유지되고 제 기능을 할 수 있다는, 지극히 상식적인 이야기를 마치 무슨 철학이나 되는 듯이 화두의 하나로 머리 꼭대기에 올려놓고 지냈다. 이런 식이었다. 백성이 굶어죽는 지경에 임금이 밥 잘 먹고 잘 삭인다면 그 자체가 스캔들, 말하자면 죄라는 것이었다. 애비된 자의 도리라는 것도 자식 먹여 살리는 데서 비롯된다는 게 그의 주장이었다. 그러면서 근거로 들이대는 게 군은 이민위천하고 민은 이식위천한다는 사마천의 『사기』에 나오는 구절이었다. 이정년은 친구 서예가 백담에게 부탁해서, 그 구절을 휘호로 받아 자기 공부방에 액자로 표구해서 걸어놓았다. 君以民爲天 民以食爲天. 구태여 솥에서 인심난다는 유식한 맹자의 버전, 항산이 없으면 항상된 마음 또한 없다(無恒産 無恒心)는 구절과 맞대어놓고 겨룰 생각은 별로 없었다. 먹어야 산다는 명제를 제쳐놓고, 학자들은 인간의 자유며 이상이며 존재의 향상을 위해 유토피아는 필연적이라는 등 황탄한 이야기를 잘도 늘어놓았다. 이정년은 유물론자, 무신론자 소리를 들어도 허황된 유토피아 이야기는 하지 말자고 다짐을 두면서 살아왔다. 학생들에게는 문학과 유토피아 이념에 대한 강의를 하면서 열을 올렸다. 모순이었다.

먹고사는 문제와는 별 관계가 없는 일로, 이정년은 뻬쩨르부르그에 한 주일 다녀왔다. 이런 계기가 있었다. 이정년은 자기가 책임을 맡았던 '한국언어와문화학회' 연차대회에 참여한 적이 있었다. 한국에서 공부하고 간 러시아 여성 학자의 발표를 들었다. 한국 고전문학의 사유체계라는 논문을 발표한 아젤리야나는 한국문학의 현세주의를 구체적인 예를 들어 설명했다. 논리가 반듯했다. 검증도 야무졌다. 발표가 끝나고 중간 휴식 시간에 이정년은 아젤리야나를 만나 인사를 나누었다. 삭삭하고 친절한 인상이었다. 러시아 아줌마들을 닮아가는 중이라서 허리가 굵어지고 엉덩이가 부풀기 시작하는 연배로 접어드는 농익은 성숙미를 보여주었다. 이정년에게는 풋내나는 처녀보다 그런 연배가 오히려 마음이 편했다. 백석이 사랑한 흰 당나귀와 나타샤는 이정년에게 부담이었다. 더구나 춘원 이광수의 소설 『유정』에 나오는 최석 교장처럼, 러시아 아가씨와 러시아 오지로 도망칠 생각은 해보질 못한 터였다. 그것은 고독한 혁명이었기 때문이다.

수인사를 마친 뒤, 아젤리야나는 이정년에게 러시아에는 몇 번이나 다녀갔는가 물었다. 이정년은 서너 번 다녀왔다고 대답했다. 아젤리야나는 옅은 기미가 잡힌 눈가에 주름을 돋우면서 웃음을 달았다. 뻬쩨르부르그대학에서, 한국어를 가르치기 시작한 지 120년이 되는 것을 기념하여 학술대회를 여는데 거기 참여할 의사가 있는가 물었다. 이정년은 불감청고소원, 선뜻 나서서 자기가 비행기 삯 부담해서 가겠다고 그 자리에서 덜컥 약속을 했다. 베라 에브게니란 마담을 생각하면서였다. 잠시 후, 이정년은 아관파천이라는 단어를 떠올렸다. 아

아무도, 그가 살아 돌아오리라고 기대하지 않았다

무런 작정이 없는 연상이었다. 1896년 고종과 왕세자의 도피행. 명성황후가 시해된 을미사변 이후 고종은 일본군의 무자비한 시해 음모에 신변의 위협을 느꼈다. 자칫 자기 자신이 시해를 당할지도 모른다는 공포감에 시달렸다. 고종이 세자를 데리고 왕궁을 떠나 러시아 공사관으로 거처를 옮겨…… 당시 러시아는 조선에게 우애로운 선린이었다. 러시아는 조선을 소실처럼……? 꼭 오세요, 아젤리야나는 이정년에게 비주 인사를 하면서 귀에다 속삭였다.

이정년은 아내 민정숙 여사를 대동하고 러시아 뻬쩨르부르그까지 날아갔던 터였다. 그런 행동은 이정년이 조심하고 삼가는 '무조건'이었다. 민정숙은 당신은 연애하고 나는 공부할 겁니다, 하면서 따라나섰다. 그러면서 한다는 소리가, 흰떡에도 고물이 든다는데 나한테 아쉬운 소리 하지 않기요, 그렇게 다짐을 받았다. 민정숙으로서는 다른 배포가 도사리고 있었다. 작년 2016년에 변월룡(1916~1990)이라는 연해주 출신 화가 탄생 100주년 회고전이 덕수궁 현대미술관에서 열렸다.

그 전시회에 다녀와서는 변월룡이라는 화가에게 집착했다. 한때 그의 작품 모작이 나돌았는데, 백두산 소나무니 월북 무용가 최승희 초상화니 그런 그림들을 사서 날랐다. 그리고 변월룡이 일리아 레핀 미술대학에 다녔다는 것을 알고는, 뻬쩨르부르그 노래를 하다가 한사코 따라나섰다. 서울대학교 평생교육원에서 개설한 '인물전기 쓰기 전문 과정'에 등록해서 공부하는 가운데, 관심 있는 인물의 생애를 재구성하면서 인간에 대한 심층적 이해를 도모한다는 실로 갸륵한 이상을 실현하는 과정이었다. 이정년을 위해서도 다행이었다. 무슨 무슨 봉사를 명목으로 나돈다든지, 호스피스 봉사자로 나선다든지 하는 것보다는 아무래도 자기계발을 위해 노력하는 태도가 가상스러웠다. 그리고 자기 취향의 일부를 대신 채워주는 역할을 하기도 했다.

이정년은 러시아 문학과 한국문학의 상호 관계를 연계하는 발표를 했다. 스텐카 라진과 홍길동을 영웅 모티프의 변형이라는 측면에서 검토하는 글이었다. 영웅 모티프의 변이는 사회-문화적으로 규제된다는 맹등한 결론이었는데, 인간이해의 보편성이라는 차원에서는 가치있는 시도로 평가를 받았다. 아마 이정년의 넓은 이마와 턱수염이 자아내는 아우라가 그런 평을 이끌어냈을 것이라고 스스로 생각하면서 맥없이 웃었다. 이정년은 자기 발표에 비하면 아젤리야나 교수의 연설이 한결 의미깊다는 생각을 했다. 한국과 러시아 사이의 문화교류 상황을 역사적 맥락에 따라 소개하는 내용이었다. 주최 측에서 발제 삼아 할 수 있는 얘기였다. 아무튼 고종이 러시아 공사관에 피신해 있는 사이에, 1897년부터 조선어를 러시아에서 가르치기 시작했다는 것은 어떤 역사적 의미를 지니는가, 정리가 잘 안 되었다. 아마 고종황제의 현실 인식이 그렇게 작용한 것은 아닌가, 막연한 짐작을 할 뿐이었다. 고종은 러시아를 처갓집처럼 생각했던 것인지도 모를 일이었다.

이정년은 뻬쩨르부르그에서 한국인 동료들을 몇 만났다. 그 가운데 푸시킨을 전공했다는 노사순이라는 늙은 처녀 교수가 있었다. 전에 『쫄깃한 러시아 현대문화 이야기』라는 책을 낸 적이 있어서 이정년도 그 책을 읽은 터라 익숙한 이름이었다. 이정년이 노사순에게 물었다. 뻬쩨르부르그에서 뭘 보는 게 시간의 밀도를 높일 수 있는가 하는 물음이었다. 보드카나 마시고 돌아가면 그만이라고, 먹는 게 남는 거라고 하는 소리는 듣고 싶지 않았다. 물론 스스로 그런 이야기를 할 며리는 없었다. 정년 후에도 여전히 정정하다는 소리를 듣는 것은 약간의 탐구심과 호기심 덕이었다. 이정년의 아내는 남편의 그러한 태도를 의심쩍게 바라보았다. 얼마나 견디려나 하는 의문과 시간과 더불어 빛이 바래가는 남편에 대한 비애감 같은 것이 복합적으로 작용한 결과였다. 거기다가 연애 운운하는 허영기를 눌러놓아야 한다는 다짐도 있었다.

노사순 박사가 말했다. 이 교수님 전에 홈페이지에 올려놓았던 글을 보니까 유럽 그림에 해박하시던데, 그림이나 보고 가세요. 그림이면 그림이지 '그림이나'라는 어투가 귀에 거슬렸다. '그림이나'라는 건……? 알짜 러시아 그림 말이지요. 어디 가야 그런 알짜를 봅니까? 러시아 근대회화라면 러시아 박물관이지요, 의당.

이정년의 발표가 있던 날 한국에서 간 학자들이 같이 모였다. 서울에서 열 시간 걸려 달려온, 외국 학회에 와서 만나는 게 어디 만만한 인연입니까. 저녁 나긋하게 먹고 만나서 얘기도 하고 그럽시다. 이정년의 제안이었다. 아젤리야나가 기막힌 데가 있다면서, 소개할 터이니 가보라고 제안했다. 뻬쩨르부르그에 한국식 노래방이 생겼다는 것이었다. 동행한 사람, 룸메이트, 내외 그렇게 모이고 보니 10여 명이 되었다. 노래방은 생각보다 초라했다. 일본식 가라오케가 아니라서 그런가 싶었다.

우리 최연장 고참께서 먼저 노래의 포문을 여시지요. 그러세요, 노사순 박사가 나서서 부추겼다. 뒤로 빠지고 싶진 않았다. 반주에 맞추어 이정년이 노래를 불렀다. 그런데 화면에 러시아 문자로 된 가사가 떴다. 이정년은 전에 이연실이 부른 노래 가사를 떠올리면서 겨우 노래를 이어갔다.


넘쳐 넘쳐 흘러가는 볼가강 물 위에/ 스텐카 라진 배 위에서 노랫소리 들린다/ 페르샤의 영화의 꿈 다시 찾는 공주의/ 웃음 띄운 그 입술에 노래 소리 드높다/ 동편저쪽 무리에서 일어나는 아우성/ 교만할손 공주로다 우리들은 우리다/ 다시 못 볼 그 옛날에 볼가 강물 흐르고/ 꿈을 깨친 스텐카 라진 장하도다 그 모습


이정년이 노래를 끝내자 같이 있던 이들이 건성으로 박수를 쳤다. 이정년은, 스텐카 라진의 그 영웅적 혁명아의 생애를 몇 줄 노래로 휘갑할 수 있는 게 아니라는 생각을 하느라고 노래를 제대로 못 불렀다. 그리고 가사에 혼동이 있기도 했다. 이정년의 설명이 이어졌다. '교만할손 공주로다 우리들은 우리다' 하는 구절이 어디선가는 "우리들은 주린다" 그렇게 되어 있었다. 사랑의 꿈을 깨치고 페르시아 공주를 물에 던져버린 스텐카 라진의 모습을 '장하도다' 하고 칭찬하기도 하고, '외롭다' 하면서 비애감을 불러오는 가사도 있었다. 하기는 시인 김수영의 말마따나 혁명이 본질상 고독한 것이기는 하지만. 서사 장

아무도, 그가 살아 돌아오리라고 기대하지 않았다

르와 서정 장르는 성격이 달라 서정은 충동질하고 서사는 이악스럽게 따지는 게 원칙이라…… 그만하세요. 노사순 박사가 이정년의 설명을 자르고 나왔다. 한국어 가사 없나? 한국어로 된 가사가 제대로 나오는 노래가 없었다.

결국 러시아에 왔으니 러시아 민요나 듣자는 쪽으로 이야기가 돌아갔다. 나니 브레그바제가 부르는 〈머나먼 길〉이 동영상과 함께 흘러나왔다. 사람들 돌아가는 모습을 가만히 지켜보고 있던 민정숙 여사가, 손바닥으로 탁자를 탁탁 치면서 여기요, 저기요 노래 멈추고요. 발언을 시작했다. 요새가 어느 시댑니까, 바야흐로 글로벌라이제이션 시대인데, 그 궁벽한 러시아어로 노래를 들을 이유가 뭡니까. 러시아어가 궁벽하다니, 노사순 박사가 발끈했다. 나도 그 노래 알아요. 1968년에 메리 홉킨이 취입해서 일약 세계적인 애창곡이 되었잖아요. 그래서요? 뭘 그래서입니까. 영어 버전으로 듣자는 거지요.

메리 홉킨의 아름다웠던 날들, 〈Those were the Days〉가 익숙한, 명랑한 음성으로 실내에 퍼졌다. 사람들이 어깨를 들썩이며 리듬을 타기 시작했다. 템포가 빨라지면서 민정숙 여사가 일어나 춤을 추자고 했다. 사람들이 춤사위에 어우러졌다. 한참 춤이 잘 돌아가는 중에 이정년이 자리에 돌아와 앉아서 발치카 맥주를 홀짝거리다가 눈가를 훔쳐내기 시작했다. 아 친구여, 우린 나이를 먹었지 헌데 지혜는 얻지 못했어, 우리 가슴에 꿈은 이전과 똑같이 살아 있잖아(Oh my friend we're older but no wise, for in our hearts that dreams still the same). 하는 구절에 와서 눈물을 흘리며 자기 감정에 몰입되어 센티멘털리즘으로 다가가는 중이었다. 왜 그래요? 여전히 꿈을 꾸고 있는 거 같아…… 민정숙 여사는 남편을 데리고 호텔로 돌아왔다. 약해지면 안 돼요, 당신은 아직 젊어요. 뭐라는 소린지…… 지금 죽어도 여한이 없다고 했잖아요. 그런 소리 한 적 없다고? 연애를 하겠다는 양반이 왜 그래요. 그렇게 단속적인 이야기가 오가다가 잠이 들었다.

다음 날이었다. 발표 부담이 없었다. 한국에서 온 학자들의 한국 경제와 역사 분야 발표가 있었다. 오후에는 아내 민정숙 여사와 자기 시간을 가지고 싶었다. 노사순의 제안을 따라 러시아 박물관으로 러시아 그림을 보러 갔다. 전에 뻬쩨르부르그에 갔을 때는 에르미타주 박물관만 훑어보았다. 렘브란트의 거작 〈돌아온 탕아〉에 대해서는 에세이를 하나 쓰기도 했다. 러시아 전통 회화는 도록만 사가지고 왔다. 내내 아쉬웠다. 이번에 하루 잡아 러시아 그림을 집중적으로 보게 된 것은 이정년에게 여지없는 행운이었다. 민정숙 여사 또한 고분고분 따라나섰다. 이정년은 앞서서 팔을 홰홰 저으며 단풍이 노랗게 물든 공원의 나무들이 수로에 거꾸로 비쳐 황금빛 비늘을 일으키는 길을 코자크 병사들 행군하듯이 걸어갔다. 로버트 프로스트의 「가지 않은 길」을 연상하게 하는 길이었다.

러시아 박물관에 전시된 그림들 가운데 이정년의 관심을 끄는 작가는 단연 일리야 레핀이었다. 그가 러시아 리얼리즘 회화의 전통을 수립하고 인상파 화풍을 도입한 대가라는 것은 널리 알려져 있는 터라서, 일종의 확인이나 재발견과 같은 일이었다. 마침 이정년이 묵는 숙소 근처 예술공원에 레핀의 동상이 서 있었다. 민정숙 여사는 레핀의 동상을 여러 컷 사진으로 찍었다. 레핀 이름을 단 미술아카데미(미술대학)가 자리잡고 있어서 더욱 친근하게 다가왔다. 이정년이 한국 학자들 발표를 지켜보는 사이, 그의 아내 민정숙은 레핀 미술아카데미에 다녀오기로 하고 갈라섰다. 점심시간에 대어 와서 같이 만났다. 민정숙은 『일리야 레핀 전집』을 사가지고 왔다. 모스크바 미술아카데미에서 나온 최신판 전집이었다. 전날 어설펐던 푸념은 다 잊을 정도로 고마웠다. 민정숙 여사에게는 레핀이 아니라 변월룡이라는 화가가 더욱 큰 관심사였을지도 몰랐다. 변월용이 공부하고 교수가 되어 학생을 지도했던 대학…… 이정년은 자기보다 아내 민정숙이 한결 실속 있는 관심사를 가지고 있다는 생각을 했다.

이정년은 전시실에 들어가기 전에 아내가 사가지고 온 전집을 간이의자에 앉아 훑어보았다. 도록에 실린 작품이 워낙 많아서 우선은 생애부터 개략적으로 짚어보았다. 일리야 레핀(Илья Ефи́мович Ре́пин, 1844~1930)은 우크라이나 하리코프 지방의 추구예프라는 작은 마을에서 군인 집안의 아들로 태어났다. 하리코프는 1930년대 프롤레타리아 예술가들이 모여서 농민문학에 대한 논의를 했던 도시이기도 했다. 15세 때에 I.M. 부나코프라는 성상 제작자에게서 수업을 받기 시작했다. 이정년은 자기가 금강산 건봉사에서 불목하니로 지내던 시절을 반추했다. 이콘이라는 성상과 부처상의 차이가 무엇인가 하는 의문이 밀고 올라왔다. 성상은 종교적 심성을 기르는 데 큰 역할을 한다는 이야기를 민정숙 여사가 거들었다.

레핀이 뻬쩨르부르그 미술아카데미에 입학한 것은 19세 때였다. 당시 아카데미는 진부한 고답주의에 빠져 있었다. 졸업 작품으로 신화적 주제를 택하도록 학교 측에서 강요했다. 열네 명의 졸업반 학생들이 학교의 강요에 반대하여 자퇴를 선언했다. 레핀이 주도적 역할을 했다. 레핀은 자퇴에 직접 참여하지 않았다는 도록의 설명과는 달리, 이정년은 레핀이 주도적 역할을 했다고 못박고 있었다. 인물에 대한 애정이 사태를 왜곡하기도 하는 터라서, 그렇게 생각하기로 했다. 사실과 신념 사이를 오가는 중이었다.

그들은 예술은 생활에 밀착되어야 한다는 주장을 내세웠다. 그런 주장 가운데는 체르니셰프스키의 영향도 섞여 있었다. 체르니셰프스키는 대학 석사를 받기 위해 「현실에 대한 예술의 미학적 관계」라는 논문을 제출했다. 1855년의 일이었다. 그는 리얼리즘 논의에서 한 자리를 차지하는 논객으로 이름이 나 있었다. "미란 삶 속에, 아니 삶 속에만 존재하는 것이어서 실재 속에 미가 있다." "예술의 목적은 미에만 있지 않고, 형식의 완성만도 아니다. 예술은 인간의 관심을 끄는 모든 것을 제작하며, 더 나아가서는 기억력을 돕고 실재를 주의 깊게 주목하는 등의 다른 임무도 수행한다." 전에 언제던가 읽은 그런 구절들이 어수선하게 이정년의 머릿속을 오갔다. 예술과 미 같은 고상한 화제 이전에, 이정년은 시간관이 체르니셰프스키와 달랐다. 체르니셰프스키는 미래를 사랑하라고 강조했고, 이정년은 미래는 불확실하기 때문에 믿음을 둘 수 없다고 학생들에게 이야기하곤 했다.

나중에 레닌의 주요 저작 제목이 된 『무엇을 할 것인가?(Что Дыла

ть?)』는 체르니셰프스키가 같은 이름의 소설을 먼저 내놓았다. 그 소설은 체르니셰프스키가 사회운동에 참여했다가 체포되어 감옥에 갇혀 있는 동안 저술한 것이다. 토끼섬이라는 데에 만들어놓은 '페트로빠블로프스끄' 형무소에서 쓴 것이었다. 내용이 혁명적이지는 않지만 여성의 자기 정체성 추구를 내용으로 하는 구체성이 어떤 논문보다 당대인들의 의식을 일깨우는 데 기여했다. 주인공 라흐메토프는 하고많은 러시아 혁명가의 표상 혹은 아이콘에 해당하는 인물이 되었다. 체르니셰프스키의 소설은 레핀이 고등학교에 들어갈 무렵에 출판되었다. 아무튼 고등학교 졸업 작품을 거부하고 학교를 떠난 레핀은 수년 내에 아카데미에 교수로 취직할 수 있을 만큼 실력을 갖추었다. 독공의 성공인 셈이다. 이정년은 자신이 공부한 과정도 일종의 독공이라는 생각을 하곤 했다. 문학잡지의 발행 역정을 밝히고, 거기 실린 작품들의 개요를 소개하는 것만으로도 논문 실적을 인정받던 시절이었다. 전시실에 가서 작품을 봐야지요, 민정숙 여사가 이정년의 소매를 이끌었다.

레핀은 26세 때, 볼가강을 운행하는 목선을 타고 여행하는 중에 볼가강에서 배를 끌어올리는 노동자들을 스케치했다. 희한한 아이러니였다. 농노 해방이 단행되고, 농노들이 귀족의 장원에서 풀려나면서 일자리를 잃었다. 자기가 경작하던 땅을 불하받아 토지대금을 지불하자면 100년 농사를 지어야 할 만큼 요구하는 돈이 혹독했다. 결국 일급 노동자로 전락하는 사태가 벌어졌다. 레핀은 해방된 농노가 어떻게 빈민 노동자로 전락하는가 하는 점을 배끌이 인부들의 생활 속에서 보았던 것이다. 3년 걸려 그 작품을 완성했을 때, 그는 곧바로 명성을 얻었다. 가슴에 가죽 끈을 묶어 매고 힘겹게 배를 끌어올리는 노동자들의 고단한 삶이 땀 냄새처럼 배어나오는 작품이다. 이정년이 발표한 글이 마침 볼가강 근처의 코자크 농민군을 이끈 스텐카 라진이란 인물이라, 레핀의 그림을 예사로 보아 넘길 수 없었다. 이정년은 자신도 모르게 스텐카 라진의 가락을 속으로 흥얼거렸다. 자연이 아니라 제도에 얽매이고 권력에 착취당하는 이들의 삶이 이정년 자신과 무엇이 다른가를 곰곰 생각했다. 이정년은 가난하게 산다는 것이 무엇인지를 거듭 더듬느라고 그림 앞에서 굳어붙은 듯 서 있었다. 대학에서 학문을 한다고 하기는 했지만, 이룩한 것은 미미하고 학생들 앞에서 당당했던 적이 그다지 많지 않았다. 그러나 연공을 따져 훈장을 주었다. 훈장? 문득 가난을 훈장처럼 달고 살던 사람들이란 구절이 입안을 맴돌았다. 빈곤의식을 벗어나지 못하는 한 마음의 가난은 누더기가 되어갈 뿐이었다.

이정년의 아내 민정숙이 다가와 팔을 이끌었다. 예수님이 살아서 러시아에 왔네요. 민정숙은 그림 앞에 서서 움직일 줄을 몰랐다. 〈야이로의 딸을 살리신 예수님〉이라는 그림이었다. 전시실 벽면 절반을 차지하는 대작이었다.

때마침 노사순 박사가 박물관 복도를 걸어가다가 이정년 내외를 발견하고는 반색을 했다. 작품 좋지요? 그렇군요. 레핀은 천재예요. 천재라기보다는 영웅이라는 게 더 어울리지 않을까요? 영웅이라 하기에는 영웅다움이 없지 않나 싶군요. 민정숙 여사의 대답이었다. 노사

아무도, 그가 살아 돌아오리라고 기대하지 않았다

순 박사가 끼어들어 설명했다.

이 작품은 레핀이 27세 되었을 때, 아카데미 졸업 작품으로 그린 그림입니다. 레핀은 학위를 받기 위한 작품으로 성서에서 모티프를 채용하여 러시아의 생활상을 바탕으로 작업했다. 마가복음이던가 하는데 나오는 예화였다. 이정년은 신림동 어느 교회에서 목회를 하고 있는 친구에게서 야이로의 이야기를 들은 적이 있었다. 그 이야기는 희한하게도 노사순 박사의 설명과 똑떨어지게 맞았다. 신 목사의 이야기는 이러했다.

회당장 야이로의 딸이 죽게 되었는데, 예수가 죽은 사람을 살리는 이적을 행하고 다녔다. 야이로는 죽은 딸을 방에 남겨두고 바닷가에서 설교하는 예수를 찾아갔다. 무조건 예수의 앞에 무릎을 꿇었다. 예수를 아무 의심 없이 믿었던 것이다. 제 딸이 죽었습니다, 살려주세요. 죽은 게 아니다, 잠들어 있을 뿐이다. 다른 환자들을 몇 돌보고 나서 예수는 야이로의 집으로 왔다. 야이로의 딸은 죽은 듯이 침대에 누워 있었다. 예수가 다가가 손목을 잡자 소녀는 눈을 뜨고 예수의 얼굴을 말끄러미 쳐다봤다. 자아, 일어나 앉거라. 소녀는 침대보를 들치고 일어나 앉았다. 가족들은 눈이 휘둥그레져 예수 앞에 무릎을 꿇었다.

목사의 결론은 그랬다. 믿음이 딸을 구했다. 예수는 전환적 사고를 할 줄 아는 사고의 혁명가다. 아버지는 딸이 죽은 걸로 알았지만, 예수의 발상은 잠들어 있는 것이라는 쪽으로 돌아갔다. 믿음과 발상의 전환, 거기에 기적의 모멘텀이 있다는 게 친구의 설명이었다. 방법적 회의를 강조해온 자신의 행적이 무색해지는 순간이었다. 이정년은 한국문학의 전통을 자주 이야기했다. 전통과 혁명…… 사실 이정년은 전통에 충실한 것도 아니고 혁명의 깃발을 들고 바리케이드를 넘어 전진해본 적이 없었다. 자기가 살아온 시대에 대한 빚이었다.

어머, 이 작품으로 금메달을 수상했네요. 상금으로 6년간 외국 유학 여행을 할 수 있게 되었다면 돈으로 환산해서 1억은 넘어야 하지 않을까? 대단하네. 레핀은 여행을 떠나기 전, 3년에 걸쳐 〈볼가강의 배를 끄는 사람들〉을 완성하였다. 이따금 드문드문 있는 배 끌어올리는 노동을 해서는 생계를 유지할 수 없었다. 이들이 농민반란군으로 나섰거나 혁명에 가담하게 되는 과정은 정치란 무엇인가를 생각하게 해주었다. 이정년은 고흐의 〈감자 먹는 사람들〉의 혁명성을 거듭 반추하고 있었다. 민정숙 여사가 걱정어린 눈길로 이마가 땀으로 젖은 남편 이정년을 올려다보았다. 사실 이정년은 안으로 흔들리고 있었다. 그것은 퇴임 후에 다가오는 충격의 여파 같은 것이었다. 아직은 현역이다, 리타이어는 타이어 갈아 끼우고 다시 달린다는 뜻이다, 말은 그랬다. 그러나 그것은 여지없는 늙은이의 아집이었다. 하필 뻬쩨르부르그에 와서 그런 느낌이 실감으로 다가오는 것인가. 아마 그가 기억하는 레닌그라드라는 도시 이름 때문일지도 몰랐다.

외국에서 병나면 그처럼 난감한 일이 없어요. 아젤리야나 교수와 연락해서 병원에 가보세요. 이 박사님 얼굴이 창백해요. 괜찮습니다. 통풍이 안 되는 전시실에 너무 오래 있었던 모양입니다. 그들은 〈니콜라이 미를리카가 누명을 쓴 세 사람의 목숨을 구하다〉라는 작품 앞에 서 있었다. 칼과 쇠사슬…… 겁나는 사람들이지요. 노사순 박사는

아무도, 그가 살아 돌아오리라고 기대하지 않았다

그런 그림을 더 보기 싫다는 투로 한마디 하고는, 아젤리야나 교수한
테 꼭 연락해서 병원에 가야 한다고 일렀다. 그러고는 다른 볼일이 있
다고 돌아서서 나갔다. 이정년에게 눈을 끔벅해 보이는 모습을 민정
숙 여사는 놓치지 않았다.

이정년은 아내에게 이끌려 구내 카페에 가서 자리를 잡아 앉았다.
탄산수를 사서 마시면서 컨디션을 조절했다. 커피 생각이 났다. 이정
년은 커피와 크루아상 두 덩이를 사가지고 와서 아내 앞에 펼쳐놓았
다. 의자에 털썩 주저앉았다. 머리가 휘둘렸다. 민정숙 여사가 크루아
상을 뜯다가 탁자에 떨어지는 부스러기를 손으로 모아서 봉지에 담
았다. 손마디가 굵게 부풀고 손등이 뻔질거리는 게 눈에 거슬렸다. 이
정년은 슬그머니 아내의 손을 잡았다. 민정숙 여사는 눈을 하얗게 흘
기며 손을 잡아 뺐다. 이정년은 묘한 배반감에 휩싸였다. 민정숙은
딴소리를 했다. 노사순 박사와 어디서 만나기로 했어요? 눈을 하얗게
흘기면서.

레핀이 파리에서도 그림을 그린 모양이지요? 이정년에게 민정숙
여사가 물었다. 레핀은 이탈리아를 여행하고 프랑스 파리에서 얼마
간 머물렀다. 1873년 그는 파리에서 인상파 화가들의 첫 전시회를 보
았다. 그의 친구들은 인상파 화가들의 기법을 리얼리즘에서 멀어진
위험한 일탈로 보았지만, 그는 보는 시각이 달랐다. 레핀 자신은 인상
파 화가들을 전적으로 수용하지는 않았다. 인상파 화가들의 그림은
충분히 매력적이었다. 그러나 거기에는 소금기 밴 '생활'이라는 게 거
의 배제되어 있었다. 파리에서 인상파 화가들의 방법을 원용한 그림

은 〈벤치에 앉아서〉라는 하나가 볼 만했다. 목장 근처 돌너덜에 앉은 젊은이들, 그 앞에 앉아 노는 아이들 남매, 가지가 무성하게 벌어진 나무 저쪽에서 산산하게 비쳐드는 햇살, 풀밭에 일렁이는 듯한 햇살의 얼룩…… 이 안온하고 평온한 한 장면은 아름답되 생활에서는 멀어져 있었다. 그것은 꿈틀대며 용틀임하는 에너지로 가득한 러시아적인 것은 아니었다. 이정년은 아내 민정숙 여사가 입은 아웃도어 제품 '루이카스텔' 점퍼를 흘긋 쳐다봤다. 저 복장이 생활인가 생활에서 멀어진 한갓된 껍질인가. 파리에서 레핀은 돈이 떨어지고 생활의 방편이 없어지자 뻬제르부르그로 돌아왔다.

민정숙 여사가 이정년에게 물었다. 그림 안 팔리면 화가들이 뭘로 생활한대요? 극장 간판도 그리고, 역사적 장면을 그림으로 그려 정부의 지원을 받기도 하고 그러지. 거리로 나앉아 지나가는 사람 붙들고 초상화 그려주고 라면 값 벌어서 사는 사람도 있어요. 그래서 예술가에게 패트론이 필요한 모양이지요? 민정숙은 학교 선생들과 이웃의 후원으로 유학을 가게 되었던 변월룡을 생각하고 있었다.

이 대목에서, 이정년은 능숙한 소설가라면 레핀이 돈이 떨어져 파리에서 유랑하는 장면을 어떻게 처리할 것인가 하는 의문이 들었다. 그러나 그럴 만한 여유가 없었다. 아들 이중성이 '이딴 소설'이라던 이유가 전혀 터무니없는 것은 아니었다. 감성을 서사화한다는 것은 그리 호락호락한 게 못 되었다. 실감…… 구체성, 서사 속에 녹아 있는 삶이라는 것. 이정년에게는 패트론이 없었다. 그렇다고 자유가 보장된 것은 또 아니었다. 이정년은 레핀이 부러웠다.

아무도, 그가 살아 돌아오리라고 기대하지 않았다

레핀은 모스크바 근교 아브람체보에 있는, 러시아 예술의 유명한 패트론 사바 마몬토프(Savva Mamontov, 1841~1918)의 별장에 머물면서 그림을 그렸다. 사바 마몬토프는 러시아 철도 사업가로 명성이 높았다. 레핀이 그린 〈사바 마몬토프의 초상〉은 사업가로서 여유있고, 자신만만한 인상이었다. 소파에 기대고 눈을 아래로 내리뜨며 상대방을 쳐다보는 눈길은 오만해 보이기도 했다. 철도 노동자들의 노동으로 불려나간 재산을 예술가들에게 돌려주었다. 그는 아브람체보에 땅을 구입하여 전국의 유명한 예술가들을 불러들여 그들 손으로 집을 짓고, 예술 활동을 하도록 지원했다. 그의 아내는 인형 안에 인형이 계속 나오는 마트료시카를 자기 손으로 만들어 파리만국박람회에 출품하여 수상함으로써, 촌티나는 러시아 구석의 그 인형을 세계적인 공예품으로 만들었다. 내외가 만만치 않은 문화감각을 지니고 있었다. 적절한 부와 그 부를 예술에 투자하는 교양이 부러웠다. 교양은 개인에게 윤리적 부담을 강요하지 않는다. 개인이 지니고 있는 내밀성을 지켜주는 거리 유지의 감각이 교양이었다. 아내 민정숙 여사가 한족 화가나 고려인 화가에 대해 관심을 가지는 것은 교양의 공통항을 지닌 부부라는 점에서 가상한 일이었다. 그러나 이정년이 연구에 몰두하는 동안, 자기를 돌보느라고 '잃어버린 세월'을 복구하려고 안간힘을 쓰는 게 속을 짠하게 했다.

이정년의 아내가 어깨너머로 팸플릿을 쳐다보다가 물었다. 당신처럼 공부하는 이들 후원하는 패트론이 한국에는 왜 없어요? 불온하니까. 문학이 왜 불온해요? 문학 가운데 소설은 늘 새로워야 하고, 발상이 문제 제기적이며, 혁명적 사상을 담고 있으니까. 그렇게 무서운 사람하고 오래도 살았네. 민정숙 여사는 깊은 숨을 내뱉었다. 무서워봐야 이빨 다 빠지고 발톱 몽땅 닳아버린 늑대라고나 할까. 나, 당신 그런 말 정말 싫어요. 민정숙 여사가 이정년 면전에 들이대고 내뱉었다.

아무튼, 패트론이 반대급부를 요구하지 않으면 그게 누구라도 상관없지. 당신 아는 것처럼 그런 패트론이 어디 있어요? 사실은 이정년은 결혼 초에 처가살이를 했다. 논문을 쓰는 동안 생활을 이어갈 수 없었다. 장모가 패트론이었던 셈이다. 자네 학위 받으면 집은 언제 장만할라나? 이정년은 대답할 말이 없었다. 학위가 백지로 위임한 수표는 아니었다. 학원에 나가 강의를 하기도 했다. 그때는 나현명이라는 가명을 썼다. 가명으로 벌어서 실명들을 먹였다.

레핀은 10여 년 아브람체보에서 수많은 명작을 그렸다. 그 가운데 하나가 종교화 계열의 작품들이다. 다른 계열로는 초상화가 압권이다. 그는 인물의 얼굴을 그린 게 아니라 세계와 소통하는 방식을 자연스런 상태에서 묘출했다. 무소르그스키, 톨스토이, 투르게네프, 고골 등의 초상화는 살아 있는 인물의 내면이 여실하게 드러나 있다. 레핀은 특히 톨스토이와는 깊은 교감을 가졌다. 톨스토이의 정식 초상화는 물론 숲에서 책을 읽는 장면, 말 두 필이 끄는 쟁기를 가지고 밭 가는 모습 등 생활에 밀착된 작가의 형상을 여실하게 담아냈다. 문학과 미술의 교감이 인간적 교감으로 전환된 전범이 아닐까, 이정년은 그렇게 생각했다. 당시까지만 해도 화가들이 총체적인 인문교양을 갖추고 있었다. 해박한 역사적 지식을 가지고 있고, 성서에 대한 지식

또한 깊이를 헤아리기 어려울 정도였다. 이정년은 문학을 연구하는 게 가능한가 하는 회의에 빠진 적이 있었다. 어느 열렬한 평론가 말대로 문학은 장작도 소주도 빵도 아니다. 그렇다고 언어로 환원되는 분석의 대상도 아니다. 또한 야이로의 딸처럼 죽은 자를 살려내는 '기적'일 수는 더욱 없었다. 도무지 분석이 안 되는 언어의 복합구조. 아우라를 살리면 분석이 안 되고, 분석을 시도하면 아우라가 증발하는 이 유령 같은 문학이라니. 기껏해야 비평에 머무는 것이 문학 연구였다. 그리고 문학 논문이라는 것도 다른 영역의 방법론을 차용한 텍스트 해석에 지나지 않았다. 이정년은 다시 한숨을 쉬었다. 자기 마음대로 과목을 설강하거나 세상을 놀라게 할 논문을 쓸 수 없었던 지난 30년은, 신산하기 그지없는 세월이었다. 그 뒤끝에 자기가 분석의 칼을 들이대던 작품으로 돌아가려는 시도를 하다니, 스스로 생각해도 가소로운 일이었다.

그림 보러 와서 왜 한숨이나 쉬고 그래요? 여기 와 보세요. 이건 들라크루아 그림을 연상하게 하네요. 민정숙 여사가 〈터키 술탄에게 답신을 쓰는 자포로제 코자크인들〉이라는 대형 그림 앞에 서서 하는 말이었다. 이 지점에서 이정년은 아내와 뜻이 통한다는 것을 다시 감지했다. 이정년이 다가가 아내 민정숙 여사의 손을 슬그머니 잡았다. 손에 물기가 느껴지고 굵어진 손마디가 만져졌다. 유행가의 한 구절이 떠올랐다. 젖은 손이 애처로워…… 레핀의 역사화 가운데 이정년의 눈을 끄는 거작이었다. 〈터키 술탄에게 답신을 쓰는 자포로제 코자크인들〉이란 작품. 자포로제 코자크들은 러시아 전체를 휘둘러봐도 맞비길 족속을 찾기 어려울 정도로 용감하고, 때로는 잔인한 족속이었다. 터키의 술탄, 마흐무드 4세가 러시아를 공격했다가 코자크들한테 대패한다. 터키의 술탄은 코자크인들에게 편지를 보내 자기들에게 복속해 오면 잘 보호해주겠다고, 승전국 편에 호기를 부린다. 전투에서 참패한 주제에 그런 호기를 부리는 것은 지나가던 개도 웃을 일이었다. 가소로운 희화였다. 웃기는 소리 작작하고 앉아 있어라, 그런 홍소와 비소가 넘치는 코자크들의 얼굴이, 편지를 쓰는 인물을 중심으로 역동적으로 배치되어 있다. 바라보아 오른쪽에 흰 가죽 코트를 입은 인물이 평범하고 아둔한 등을 보이고 있어 다른 인물들의 얼굴 표정에 시선을 집중하게 한다. 그런데 이 작품의 놀라운 점은 인물들이 소지하고 있는 무기, 장식품, 얼굴 표정, 변발, 물병, 지갑, 수건, 탁자에 놓여 있는 카드 등 극단적 세밀성을 지닌 디테일들이다. 1880년에 시작해서 1891년에 마무리된 작품. 이정년은 자신은 책 하나 쓰기 위해 10년 넘게 쉬지 않고 작업을 한 적이 있던가 그런 생각을 했다. 10년, 푸우…… 민정숙 여사가 이정년을 흘금 쳐다봤다.

그사이 다른 그림도 그렸겠지요. 아내 민정숙 여사는 이정년의 표정을 정확하게 읽어내고 있었다. 아내의 그런 이야기를 들어도 허허하기는 매한가지였다. 도무지 대학이라는 데가 장기적인 일에 몰두할 수 없게 닦달을 해댔다. 한 해 논문 한 편(one paper/year) 그건 지긋지긋한 행정 룰이었다. 생각이 깊으면 기계적인 분석과 자동적인 서술이 도무지 되질 않는 것. 행정하는 이들은 그걸 인정하려 들지 않았다. 프로덕티비티와 임팩트가 있어야 한다고 주문처럼 외었다. 설

아무도, 그가 살아 돌아오리라고 기대하지 않았다

익은 논문이 나올 수밖에 없었다. 아무튼 코자크인들이 추구하는 이상은 '자유, 평등, 박애'의 정신이었다. 레핀의 동시대인들은 그 작품을 억압의 쇠사슬을 풀어내는 러시아인들의 상징으로 인식했을 거라고 이정년은 짐작하고 있었다. 용광로에서 끓어오르는 쇳물처럼 넘쳐나는 삶의 에너지, 그것을 발견해내는 것은 레핀의 러시아에 대한 뜨거운 사랑과 동류항이었다. 이정년은 그렇게 뜨겁게 살지 못한 게 늘 아쉬웠다. 나름으로 열심히 하느라고 했다는 것은 변명이 될 수 없었다. 삶의 가치는 대개 절대치로 다가오는 것이었다. 이제 됐다, 멈춰라 시간이여, 괴테식의 그런 성취는 아득하기만 했다. 성취욕이 남다른 남편에 대해 민정숙 여사는 겁을 집어먹고 있었다. 달리 생각하면 남편의 그러한 집념에 균형을 맞추기 위해서라도 자기 일을 가져야 했다. 세계에 흩어져 잊혀져가고 있는 한국인 화가들의 행적을 전기로 남기는 일을 하겠다고 대학원에 적을 두고 공부했다.

레핀은 모스크바에서 6년을 보낸 후(1876~1882) 상크트뻬쩨르부르그로 이주한다. 몇 차례 유럽 여행을 하고, 뻬쩨르부르그 예술아카데미에서 1894년부터 1907년에 이르기까지 가르쳤다. 자기가 나온 학교의 교수가 된 것이다. 이정년도 서울대학교 출신이었다. 뻬쩨르부르그에 있는 동안 그는 '이동파' 화가들의 영향력 있는 일원이었다. 이동파 화가란 영어로 Wanderers 혹은 Itinerants라고 하는 러시아 민족적 사실주의 화가들로, 고답적인 아카데미즘에 맞서서 활동한 일련의 화가들을 뜻한다. 러시아어로 Передви́жники로 표시하는 집단이다. 이들은 대개 민중주의자, 나로드키였다. 브나로드, 민중 속으로…… 그 민중 속에 어머니의 젖가슴이, 아버지의 등판이 버티고 있는 것이었다. 어머니의 젖가슴은 신화나 전설이 아니라 실감이었다. 아버지의 등판은 아들의 운명이었다. 실감과 운명을 비켜가는 예술이란 무엇인가.

이정년은 자신이 그 집단의 일원이었던 것 같은 착각에 빠졌다. 예술에서 순수를 고집하는 것은 얼간이들의 잠꼬대나 다름이 없다고, 이정년은 그렇게 생각했고, 그렇게 가르쳤다. 그래서 그는 자기배반의 행로를 걸어온 게 아닌가 하는 반성을 하기도 했다. 이정년은 자기가 추구하는 방법론을 그대로 답습하지 말라고 학생들에게 거듭 당부했다. 그는 나를 따르라 하는 말을 무서워했다. 자연, 나를 따르라 하는 말에 뒤따르는 '제자'란 말을 아끼는 편이었다. 이정년의 그러한 주의주장에 대해 그의 아내는 비교적 현실적 감각을 지니고 있었다. 받아들일 것은 받아들이라는 식이었다. 레핀에게 현실이란 무엇이었을까, 그의 리얼리즘이란 무엇이었나 그런 생각을 하면서 이정년은 팽팽하게 긴장되어 오는 다리를 쉬려고 의자를 찾았다. 의자에 앉자 몸이 휘잉 하니 휘둘렸다. 그날 두 번째 일어나는 현훈이었다.

진땀을 흘리면서 오소소 떨려오는 몸을 택시에 싣고 호텔로 돌아왔다. 레핀이라는 화가의 예술혼에 지질린 폭이었다. 민중을 배반한 문학 연구자, 민중을 찬미하되 민중을 위해서 손 하나 까딱하지 못하는 책상물림의 비애가 한꺼번에 몰려왔다. 정년하기까지 대과 없이 지냈다는 안도감과는 다른 맥락이었다. 유연한 아집과 적당한 권위를 가지고, 학문이 마땅히 그래야 한다는 듯이 오만하게 나댔던 시절이,

아무도, 그가 살아 돌아오리라고 기대하지 않았다

거대한 그물망이 되어 온몸을 옭아 조이는 것이었다. 출구는 없었다. 낮에 먹은 소시지와 발치카 맥주가 아직 뱃속에서 부글거리고 있었다. 레핀의 천재성이, 현실참여가 이정년의 의식을 부단히 죄어왔다. 서울에 제대로 돌아갈까 싶지를 않았다.

민정숙 여사는 자못 심각하여 남편 이정년을 침대에 눕히고는 더운 물수건으로 머리를 닦아주고 팔을 좌우로 흔들어 호흡을 하게 했다. 이정년은 헛소리를 하기 시작했다. 무소르그스키가 무슨 술을 얼마나 마셨길래 주정뱅이 폐인처럼, 세상에 원망이 가득한 눈으로 나를 응시하는 거야? 환상으로 떠오르는 무소르그스키, 취객을 닮은 그의 얼굴이 눈앞을 스쳤다. 저 많은 인간들을 어떻게 한 사람의 눈으로 다 분별해서, 방 전체를 의회 의원들로 가득 채우는 저 괴력은 무어란 말인가. 〈1901년 5월 7일, 창립 100주년 기념 국가의회〉라는 작품을 두고 하는 이야기였다. 레핀은 전시실 한 벽을 가득 채운 그 그림을 완성하고 나서, 오른팔이 마비되어 그림을 그릴 수 없는 지경이 되었다. 왼손으로 그리기도 하고 오른쪽 팔뚝을 어깨에 걸어 메고 붓질을 하기도 했지만 이전처럼 그림이 정교하고 인물들이 살아 있는 모습은 그릴 수 없었다. 그때 살아난 감각이 파리에 체류하는 동안 익혔던 인상파 화가들의 기법이었다. 인상파 화가들에게 디테일이라는 게 없었다. 신은 디테일 속에 있다는 명제가 옳다면 악마도 디테일 속에 있다는 주장도 대등하게 옳았다. 이정년 그에게는 디테일이 실종되어 있었다. 문학을 연구한 게 아니라 비평 비슷한 글들을 썼을 뿐이었다. 그러면서 학생들의 구체성 없는 논문을 질타했다.

남편의 이마에 물수건을 얹어주던 아내 민정숙이 하품을 했다. 우리가 결혼한 지 30년이 넘었네요. 그래서 지루해? 그렇진 않지만, 당신은 나름대로 이룰 것은 이루었잖아요. 그런데 나는 뭔가, 한심한 생각이 들 때가 있어요. 누구 염장 지르는 소리 하기로 작정했어? 그런 소리 했다고, 왜 그렇게 화를 내요? 이정년은 아내의 눈자위가 붉어지고 눈물이 비치는 것을 보았다. 그 원인이 이정년 자기에게 있는지 아내에게 있는지는 잘 가늠되지 않았다. 나라고 이혼하고 싶은 생각 없었을까…… 이정년은 몸을 일으켜 욕실로 들어가 찬물로 샤워를 했다. 평생 해온 버릇이었다.

본처 베라 세브초바와 이혼하고 5년으로 접어드는 시점이었다. 레핀의 본처는 4남매를 낳아 기른 억척 어멈이었다. 레핀이 감당하기 어려운 강골로 투쟁적인 인간이기도 했다. 레핀이 군대에 징집되어 가는 젊은이, 선동자를 체포하는 장면, 고해를 거부하는 사형수, 정치 집회 등을 그리는 걸 유심히 눈여겨보았다. 그것은 역사의 현장이었다. 레핀의 아내 베라는 바야흐로 혁명의 선두에 서서 선동하는 여전사로 나섰다. 레핀은 아내가 겁나는 인물로 부각하는 것을 보고는 숨이 턱 막혔다. 레핀은 자기가 그린 그림의 주인공이 되는가 싶어 몸을 떨었다. 목덜미에 소름이 돋았다. 뻬쩨르부르그를 떠나고 싶었다. 이정년 또한 아내의 다부진 실천력에 겁을 집어먹고 있었다. 재외한국인 미술가 열전…… 좋은 과제인데, 아무래도 벅찬 과제였다. 그러나 누군가 해야 할 일이었다.

레핀이 아내의 여전사 같은 기백에 주눅들어 있을 때, 그때 나타난

아무도, 그가 살아 돌아오리라고 기대하지 않았다

것이 여류작가 노르드만 세베로바였다. 둘이는 이전부터 친분이 있었다. 그런데 결정적 계기는 레핀이 쿠오칼라에 땅을 사면서부터였다. 거기는 핀란드에 속하는 지역이었다. 베라는 남편이 땅을 샀다는 이야기를 하자 화를 불같이 냈다. 자기하고는 갈라서서 노르드만과 살 작정이냐는 것이었다. 레핀으로서는 그럴 생각은 아니었다. 시대 돌아가는 걸로 봐서, 짜르 체제가 무너지면서 숙청이 시작될 것이고 그렇게 되면, 아내나 가족이 온전하지 못할 것을 염려했던 터였다.

이듬해 파리국제박람회 회화 부문 심사를 부탁해 와서, 레핀은 노르드만과 함께 프랑스를 가게 되었다. 노르드만은 베라와 달리 사람이 결이 고왔다. 비교적 평정심을 유지하는 중에 역사와 현실의 질곡을 예리하게 파헤치는 화가의 안목에 대해서도 유연하게 받아들여주었다. 레핀은 베라와 이혼하고 나서 〈여류 작가 노르드만 세베로바〉와 살림을 차렸다. 그런데 작품은 이전처럼 잘 되지 않았다. 팔이 말을 안 들었다. 몸으로 익힌 그림이라서 전혀 작품이 안 되는 것은 아니지만, 터키 술탄에게 편지 쓰는 코자크인들을 그릴 때처럼 디테일이 살아나지 않았다. 디테일이 사라지니 신도 악마도 사라졌다. 자기도 모르는 사이에 '국가의회' 인물들의 초상을 연습할 때처럼 인상주의 화법으로 그림을 그려나갔다. 디테일 없는 형상…… 그 속에서도 사물의 정수는 그려낼 수 있었다. 그게 파리에서 익힌 인상주의 화법의 힘이었다.

사실 레핀은 국가의회 장면을 그림으로 그린 다음에는 실제로 생애가 마지막 장면에 다다른 거야. 나는 그런 대작이 없어. 내 생애를 어느 갸륵한 역사가가 있어 한 줄이라도 기록하겠냐구. 욕심 버리세요. 욕심이 사람 망치는 거라구요. 남들 다 아무런 역사 기록 없이 죽어도 원망 없고, 그들이 애 낳아 기르고 아내 거느리고 해서 역사가 쌓이는 거잖아요. 나를 위로하려고 하지 말아요. 당신 같은 패배주의자에게, 도무지 뭐가 위안이 될까?

당신 왜 그래요? 미쳤어요? 그래 미쳤다. 환장해서 죽으려고 그런다. 거지 같은 인간. 그 소리와 함께 민정숙 여사는 방구석에 서 있는 스탠드를 들어 남편 이정년의 머리를 내리쳤다. 이마가 터져서 피가 흘렀다. 민정숙 여사는 남편 이마에 흐르는 피를 휴지로 묻혀 내면서, 남편을 끌어안고 울었다. 이정년은 피가 멎자 금방 코를 골며 잠이 들었다. 이렇게 자다가 그대로 죽는 것은 아닌가, 두려움이 민정숙 여사의 가슴을 가득 채웠다. 민정숙 여사는 스탠드를 세워놓으면서 질겁을 했다. 레핀이 그린 〈이반 뇌제와 그의 아들 이반, 1582년 11월 16일〉이라는 그림의 환상을 연기한 것일 뿐이었다. 그 그림은 도록에 양면으로 나와 있었다. 실물은 모스크바 트레찌야코프 미술관에 전시되어 있다. 민정숙은 냉장고에서 보드카 병을 꺼내서 얼음을 넣어 한 잔을 단숨에 마셨다. 그러나 잠이 오지 않았다.


학회를 폐회하는 날이었다. 뻬쩨르부르그대학에서 주최하는 만찬이 있었다. 한국에서 온 이들과 러시아 학자들, 그리고 블라디보스토크, 연변 등지에서 온 학자들이 같이 모이는 제법 번화한 모임이었다. 마침 그날이 10월 25일이었다. 10월 혁명. 페테로그라드 겨울궁전이

아무도, 그가 살아 돌아오리라고 기대하지 않았다

점령되고, 국가권력이 군사혁명위원회로 이관된 것은 이틀 뒤였다. 이정년은 그 상황을 세르게이 에이젠쩨타인의 〈10월〉이라는 영화를 통해 볼 수 있었다. 그 혁명이 이루어지기 전에 자행된 폭력의 과정에 레삔의 생애가 전개되어 있었다. 물론 간헐적이지만, 레삔은 역사의 현장을 화폭에 옮기는 데 게으르지 않았다. 이정년 자신은 용기가 없어서 역사 현장에 나서지 못한 걸 후회했다. 그러나 굴욕을 참으면서 치열하게 살았다는 것만으로도 용서받을 수 있다는 생각으로, 자신을 위무하곤 했다. 혁명의 시대에도 농사는 지어야 하고, 애 낳는 일은 해야 한다는 것이, 삶의 복합성을 이야기하는 이정년의 주장이었다. 그러나 현장에 나서지 못한 부담은 이정년의 의식에 짙은 그늘을 드리웠다.

빼쩨르부르그에 오신 보람은 충분히 찾았습니까? 아젤리야나가 이정년에게 물었다. 어디에 초점을 두고 이야기해야 하는지 감이 잡히지 않았다. 이정년은 보드카 한 잔을 목에 털어 넣고 입술을 빨았다. 그러고는 이야길 했다. 혁명의 도시, 빼쩨르부르그에서 레닌이 볼셰비키 혁명을 성공시킨 이후, 인류사에서 가장 장엄하고 도발적인 실험을 시작한 이래, 그 붉은 깃발 밑에 죽어간 수많은 사람들, 김수영 시인의 말대로, 자유에는 피가 묻어 있고 혁명은 고독하다는 것을 다시 생각했어요. 스텐카 라진, 혁명을 위해, 동지들과의 의리를 위해 연인을 강물에 던져야 했던 그 인간은 동지들이 봤을 때는 장하다 할지 몰라도, 자신의 가슴은 무너졌겠지요.

아젤리야나는 고개를 갸웃하고 앉아서 들었다. 잠시 정적. 인생과 예술도 그런 거 아닐까 싶은데요. 노사순 박사가 이정년 옆으로 다가 앉으며 신칙을 하고 들었다. 예술과 혁명의 관계에는 논리성이 없지요, 생활과 사랑이 각각 노는 것처럼. 이정년은 레핀이 본처와 이혼하고 노르드만과 새로운 생활을 꾸민 것을 이야기하고 있었다. 저랑 한 곡 땡기러 갈래요? 노사순의 그 한마디가 민정숙 여사의 눈을 흘기게 만들었다.

　방법론적으로, 역사에 개입하는 것은 정공법보다는 우회적 방법이 안전하죠. 레핀은 혁명을 직접 그리기보다는 혁명의 그늘, 말하자면 혁명의 후일담을 통해, 혹은 혁명의 배경을 통해 자신을 혁명의 내러티브 가운데 포함시켜 넣는 방법을 택한 게 아닌가 싶어요. 그렇지 않아요? 아무도 믿지 않았던 가장의 귀가, 그 서사를 그린 데 레핀의 진가가 나타나는 거잖아요. 노사순 박사가 이정년의 팔에 자기 팔을 걸었다. 민정숙 여사가 일어나 남편 이정년에게 호텔 키를 넘겨주고 자리를 떴다.


　러시아 박물관에서 레핀의 그림들을 보고 돌아온 후, 이정년은 기시감에 빠졌다. 레핀의 그림이라면 다 본 듯한, 데자뷔(déjà-vu)에 휘둘리는 것이었다. 데자뷔의 착각 혹은 실감을 자아내는 그림 가운데 하나가 〈아무도 그가 살아 돌아오리라고 기대하지 않았다〉라는 작품이었다. 아내가 사다준 레핀의 화집 가운데서 보았을 뿐인데, 뻬쩨르부르그에서 보았다는 확신이 차오르는 것이었다. 그 작품이 모스크바 트레찌야코프 미술관에 보관되어 있다는 것을 번연히 알면서도,

아무도, 그가 살아 돌아오리라고 기대하지 않았다

뻬쩨르부르그 러시아 박물관에서 금방 본 것 같은 착각에 빠지는 것이었다. 트레찌야코프 미술관에 보관되어 있는 그림은 〈불청객(Неждали)〉이라는 제목이 붙어 있고, 영어로는 The Unexpected Return이라고 되어 있다. 레핀이 40세에서 44세경에 그린 작품으로 소개되어 있다.

죽은 줄로만 알았던 사람이 살아서 돌아오는, 그 홀연히 나타나는 환영과도 같은 존재 앞의 당혹감, 역사의 당혹감, 절대이성의 전개가 아니라 에피파니의 현현으로서의 역사, 그런 생각을 하면서, 이정년은 도록에 나와 있는 레핀의 그림을 들여다보았다. 그리고 속으로 그 그림을 두고 내러티브를 구성하고 있었다.

가장은 무슨 책인지 밤새워 책을 읽었다. 그리고 전에 본 적이 없는 사람들이 인사도 없이 집에 드나들었다. 위층에서 사내들은 목소리를 높여 격론을 벌였다. 그 격론의 내용 또한 알기 어려웠다. 식구들은 불안에 떨었다. 경찰이 다녀간 다음 날 가장이 사라졌다. 그리고 5년이란 시간이 흘렀다. 가장이 돌아오리라고는 식구들 아무도 기대하지 않았다. 한번 붙들려 가면 약식 재판을 끝내고 사형을 당하는 이들이 대부분이었다. 사형을 면하고 유형을 가면 유형지에서 병으로 죽었다는 통지서 한 장으로 돌아오는 이들이 마을마다 수를 헤아리기 어려울 지경이었다. 그런데 가장이 돌아왔다. 그가 돌아오리라고는 아무도 생각하지 않았다. 식구들의 놀라움과 당혹감은 반갑다는 인사조차 건넬 수 없게, 식구들의 입을 얼어붙게 했다. 눈들만 불안하게 굴렸다. 그런 식구들을 쳐다보는 가장의 눈 또한 불안이 가득했다. 혁명의 의지로 아직 형형하게 빛나는 눈이었다. 식구들은 자기를 유형 보냈던 정부 측에 이미 개종을 하고 말았을 것 같았다. 사실은 사면이 되었거나 석방이 된 게 아니라 탈출해서 돌아온 길이었다. 죽을 길에서 살아 돌아온 가장을 두려움의 대상으로 돌려놓는 게 역사였다. 가장은 돌아서서 문을 밀고 나갈까 하다가 다시 들어와 멈칫거리고 있는 중이었다. 눈을 비비고 다시 쳐다보아도 아내요, 어머니고 동생들과 아들딸이었다. 가장은 다리가 후들거려 서 있을 수가 없었다. 이런 장면을 다시 만들지 않으려면 옷을 갈아입고 동지들이 죽어간 거리로 걸어 나가야 했다. 그 첫걸음만이 유형지처럼 얼어붙은 가족을 풀어줄 수 있는 봄볕이었다.

레핀은 혁명에는 직접 참여하지 않았지만 유형지를 떠도는 것같이 살았다. 화가의 그림은 어떤 그림이든지 자화상의 흔적을 간직하게 마련이다. 남을 그려도 그게 자화상인 셈이다. 자화상 가운데는 성찰과 열망이 담긴다. 레핀 자신이 유형을 당해 갔다가 돌아온다면 가족들의 놀람은 말할 수 없이 컸을 것이다. 레핀의 〈불청객〉은 사바 마몬토프의 별장에서 작업을 하고 있을 때, 트레찌야코프가 별장에 들러 직접 구입해간 작품이라고 이정년은 알고 있었다. 물론 그런 추정에는 충분한 근거가 있었다. 이전에 작곡가 무소르그스키의 초상화를 구입하기도 하고, 트레찌야코프 자신이 초상화를 부탁하기도 했던 적이 있었다. 트레찌야코프가 러시아 미술사상 세기의 획을 그을 수 있는 그 작품을 몰라볼 까닭이 없다. 일련의 작업을 통해 직업적 안정감을 찾은 레핀은 시대적 분위기를 포착하는 작업을 소홀히 하지 않았다. 이정년은 자신은 시대의 변화를 어떻게 수용했고, 시대 변화를 앞서서 이끌어가는 이들과 어떤 연을 대고 살았는가 돌아보기도 했다. 길은 늘 안개 속으로 풀리고 말았다.

예술가의 직업안정성은 때로 예술가에게 치명적인 타격을 가하기도 한다. 모스크바에서 패트론을 만나 생활하던 시절, 레핀은 이중적인 감각 속에서 살았다. 아니, 심각한 감각의 분열을 겪으며 살았다. 그의 아내가 남편을 비판하고 나왔다. 혁명성이 약하다는 것이 요점이었다. 레핀은 고개를 내둘렀다. 레핀은 사랑과 혁명이 양립할 수 없다는 생각으로 아내 베라와 갈라서기로 했다. 애들은 이미 성년이 되어 있었다.

아내와 이혼하고, 레핀은 '생애의 애인'으로 불리는 나탈리아 노르드만 세베로바(1863~1914)에게 생애를 의탁하기로 작정했다. 이미 동거가 약속된 상황에서 함께 파리를 방문하게 되었다. 세기가 바뀌는 시점에서, 재혼의 신혼여행이 된 셈이었다. 레핀은 거기서 이전의 패트론 마몬토프의 아내를 만나기도 했다. 패트론의 아내는 레핀에게 끊임없이 구애를 했다. 레핀은 그것은 안 될 일이라고 꼬리를 뺐다. 마몬토프의 아내는 노르드만이 레핀에게 더욱 이끌리는 계기를 만들어주었다.

레핀은 노르드만과 판란드의 쿠오칼라에 있는 고향집(пенаты)에 머물렀다. 둘이는 거기서 러시아 엘리트 그룹인 '수요일 사람들'을 결성했다. 뻬쩨르부르그에서는 레삔의 귀환을 요구했다. 그러나 레삔은 거절했다. 레닌 측의 2월 혁명에는 지지를 표명했다. 레닌이 도피해 있었던 핀란드는 레삔의 도피처이기도 했다. 그것은 혁명을 주장하는 아내에게서 도피하는 도피 행각이었다. 레삔은 쿠오칼라에서 레닌과 가까이 지낼 계제가 있었다. 레닌은 명석하고 말이 거침없었다. 무엇보다 선명한 역사 전망을 제시하는 게 마음을 끌었다. 그러나 레닌이 내놓은 이른바 4월 테제는, 아무리 이해하려 해도 전적으로 수용하기 어려웠다. 레삔은 레닌이 발표한 내용을 살펴보았다. 레삔은 항목별로, 붉은 잉크로 자기 생각을 적어놓았다. 이정년은 앞뒤 문장을 대비하면서 읽었다. 이 자료는 노사순 박사가 러시아 혁명박물관에 보관된 것을 전사해다 이정년에게 준 것이었다.

1. 계속되고 있는 제국주의 전쟁에 단호히 반대하고 즉각 평화를 실현한다./ 4년째 계속되는 전쟁은 끝내야 한다, 거부할 이유가 없었다.

2. 부르주아에게 권력을 넘긴 1단계에서 프롤레타리아와 빈농이 권력을 장악하는 2단계로 나아가야 한다./ 이념은 좋으나 반드시 독재로 돌아간다.

3. 임시정부를 지지하면 안된다./ 타도의 대상인 임시정부를 지지하지 말라는 것은 하나마나한 소리였다.

4. 소비에트의 권력을 확대해야 한다./ 권력의 교체일 뿐이지 내용이 달라질 게 없었다.

5. 의회민주주의에 반대하고 소비에트 공화국을 수립해야 한다./ 의회

아무도, 그가 살아 돌아오리라고 기대하지 않았다

민주주의가 짜르 체제를 뒤이은 것이라서 폐기해야 할 대상이었다.

6. 지주의 토지를 몰수해 국유화한다./ 농노 해방의 위선적 행태를 다시 반복할 게 아닌가.

7. 모든 은행은 소비에트의 통제를 받는 국립은행으로 통합한다./ 돈은 본래 개인들 손을 통해 돌아가야 한다.

8. 생산과 분배는 소비에트가 통제한다./ 인간의 기본적 욕망을 거부하는 허위적 강령이 될 공산이 크다.

9. 당 대회를 소집하여 강령을 바꾸고 당명은 공산당으로 바꿔야 한다./ 프란시스 고야의 〈거인〉을 떠올리고는 몸을 부르르 떨었다.

10. 새로운 국제 혁명 조직으로 제3인터내셔널을 창설해야 한다./ 정치의 세계적 조직은 세계를 일원화하는 횡포로 진전되어 다시 타도의 대상으로 전화된다.

혁명이 진행되는 동안 현실은 열악했다. 반대세력에 대한 처벌은 살벌했다. 정적의 처벌은 어느 체제라고 다를 바가 없었다. 혁명을 주도한 레닌은 세계를 노동자와 농민의 천국으로 만들겠다고 연단에서 목청을 돋구었다. 레닌의 발상에 레핀은 치를 떨었다. 지상에서 천국이 실현된 적은 없었기 때문이었다. 헛된 꿈, 그 유토피아의 망집이 혁명을 일으킨다는 것을 이정년은 문학을 공부하는 가운데 설득력 있는 주장으로 수용하는 편이었다.

이정년의 아내 민정숙 여사는 연해주와 연변 지역 조선인 화가들의 행적을 조사하겠다고 출국 준비를 하고 있었다. 11월로 접어들면서 일찍 추위가 닥쳤다. 아내 없이 추위를 견뎌야 할 게 이정년의 걱정이었다. 혹시 무슨 일이라도 생긴다면…… 변월룡의 행적을 찾아서 사마르칸트로 갈 만도 했다. 뻬쩨르부르그를 다시 찾아갈 수도 있고, 연변의 조선족 화가 한낙연의 행적을 따라 중국으로 잠적할지도 몰랐다. 아내가 자기 일을 위해 외국으로 떠난다는 시점에서 자신의 일상을 걱정하는 것은 단작스런 심보이기도 하고, 현역에서 물러나는 시점에서 삭여야 하는 과제로 부각되는 부담이기도 했다.

노르드만은 1914년에 죽으면서 부동산을 아카데미에 헌납했다. 노르드만과 같이 살던 레핀은 집과 땅을 내놓을 생각이 없었다. 러시아는 영국, 프랑스와 연합국이 되어 독일과 오스트리아 동맹국과 전쟁을 시작하는 시점이었다. 레핀은 남은 여생 16년 동안, 1930년 9월 29일 죽을 때까지 거기서 살았다. 그가 살던 별장은 1940년 박물관이 되었다. 이정년은 자기 서가를 둘러보았다. 어수선하게 꽂힌 책들 사이에 아내 민정숙 여사가 모아놓은 자료들이 책장 하나를 차지하고 있었다. 자기가 쓴 책은 겨우 서너 권이었다. 그나마 절판이 되고 보관본을 챙기지 않아 자취가 없었다. 그렇게 사라지는 것이려니…… 어둠을 밀어내면서 새벽이 밝아왔다.

아젤리야나 교수에게서 메일이 왔다. 선생님, 혁명이 꼭 총칼 들고 횃불 날리며 탱크 몰고 왕궁으로 쳐들어가야 하는 건가요. 선생님은 날마다 혁명을 한 분이잖아요? 혁명을 못 한다고 마음에 바람이 일면 뻬쩨르부르그로 오세요. 네바강은 혁명가도 사기꾼도, 예술가

아무도, 그가 살아 돌아오리라고 기대하지 않았다

도 창녀도 다 품어 흘러가는 강이거든요. 메리 홉킨의 〈Those were the Days〉를 첨부하니 가끔 들으세요. 선생님이 부르던 스텐카 라진보다 절절하게 다가오는 노래거든요.

이정년은 인터넷에서 메리 홉킨의 노래를 연결하고 스피커 볼륨을 올렸다. Oh my friend we're older but no wise, for in our hearts that dreams still the same. 이 구절에서 이정년은 자기도 모르게 눈자위가 시려왔다. 나이를 먹어도 철이 안 드는 것은 삶의 기술일지도 모른다는 생각이 들었다. 나이 먹는 데 따라 철이 들고, 어쩔 수 없는 일이라고 꿈을 털어버리면, 거기 어떤 학이 있어 날개를 푸드덕거리며 하늘로 치솟아 오를 것인가. 바보 같은 꿈이라도 꿈을 계속되어야 할 일이었다.

핸드폰이 드르륵 울렸다. 아들 이중성은 인사도 없이 다짜고짜로, 그거 보세요, 내가 뭐랬어요, 그렇게 치받고 나왔다. 장한평이 자기 선배인데, 전화를 해왔다는 것이었다. 너네 아버지 소설 안 되겠더라 하잖아요. 창피하게 말예요. 그딴 소설은 서울대학교 『명예교수회보』 그딴 데나 실어요. 너 나 좀 보자, 지금 어디냐? 공항인데요. 공항은 왜? 엄마가 우즈베키스탄에 간다고 해서 모셔다드리고 오는 중입니다. 뻬쩨르부르그, 당시 레닌그라드가 독일군에게 봉쇄당했을 때 예술아카데미 멤버들은 우즈베키스탄의 사마르칸트로 피난해서 미술 교육을 했다던 이야기가 떠올랐다. 거기 연변 출신 화가 변월룡이 함께 있었다. 알았다. 서울대학교에서 30년 문학을 가르치다가 퇴임한 이정년 박사는 '알았다'는 세 음절을 내뱉고는 입이 막혔다.

거기서 이정년의 원고는 끝나 있었다. ❉

아베크 르 땅

오늘 선생님 일주기 초대장 받았어요.

　아, 양한순 선생님. 당신이 순한 양이라고 하던 선생님, 선생님이
가신 지 벌써 한 해가 되었다는 거잖아요. 마침 레오 페레(Léo Ferré)
가 부르는 죽음을 노래하지 마라, 하는 〈Ne chantez pas la mort〉를 듣
고 있던 중이었어요. 사기성이 농후한, 후진 시인들이 겁없이 읊어대
는 그 죽음을 칭송하지 말라는 노래를 들으면서 초대장을 받았어요.
세상에는 말로 설명이 안 되는 이상한 일치가 존재한다는 생각이 들
어요.

　아니, 저는 그 유명짜한 『공산당선언』을 읽고 있던 참이었어요. 세
상에서 사람을 가장 많이 죽인 책이라고 하신 그 책 말이지요. 말해서

---

* 이 소설에는 '마광수 교수를 위한 레퀴엠'이라는 부제가 붙어 있다..

아베크 르 땅

뭣 하나요, 선생님 말마따나 그거 참 명문이지요. 제가 밑줄 그어놓은 문장들을 다시 읽어보게 되네요.

날지 못하는 새 펭귄이라는 출판사에서 나온 책인데, 선생님 가르쳐주신 대로, 전거를 밝히느라고 페이지도 표시해두었습니다.

"지금까지 존재한 모든 사회의 역사는 계급투쟁의 역사이다."(p.228) 겁 없이 쓰는 '모든', 그 알레스(alles)는 품사를 종잡을 수 없는 독일어 단어지요. 그래서 무서워요. 이제까지 존재한 모든 성의 역사는 계급투쟁의 역사다? 선생님과 지낸 날들이 투쟁이었나요? 제가 혼자 고개를 젓네요. 고개 젓는 게 제 버릇이 되었어요.

이런 각주도 보여요. 아니 각주에 인용한 인용문이군요. "인간 종의 역사는 한마디로 종 전체의 신체적 향락을 장악하고 같은 종류의 모든 고통을 타인에게 부과하려는 욕망에서 일어난 투쟁으로 이루어진다."(C. Comte, *Traité de Législation*, Paris, 1826, bk11, p.91) 이런 정밀한 정신과 '모든'이라는 언어폭력 사이에 나는 무엇을 택해야 하는지 헷갈려요.

양한순 선생님, 저는 우리라는 일인칭 복수가 무서워요. 왜 "우리 부르주아들은 공동의 창녀는 말할 것도 없이 프롤레타리아들의 아내와 딸을 자유롭게 가지는 것에 만족하지 않고 서로의 아내를 유혹하는 것을 최대의 쾌락으로 삼는다." 거기서 '우리 부르주아지' 그게 뭐지요?(p.251) "공창 사창이 모두 폐지되면." 성의 사유화만 가능한 거 아녜요? 바보 얼간이 같은 천재? 사유화인가요, 해방인가요, 내가 나를 풀어주고 그 풀림 속에서 내가 거듭난다면 그건 자기 자신과의 투쟁일지는 몰라도 거기 어디에 계급이 관여할 수 있나요.

우리말이 성에 대해서는 왜 그렇게 빈약한지 모르겠어요. 젠더와 섹스도 구분이 안 되고, 다른 것은 말하기 싫어요. 예컨대 제가, 질구에다가 음경을 삽입하고…… 그렇게 이야기하면 좀 거시기하잖아요. 거시기하다는 자의식이 싫은 거라구요. 그런데 이런 구절은 한 가닥 진실이 담긴 거 같아요.

"연령과 성의 차이는 노동계급에게 더 이상 어떤 특별한 사회적 타당성을 제공하지 않는다. 모든 노동자는 그들의 연령과 성에 따라 더 비싸게 쓰이거나 싸게 쓰이는 노동수단일 뿐이다."(p.237)

저는 '모든' 때문에 환장하겠어요. '모든이라는 모든 단어는 모든 감각과 모든 논리를 집어삼키는 늪이다.' 그렇게 낙서를 하다 보니 또 모든이 튀어나와요.

"공산주의자들은 자신의 목적이 현존하는 모든 사회적 조건의 폭력적 타도를 통해서만 달성될 수 있음을 공공연히 선언한다. 지배계급으로 하여금 공산주의 혁명 앞에서 전율케 하라. 프롤레타리아들이 잃을 것이라고는 그들의 쇠사슬밖에 없다. 그들이 얻을 것은 세계 전체이다."(p.272) 세계 전체 그건 세계의 모든 것이지요? 이거 한 문장 쓰기 위해 그 긴 글을 달아놓는 거 같은데, 보실래요, 이렇게 되어 있어요.

"만국의 노동자들이여, 단결하라!"(p.272) 어떤 갸륵한 정성이 뻗친 분이 이 구절을 영어로, 독일어로, 러시아어로 달아놓았더라고요. 그대로 옮겨 적어놓지요. Workers of the world, unite! Proletarier aller

Länder, vereinigt euch! Пролетрии всех стран, соединяйтесь! 나는 독어 러시아어 모르잖아요.

공산당 선언은 '모든'으로 시작해서 세계와 만국으로, 그것이 결국 모든인데, 모든으로 끝나네요. 망설임 없는 전칭판단, 그 전칭판단에서는 무지개가 사라져요. 선생님 주장대로 한다면 '모든 야한 여자는 섹시하다'가 되는데, 여자는 모두 똑같다는 뜻 아녜요? 세상에 그런 게 어디 있어요? 물론 알지요. 인식주체를 나라고 한정하고 있다는 걸 내가 왜 몰라요? 다른 사람하고 다르다는 거 아녜요? 남들은 어떤지 몰라도 '나', 양한순은 야한 여자가 좋다는 거잖아요. 그 나라는 것도 질려요.

선생님 죽은 지 한 해가 되었다는 것이 일주기(一週忌), 카드에 그린 꽃다발에 그렇게 써 있네요. 그게 뭐가 중요하다고 등기우편으로 보내서 우체부가 집에 와서 유두 같은 벨 꼭지를 누르게 해요. 덜떨어진 애들처럼 말이지요. 선생님이 그 길고 하얀 손가락으로 제 젖꼭지 만져주던 생각이 나네요. 그게 전희라는 거지요? 부질없지는 않아요. 유두라는 말만 들어도 선생님의 손길이 느껴지는걸요.

암튼 우리 양한순 선생님의 일주기라네요. 시간 참 빨라요. 시간을 생각하니까 이런 말이 떠오르네요. 선생님께서 원어의 매력을 얘기하면서 가르쳐준 격언이지요. 고유명사는 그 나라 말로 불러야 한다던 양한순 선생님 말씀을 따라 그냥 외국어로 쓸래요. La douleur s'émousse avec le temps. 번역이 필요 없는 말이지만, 고통도 시간과 더불어 사라진다는 말씀이잖아요? 선생님이 왜 그딴 뻥을 치고 그랬어요? 시간과 더불어 더욱 붉어지는 상처도 있잖아요? 선생님과 지 낸 시간이 상처로 남아 있지는 않아요. 이렇게 말하면 어떤 애들은 그 런 생각하는 게 그게 상처라고 어깃장을 놓을지도 모르지만요.

저는 여전히 선생님 사랑하고 있나 봐요. 선생님이 그랬잖아요. 사 랑은 시간을 흐르게 하고, 시간은 사랑이 사라지게 한다고요. 선생 님은 그런 이야기를 불어로 말했지요. 저는 지금도 선생님의 여린 음 성으로 말하던 불어 문장을 기억해요. L'amour fait passer le temps, le temps fait passer l'amour. 모르는 사람은 모르겠지요. 세상 설명 안 되 는 일들이 좀 많아요. 그런데 사랑은 말을 넘어서는 것이라서 눈빛만 봐도 알아요. 그런 걸 못 느끼는 애들이 있지요. 감수성이 악어 등껍 질 같은 애들, 아니 어른들 아니, 어른들 흉내내는 아이들, 그걸 발달 과업의 성취라고 하지요. 그래서 성취인이라는 이상한 말도 만들어 쓰잖아요. 영어로 디 어치브드(the achieved), 성공한 인간이란 뜻이지 요. 그런데 성적으로 성취한 인간이란 뭐지요? 암튼, 위에 적은 말에 는 사랑이 없다면 시간이 안 간다는 뜻도 들어 있어요. 우리는 사랑하 며 시간이 간 건가요?

사람들은 저 때문에 선생님이 자살한 걸로 알고, 한동안 SNS가 불 이 난 적이 있어요. 그런데 한 해 지나니까 세상은 잠잠해요, 아니 선 생님에 대해 잊고 있어요. 그 사람들은 마치 망각이 삶의 기술이라도 되는 듯이 잊어버려요. 그런데 신통하게도 선생님 일주기라고 초청 장도 만들어 돌리고 그러네요. 선생님 천국에서 행복하시겠어요. 지

아베크 르 땅

상에서 올리는 진혼곡 그 레퀴엠(requiem), 안식을 빌어주는데 의무적으로 행복해야 하지 않나요?

선생님 자살한 거 아니지요? 사람들 말이 틀렸지요? 선생님은 자살할 사람이 아니잖아요. 사랑할 줄 아는 사람이 자살한다는 건 말이 안 돼요. 선생님은 나무 많은 사람을 사랑해서 시간이 선생님의 몸을 통해 슬금슬금 흘러가 몽땅 달아난 건지도 몰라요. 흔한 말로 사랑을 불태웠다고 하는 그런 맥락. 사랑은 둘이 하는 것인데 불태웠다고 하면, 그게 타동사라서 목적어가 필요하잖아요. 선생님이 윤동주 시를 분석할 때처럼 동사의 태가 의미를 결정하기도 하는 게 시잖아요. 저는 '사랑하다'가 타동사라는 것을 이해할 수 없어요. 선생님 말씀대로 불어의 재귀동사 s'aimer는 좀 편해요. 자기가 자기 좋아하는 것도 사랑이고, 서로 사랑하는 것도 사랑이잖아요. 혼자 하는 사랑은 비뚤어진 거라고 봐요. 나는 선생님을 사랑하는데 선생님은 솔직히 말해서 저를 사랑하는 거 같지 않았어요. 말로만 요설이고 몸으로는 잘 달아오르지 않았어요. 자기관찰자랄까, 그게 목욕탕에서 하는 용두질과 뭐 달라요? 동영상 켜놓고 하는 용두질, 내가 왜 이런 어울리지 않는 말을 하나 모르겠네요. 남들이 보는 것, 생각하는 것과 실상은 다르다는 것을 어떻게든지 말하고 싶은 건데, 그 방법을 모르겠어요. 그래서 선생님이 그림 그리던 걸 저는 너무 좋아했어요. 선생님다운 예술 활동이라고 생각했지요. 표현은 있으되 소통은 대체로 무시하는 그런 그림을 그렸잖아요. 선생님은 헛된 욕망에 희생된 분이란 생각이 들어요. 객관화되지 못한 욕망, 객관화되면 더 무서운가요?

저는 선생님 추도식에 안 갈 거예요.

　사랑을 공개해서 추문으로 만들고, 슬픔을 획일화하는 그 장면에
내가 낀다는 것은 치욕스러울 거예요. 흐응, 그래 너도 그 광마한테
몸을 바쳤단 말이지, 그런 눈으로 쳐다보는 건 섬짓해요. 몸을 바친다
는 게 뭔데요. 두 사람의 몸이 만나서 뒤엉클어지면서 존재의 경계를
해체하는 거. 그건 물론 자본주의 제도하에서 성을 소유할 수 있는 여
건이 갖추어져야 하는 일이지요. 남의 집 수수밭 고랑에서 그렇게 할
수는 없잖아요. 몰라요, 엽기 취미가 있는 애들이 묏동에 가서 그러기
도 하는 모양인데, 너 하얏트호텔 갈래 수수밭에 갈래 하면, 그런 말
하는 작자의 혀를 물어서 끊어놓을 거예요. 나는 수수밭에 가서 옷 벗
을 생각 없어요. 그게 가난한 자가 가난한 자를 착취하는 거 아닌가
요? 일종의 자기 착취, 서로 노예가 되는 것을 허용하는 덜떨어진 행
위지요.

　가시는 없고 꽃잎만 있는 그, 장미여관에서 그랬잖아요. 절 가지세
요. 그랬더니 선생님은, 사랑은 소유가 아니라 해방이야. 그런 레닌
의 아우 같은 말씀, 이상한 이야기를 했잖아요? 아니 부처님 말씀인
가? 아무튼 선생님은 관념은 무성하고 실천은 빈약한 이상한 분이었
어요. 그게 안 서면 말로 다 한다면서요? 그래서 남자들 나이 먹어 그
거 뜻대로 안 되면 말이 많아진다던데, 있던 이야기로는 모자라서 허
구 핑계 대고 소설도 쓰고 그런다면서요? 아무튼 관념으로라도 사랑
을 해방이라고 규정한 선생님은, 그때만 해도 사랑을 철학에 접근시

아베크 르 땅

키고 있었어요. 제 말 맞지요?

그러면서 스케치북을 꺼내 옷 벗은 내 몸을 그렸잖아요. 그게 어때서요? 저는 생전 처음 남에게 몸을 보여주었던 건데요, 인간에게 몸이란 무엇인가 그런 이상한 생각을 했어요. 그게 철학 아닌가요? 내 몸을 남에게 보여주는 것, 그게 뭐 어때서요? 여성의 몸을 생산의 수단으로만 보는 그 눈, 안목이 사람을 죽게 만드는 거 아닌가요. 몸을 철학의 대상으로 삼든지 윤리의 대상으로 삼는 것은 맘대로 하라 하세요. 몸을 팔도록 자꾸만 쏘삭대는 이 자본주의가 문제가 있는 거지요. 머리 꼭대기에서 발끝까지 모두가 상품이잖아요? 상품이란 내가 판다는 게 아니라 내가 소비하도록 상품화해서 보여준다는 거지요. 사타구니에다가 진주를 달면, 아니 다이아몬드를 장식하면 뭐가 달라져요? 다이아몬드에 오줌 묻으면 지린내 나는 건 정한 이치 아녜요? 그런데 보는 사람은 달라요. 자기와 마네킹을 혼동하는 거지요. 손톱에다가 네일아트를 아무리 비싼 걸로 돈들여 한대도 내가 손을 쓰는 데는 아무렇지도 않아요. 오히려 거치적거리기만 하지요. 그런데 남들이 그거 예쁘다고 하고, 미장원에서 손 예쁘다고 하는 바람에 그거 하는 거예요. 그러니까 몸을 팔게 하는 게 아니라 몸을 꾸미도록, 그렇게 해서 기회가 되면 가능하면 섹시하게, 트리플로 섹시하게 해서 몸값을 올리는 거 아녜요?

말이 나왔으니 말인데, 교수가 학생 사랑하면 왜 안 돼요? 학생이 교수 사랑하면 안 될 이유가 어디 있어요? 안 된다는 게 많기도 한, 웃기는 인간들이지요. 인간 이데올로기에 묶인 늙은이들을 향해 자유를 선언하고 해방을 외친 것인데, 선지자는 아니어도 광야에서 외롭게 외치다가 가신 우리 선생님. 그런 생각을 하니 선생님이 불쌍해서 눈물이 나네요. 아니지요, 그런 세상 살아야 하는 내가 불쌍해서 눈물이 나는 거지요.

결혼은 부르주아들이 성을 독점하기 위해 합리를 내세운 사회적 장치라고 하지요? 저는 그렇게까지는 안 나가기로 했어요. 결혼하면 모든 게 끝나요? 진부한 생각이지요. 아내를 겁탈하는 남편, 남편을 돌려놓고 딴 남자 호리는 화냥기 가득한 여자, 그들은 사실 타인만 못하지 않게 서로 사기치고 독점을 가장하고 사는 거지 않아요? 사랑을 너무 추켜세우니까 그렇게 되지요. 어찌 사랑이 아름답기만 하겠어요. 그것도 인간의 일이잖아요. 뒤얽힌 감정과 해소가 안 되는 욕망과 벌수록 더 갈증나는 돈과 그리고 독점욕이 허영의 의상을 펄럭이며 널려 있는 그 노상의 풍경이, 사랑이란 근사한 이름으로 포장되는 거지요.

그런 포장을 걷어내고 한번 뜨겁게 부딪쳐보자는 게 사랑이라면, 그거 혁명적인 거 아닌가요? 선생님의 처음 시도는 아마 그랬을 거라고 짐작해요. 가면 벗기기로서의 글쓰기, 그걸 시도하기에는, 대학이라는 담장은 철조망이 삼엄했지요. 더구나 우리 학교가, 아니 내가 다니던 학교가 미션스쿨이라는 거잖아요. 웃겨요, "종교는 인민의 아편이다." 그 위대한 마르크스 말씀이라면서요? 그러면 우리나라는 아편공화국 아닌가 싶어요. 우리 아파트에서 내려다보면 서울 골짜기 하

아베크 르 땅

나가 붉은 십자가로 가득해요. 저는 편견을 향해 머리를 내두르는 여자애지만, 우리 학교 교수들이 종교로부터의 자유를 누리는 분들이었다면 선생님이 쓴 그 허접한 소설 하나 가지고 내쫓으려고 했을 건가요? 더구나 강의실에서 문학을 설명하고 있는 교수를 체포하는 건 뭐냐 말이지요.

그래서 사랑은 고통이라고 하셨잖아요? 저는 선생님이 싫어지다가 그 말을 듣고는 눈이 훤하게 틔어오는 느낌이 들어서 선생님이 다시 좋아하기 시작했어요. 하나 실토할 게 있는데 선생님은 몸이 너무 부실했어요. 아마 그때가 이혼했을 때였을 터인데, 사모님이 달아난 것도 선생님이 부실해서 그랬는지 몰라요. 그날 저녁 선생님에게 실망했어요. 선생님은 시종 나를 애무하는 걸로 시간을 보냈어요. 나는 잘잘 달아올라, 교성을 지르고도 남을 참인데 선생님의 물건은 발기가 안 되는 거였어요. 저승에서도 발기가 문제되나요? 아, 내가 왜 이런 말실수를! 저는 천국을 안 믿는 여자앤 거 아시잖아요. 육체와 영혼의 무서운 양분법, 저는 그걸 안 믿기 때문이지요.

그날 선생님은 이야기했어요. 사랑은 기계로 하는 게 아니다, 처음엔 어리둥절했어요. '기관 없는 신체'를 들뢰즈가 말하니까 지젝이 '신체 없는 기관'을 들고 나왔잖아요?

"야, 그건 사랑이 아냐."

기계사랑 혐오론이 선생님의 사랑론이었지요. 페팅 — 입술을 맞대고 색색거리기도 하고— 그리고 질구를 간질여주고— 삽입— 왕복운동— 그리고 나가떨어지는 그 매뉴얼, 기계의 사랑을 혐오하는 미학적 사랑을 이야기한, 아니 추구한 선생님…… 내가 이야기하는 사랑을 두고, 그건 사랑이라기보다는 그저 뱃놀이 같은 거요, 그렇게 신통찮게 대답했지요.

최소한 양한순, 순한양 선생님은 기계사랑을 하는 그런 분이 아니었어요. 그러니까 제자와 사랑을 한다고 해도 용납되어야 한다는 게 제 생각이었어요. 그래서 '광마는 옳다' 하는 데모에도 참여했고, 대학당국에 복직 요청을 하는 청원서에 서명을 하기도 했지요. 어설픈 우리들의 주장이 먹힌 것은, 웃기는 아저씨들의 구호 때문이었어요. 우리나라는 구호에 약한 나라거든요. 표현의 자유를 보장하라, 문학을 문학으로 읽어라 그런 주장이었잖아요? 헌법에 표현의 자유라는, 그런 근사한 조항이 있다는 것은 신통했어요. 말 안 할 권리를 들고 나오는 사람도 있었는데, 고해성사를 해야 하는 자리라면 우리들 의도가 통하지 않았을 겁니다.

그날 우리들 몇이서 선생님 댁을 찾았던 거 기억하세요? 선생님은 존 윌리엄 고드워드의 그림들을 모니터에 띄우고 인간의 육체를 아름답게 찬양하는 방식에는 약간의 과장과 허위가 깃들인다는 말씀을 했어요. 머리를 묶는 비너스, 욕실의 비너스 그런 작품들을 보여주시면서, 이들 여체 앞에서 화가가 무엇을 느꼈을까 그렇게 묻다가 화가가 영국에서 이탈리아로 갔다가 다시 영국에 돌아와서 자살했다는 이야기를 하셨어요. 소용없는 이야기가 되었지만, 다시 선생님 생각하니까, 레오 페레의 노래, 〈죽음을 읊지 마라(Ne chantez pas la mort)〉를 그때도 들었던 것 같아요. 잠시 후, 노래가 끝나고 스피커에서 이따금

아베크 르 땅

김이 새나오는 소리가 쉬식쉬식 들렸어요. 어디 다른 세계에서 오는 소음 같았어요. 저승에서 선생님이 날 부르는 소리 같았어요. 시진아, 시진아, 내 목소리 들려? 그런 환청이 반복되었지요. 시진아(柴津兒)를 부르는 소리만 같았어요. 그런데 그날 선생님이 돌아가셨다는 뉴스를 들었어요. 사람들은 자살로 단정했어요. 그런데 삶을 열정적으로 사랑하는 분이 자살할 까닭이 없다는 생각이 들었지요. 존 윌리엄 고드워드가 자살했다는 것과 선생님이 돌아가신 게 무슨 연관이 있을 것인지, 레오 페레의 노래와는 또 어떤 연관이 있을 것인지 갈피가 잡힐 것 같으면서도 안 잡혔어요.

영안실에 갔다가 차마 못 들어가겠어서 돌아왔어요.

양한순, 순한양 선생님이 정년하기까지, 학교에서는 이전과 별로 다르지 않게 여전히 야하게, 그러나 선생님은 허하게 시간이 흘러갔을 거예요. 저의 추정이기는 하지만 여자한테는 감각이라는 게 있거든요. 일종의 촉수와 같은 것인데, 선생님은 사랑의 본질 가운데 하나를 잃었던 게 아닌가 싶어요.

저는 대학을 졸업하고 '위클리 라무르(Weekly L'amour)'라는 주간 신문사에 취직해서 다녔어요. 잘 모르겠는데, 이 시대에 사랑이라는 무시무시한 이름을 달고 영업을 하겠다는 게 웃기지 않아요? 그런데 아니더라구요. 의학, 보건학, 간호학, 약학 등 인간의 몸을 다루는 영역의 전문가는 물론, 산부인과 같은 영역의 글도 읽어야 했어요. 그런

거뿐만 아니라 사회학 같은 영역의 공부도 필요했구요. 철학과 문학
에서 사랑이 무엇인지를 다시 살펴봐야 하는 그런 직장이었어요.

선생님 생각하면 미치겠어요.

선생님을 속인 거 같아서라고요. 내가 선생님을 진정으로 사랑했다
면 선생님은 더 오래 살 수 있었을 것 같아요. 진정 사랑하는 사람이
있는 곳에는 죽음이 검은 그림자를 끌고 스스로 물러난다고 하셨잖아
요? 내가 선생님에게 다가드는 죽음의 그림자를 물리치는 데 제 역할
을 하지 못한 게 너무 안타까워요.

그런데 생각이 달라졌어요. 우리가 서로 사랑한 걸까 하는 의문 때
문이었어요. 나는 성인이 아니거든요. 내가 무척 싫어하는 말 가운데
하나가 헌신이라는 거예요. 헌신(獻身)은 자기희생(sacrifice de soi)이잖
아요. 희생이란 말도 그렇지만, 몸을 칼로 갈라서 제단에 바치는 것이
고, 그건 그 희생물을 받아먹는 신을 상정해야 하는 제의지요. 저한테
는 그런 신이 없어요. 선생님은 신이 아녔거든요. 마땅히 신이 아녀야
지요. 대학에서 연구하는 교수가 신이 되면 제자들을 사제로 만들어
야 하는데, 그건 이삼천 년 전에 이미 끝장이 났어요. 힌두교도들 가
운데 아직도 그런 신을 섬기는 이들이 있기는 하지만, 나는 힌두교도
가 아니잖아요. 사랑과 헌신을 마주 놓는 이들을 보면 구토가 올라와
요. 선생님 일주기 기념식에 가는 대신 노래를 들으면서, 혼자 흥얼거
리면서 선생님을 되살려보아야 하겠어요.

아베크 르 땅

문제는 시간인 거 같아요. 시간이 모든 것을 해결한다는 말처럼, 시간은 블랙홀 같아요. 레오 페레의 노래 가운데 〈시간이 흘러가면(Avec le temps)〉이라는 게 있잖아요? 선생님이랑 같이 듣고 같이 부르기도 했던 그 노래 말예요. 첫 소절이 절절하게 감상을 불러오죠.

선생님은 숙인 머리를 흔들면서 노래했어요. Avec le temps······ Avec le temps, va, tout s'en va······ 시간과 더불어, 시간이 가면, 가지, 모든 게 사라져가지. 저는 그 노래를 듣기 전까지는 시간이 가도 오래 살아남는 그런 게 있다고 믿었어요. 그런데 아니더라구요.

선생님이 풀려난 날, 우리들 앞에서 선생님은 울었어요. 아니라고요? 노래하면서 울었어요. 이 무슨 난리냐, 구질구질하게, 그런데 사람들은 잊겠지, 내 얼굴도, 목소리도······ 내 작품도 잊겠지. 내 그림이 박물관에 걸린다 해도 누가 거들떠보겠나. 시진아, 너 내 가슴에 손 좀 얹어볼래? 가슴이, 심장이 뛰고 있지? 그래, 가슴이 뛰면 살 수 있는 거야. 그래 그렇게 사는 거야. 어떻게 말인데요? 그렇게 묻는 저를 선생님은 양처럼 선한 눈으로 내려다봤어요. 선생님 눈에 양떼구름이 흘러가는 걸 보았지요.

밖에 비가 온다, 우리 밖으로 나가자. 비를 흠뻑 맞으면서 시진아 너를 품에 안고 걸어야겠다. 우리들이 걸어가는 저 앞에 남녀 한 쌍이 우산을 같이 받고 걸어가다가는 멈춰 서서 우산을 팽개친 채 열정적인 키스를 하는 거였지요. 선생님도 내 입술을 더듬었지요. 그런데 입술이 싸늘했어요. 밖에 나오기 전에 구름 흘러가던 선생님의 눈길은

저에게 아무 말도 하지 않았어요. 전 그때부터 선생님이 무서워지기
시작했어요. 두려움과 사랑이 같은 길이 아니라는 걸 느끼는 순간이
었어요. 선생님은 시를 읊기 시작했어요.

이 밤 지나기 전에, 너에게 할 말 있어, 할 이야기 있어,
부질없는 시 구절은 밤을 도와 멀리 가고, 너를 바라보며
읊는 이 구절들이 헛되지 않기를, 시간이 가도 화장기 생생한,
윤기 나는 보석 될 수 없을라나⋯⋯

그렇게 시를 읊는 사이 우리는 '갈레리 르 땅' 앞에 와 있었어요.
거기 로댕 특별전을 하고 있었지요. 대리석 작품 〈키스〉 앞에서 우리
는 발이 굳어 붙었고, 선생님은 파리 튈르리 공원에서 함께 보았던
〈키스〉 이야기를 했어요. 오늘이 토요일이지? 그렇게 물을 때 선생님
의 눈은 부드러운 빛으로 가득했고, 내 손을 잡은 선생님의 손은 떨
리고 있었어요. 사실은 말야, 사실은 말야⋯⋯. 사실이 뭔데요? 선생
님은 조용조용 떨리는 음성으로 말했어요. 튈르리 공원에서 우리가
로댕의 〈키스〉를 보며 입맞춤을 하고 있을 때, 또 다른 진아가, 민진
아가 우리를 지켜보고 있었지. 파리에서 만나기로 한 여행길에 나는
시진아, 자네를 데리고 왔던 거야. 저는 거기서 주저앉았지요, 기억
나세요? 선생님은 사랑이 고통이라고 했지요? 그 고통이 그따위 허
접한 사기라는 것을 나는 진저리를 치며, 입술을 깨물어서 피가 났어
요. 선생님은 제 입술을 빨아주었지요. 그때 제 피 맛이 어땠는지는

아베크 르 땅

안 물었어요.

　저는 그때만큼 '상처'라는 말을 아픔으로 느낀 적이 없었어요. 아무 것도 아니라고 생각하기로 했는데, 그렇지 않더라고요. 저는 선생님의 등 뒤로 흘러가는 서늘한 바람을 느끼고 있었어요. 선생님의 몸뚱이는 흔들리고 있었어요. 그런 몸에서 어떻게 보석 같은 시가 나오는지, 민진아의 영혼을 팔아 치장했던 루비 목걸이도 잊어야지 잊어야지…… 그때 갤러리 안으로 검은 개 한 마리가 메피스토펠레스의 화신처럼 들어와 몸에 묻은 물을 털어냈어요. 시간이 가면 기억이 더 생생해지는 것은 어인 일일까요.

　입술 아프지 않아? 선생님은 물었고 저는 아무 대답도 하지 않았지요. 시간이 가고 있었으니까요. 시간이 내 몸을 통해 빠져나가고 있었으니 말예요. 시간은 자본이고, 그것은 노동으로 환원되고 돈이 되는 거잖아요?

　입술이 아프지 않으냐고 묻길래 저는 팥알만한 기대를 가지고 있었어요. 다시 나를 끌어안고 입맞춤을 해줄 걸로 믿고 말이지요. 민진아가 선생님을 사랑했다면 그건 개 몫의 사랑이고 시진아의 몫은 따로 있는 거 아녜요? 선생님은 열정이 식어가고 있었어요. 열정을 회한으로 죽여가는 선생님을 제가 어떻게 감당하고 있었게요? 그나마 선생님이 남기신 시들이 내 가슴에 살아 있었기 때문이지요. 아니, 기억에 좀 남아 있었기 때문이지요. 그때까지는 그랬어요. 지금은 가난한 사람의 낮은 음성, 그 시들도 사라져가고 있어요.

　그날 저는 손도 안 흔들고 돌아서서 비 오는 거리를 헤매 다녔어요.

어디를 어떻게 헤맸는지 몰라요. 그런데 문득 선생님도 저처럼 헤매고 다닐 게 걱정이 되었지요. 그래서 공중전화를 찾았어요. 저는 누구 만날 때는 전화기를 안 가지고 나가거든요. 내가 만나는 사람에게 몰입하자면 그래야 해요.

선생님에게 마지막 인사를 못 한 것은 순전히 동전 한 푼 때문이었어요. 빗줄기 사이로 시간이 녹아내려 가게들이 문을 닫고 가로등만 빛을 흘리고 서 있었지요. 주머니 핸드백 휴지 포장지까지 다 뒤져도 동전은 없었어요. 그래서 삐익 하는 단절음만 나는 전화기를 들고 말했어요.

"선생님, 너무 늦게 다니지 마세요. 감기 걸리면 치명적이라구요. 폐렴이라는 거 무서워요. 잘 때 춥게 자지 말아요. 침대에 전기요라도 깔고 주무세요. 옆에 사람이 없으면 자기 몸을 자기 열로 녹여야 해요. 몸에서 나는 열만 있어도 얼어죽지 않아요. 그 열이 날아가면 얼어죽을 수도 있어요. 그리고 또……."

이제는 나를 잊어버리라고 하려 했는데 전화 부스 앞에, 레오 페레 표현대로 '지친 말처럼 창백해진(l'on se sent blanche comme un cheval fourbu)' 어떤 사내가 휘청거리며 걸어가다가 멈추는 거였어요. "갈 데 없으면 나랑 우리 원룸에 가자." 저는 전화 부스 문을 닫고 안에서 꼼짝도 않았어요. 저자의 침대가 얼음장 같을 거라는 생각을 했어요. 사내는 번득이는 눈으로 나를 쳐다보더니, 지친 말처럼 고개를 구부정하니 늘어뜨린 자세로 언덕을 걸어 올라갔어요. 선생님도 한 마리

지친 말이었어요.

양한순 선생님, 선생님이 정년한다는 이야기를 들었어요. 신문에 커다랗게 났더라고요. 강의실에서 체포된 일을 가장 크게 다뤘는데, 그때 그 야한 작품이 지금이라면 아무것도 아닐 터인데 어쩌구 하는 기사를 보고 저는 입술을 또 깨물었어요. 피가 나더라구요. 표변하는 인간들의 낯에다가 그 피를 뿜어주고 싶었어요. 선생님이 쓴 시, 그림 그런 것들을 너절하게 소개했는데, 선생님이 가관이더라구요. 도덕감정의 이중적 잣대를 질타하는 말을 하던데, 언제는 안 그랬어요? 진실을 밝히는 것이 고통을 동반하지 않으면 그건…… 그건 말하자면 기계적인 삽입과 왕복운동이 끝날 무렵, 사정을 하고는 벌렁 나자빠지는 것과 다를 게 뭐 있어요. 사랑을 고통이라고 하던 그 푸른 언어들은 어디로 사라지고, '즐겁지 않은 사라'만 쓰레기장에 나뒹구는 판이 되었잖아요. 선생님은 아마 완전히 혼자라는 느낌에 빠졌을 거예요. 정년한 지친 말 같은 교수를 누가 거들떠봐요. 잃어버린 날들이 선생님을 몽롱하게 아편에 취한 기분으로 말아갔을지도 몰라요.

그래요, 진정 시간과 더불어 선생님은 더 이상 사랑할 수 없었을 거예요. Alors, vraiment Avec le temps……. on n'aime plus 그래요, 진실로, 시간이 가면 사람들은 더는 사랑을 못해요. 이제 노래가 끝나네요. 아베크 르 땅…… 선생님이 계시면 레오 페레처럼 양손으로 은발을 쥐어뜯으며 그 노래를 불렀을 텐데…… 오늘로 레오 페레의 브로마이드를 버릴 거예요. 아베크 르 땅…… 선생님! ❉

우크라이나 대륙횡단철도 어느 역에서(촬영 : 우한용)

# 도라산역 부역장

원자력만이 에너지를 해결하는 유일한 방법이라 하던 때가 엊그제였다. 그런데 친원전 정책은 그리 길지 못했다. 후쿠시마 원전 사고 이후, 7년이 지나는 동안 원전은 혐오의 대상으로 둔갑했다. 물론 원전 폐쇄 기한을 미적미적 연장하면서 가동을 계속하기는 했다. 미심쩍은 눈초리들로 원전을 흘겨봤다.

촛불혁명의 승리라고 자평하는 새 정부가 들어섰다. 적폐 청산이란 언월도를 휘두르기 시작하면서 그 칼날에 걸려든 것 가운데 하나가 원전이었다. 건설 공사가 절반 이상 진행된 '동해원전'을 폐쇄한다는 각하의 지침은 단호하고 결기가 있었다. 이유도 분명했다. 동해가 지진 예상 지역이고, 인구 밀집 지역이라 원전 사고가 나면 통제할 수 없는 재난이 닥친다는 것이었다. 한올연은 한편으로 정부의 태도를 이해는 하면서도 원전이 이념의 톱니바퀴에 물려 돌아간다는 생각으로 속이 끓어올랐다.

도라산역 부역장

한동안 직장을 잃고 헤매던 세월이 조금은 억울했다. 동해 원자력 발전소에서 일하던 한올연은 서울역에 나가 파주행 열차를 타고 도라산역까지 갔다가 돌아오는 게 일과가 되었다. 한숨을 쉬면서 창밖을 무연히 쳐다보는 사람들을 만날 때마다 저들도 자신과 처지가 비슷하려니 하는 생각이 들었다. 뭔가 상실한 사람들, 삶의 의미를 회복할 수 없는 사람들, 그 무리 속에 자기가 끼어 있었다.

해직 전이었다. 한국 원전이 세계 최고라는 평가를 받았다. 한국의 산업계에서 세계 최고라고 내세울 수 있는 업체를 방문하고, 원전과 이른바 프랜차이즈를 할 수 있는 여건을 탐지하자고 해서 방문한 데가 엘지디스플레이였다. 경영은 숨어 있으니 잘 모르지만 기술은 그야말로 세계 최고라는 평을 받아 마땅하다는 생각이 들었다. 홍보실장 말로는 삼성이 자기들 겨우 따라오는 정도라고 했다. 아무튼 그 회사에서 만들어내는 영상은 사람을 홀딱 반하게 하는 것들이었다. 자연보다 더욱 곱고 아름다운 영상을 보면서, 저러니까 돈이 되는구나 싶었다.

변전소 시설을 따로 두어야 할 만큼 전기를 많이 쓰는 회사였다. 현대 도시문명과 기계문명에서 전기는 인간으로 친다면 혈액과 같은 동력원이었다. 호흡을 못 할 지경이 되어야 공기의 소중함을 안다는 생물 선생의 훈시는 실감이 별로 없었다. 전국이 블랙아웃이 되어 도시가 암흑에 빠져들고, 달리던 전동차가 모두 멈추는 상황은 생각만 해도 끔찍한 일이었다. 그 반대편에 밤을 낮같이 밝히는 전기라는 게 있었다. 자신이 해온 일이 가상스럽다는 생각마저 들었다. 디스플레이 산업은 전기와 전자의 결합으로 이루어지는 첨단과학의 선물이었다.

공장 견학이 끝나고 남는 시간을 이용해 국방시설을 견학했다. 그 가운데 하나가 도라산역이었다.

"한국에도 국제역이 있습니다." 일행을 도라산역에 데려다주면서 안내를 맡았던 젊은이가 말했다. 자기가 도와드릴 일은 여기까지라면서, 도라산역 구경하고 평안히 가시라는 인사는 간곡한 느낌이었다. 다시 뵐 날이 있기를 기대한다는 인사가 그런 느낌을 더 짙게 했다. 사람이 다시 만난다는 것…… 예사 인연이 아니라는 생각이 들었다.

도라산역은 철골로 지은 최신식 건물이었다. 한글로 '도라산역'이라 쓴 그 아래에는 한자로 '都羅山驛'이라 되어 있고, 그 아래 영문으로 'Dorasan Station'이란 역 이름이 병기되어 있었다. 처음에는 〈돌아와요 부산항에〉를 패러디한 작명인 줄로 알았다. 그러나 알고 보니 그 역이 자리잡은 지역이 경기도 파주시 군내면 도라산리이고, 도라산리에 있는 역이라서 도라산역이라 할 뿐이었다. 어찌 들으면 돌아선 역, 옷소매 부여잡고 울어대다가 돌아설 수밖에 없던 그 역. 그 역의 서쪽 처마 아래는 경의선철도남북출입사무소(Kyungeu Rrailway Transit Office)라는 '간판'이 붙어 있었다. 이른바 출입국사무소였다. 출입국이란 두 나라 사이에 오가는 일, 내왕 혹은 왕래를 뜻하는 말이었다.

한올연 일행은 역사 안으로 들어섰다. '타는 곳 평양 방면' 출입구

도라산역 부역장

에는 헌병 남녀 둘이 회전문을 사이에 두고 서 있었다. 헌병, 위병소를 지키던 헌병, 같은 상병인데 외출했다가 돌아오는 병사의 경례 태도가 불량하다고 '충성' 구호를 복창시키던 '제갈길'이란 희한한 이름을 가진 헌병이 있었다. 외출했다가 30분 늦게 귀가하면 이런 식으로 나왔다. 너 여동생 있어? 없습니다. 뻥쳐 짜샤. 죄송합니다. 죄송하긴, 너네 아버지가 성생활이 게을러서 너한테 여동생 하나 못 만들어준 거니까네, 평양냉면 한 그릇 사주면 내 여동생 소개하지. 좋습니다. 그러면 제갈길 상병은 달력에다가 냉면사리를 그려놓곤 했다. 한올연은 도라산역에서 기차 타고 평양 가서 냉면 먹을 생각을 하며 혼자 빙긋 웃었다.

일행이 역 경내로 들어섰다. 승무원 제복을 말끔하게 차려입은 여성이 안내용 확성기를 어깨에 엑스자로 걸고 나왔다.

"저는 이 역의 부역장을 맡고 있는 도라온입니다." 일행이 박수를 쳤다. 누군가 아, 미인이시네, 그렇게 감탄의 소리를 했다. 중간 정도의 체구에 균형잡힌 몸매였다. 스커트 자락 밑으로 쪽 곧게 내려간 다리는 종아리의 탱탱한 살로 해서 건강미가 넘쳐 보였다. 누구인지 군시렁거리는 소리도 들렸다. 도라온? 도로미스라면, 이혼녀라는 뜻이야? 남의 이름을 두고 멋대로 틀어대면 죄 받아요. 당신더러 지청구, 지청구 하면 기분 좋겠소? 그의 이름이 지만구였다는 게 기억났다.

부역장이 간단히 자기소개를 했다.

"한국교통대학교 철도대학에서 공부하고, 수원역, 용산역에서 근무하다가, 여기로 발령받은 지는 오 년째입니다."

"하나 물어봅시다. 여기가 왜 도라산역입니까?" 일행 중의 하나가 물었다.

"여기 지명이 그래요. 저 앞에 보이는 전망대 같은 산이 도라산인데요……." 도라온 부역장은 설명을 이어갔다.

신라가 패망한 후, 고려 왕건은 경순왕을 개성으로 압송했다고 합니다. 서라벌에서 재기를 도모하지 못하게 하려는 계획이었지요. 개성으로 압송당해 가기 전, 이곳 도라산에 올라 쉬었던 거 같아요. 고려에 항복한 경순왕의 심경이 오죽했겠어요. 아버지는 적지(賊地)에 끌려가고 아들은 세상을 버리고 금강산으로 숨어들던 무렵, 경순왕이 저 산마루에 올라가 '아, 서라벌 장안이여!' 기울어버린 국가의 운명이며, 자신의 신세를 생각하고는 눈물을 흘렸다는 겁니다. 오호, 신라 장안이여 하는 말이 '도라(都羅)'라는데, 산 이름이 그렇게 해서 생겼답니다. 해발고도가 200미터에 못 미치지만 서글픈 전설이 남아 있는 산, 그게 도라산(都羅山)이고, 거기에서 역 이름을 따왔다고 합니다.

창밖으로 북녘 하늘을 바라보던 한올연은, 도라산역은 어떤 운명의 아우라를 지니고 있다는 생각이 들었다. 부역장이 나누어준 팸플릿에는 도라산역에 대한 설명이 간단하게 나와 있었다. 팸플릿에 따르면, 2000년 시작된 경의선 복원 사업에 의해 2002년 2월 초 도라산역이 들어서고 남쪽의 임진강역까지 4킬로미터 구간을 연결하는 공사가 완료되었다.

2002년 2월 조지 W. 부시 미국 대통령 방한 때 김대중 대통령과 부시 대통령이 2월 20일 도라산역을 방문, 연설하고 철도 침목에 서명하는 행사를 가짐으로써 한반도 통일 염원을 상징하는 대표적인 장소가 되었다. 코레일 서울본부 소속으로 경기도 파주시 장단면 노상리 555에 역사가 자리잡고 있다. 그게 팸플릿의 내용이었다.

"우리 도라산역 역사 실내에는요, 뭐랄까 그야말로 역사적인 기념물들이 전시되어 있어요. 실내 전시품들은 각자 보도록 하세요. 실내 전시품 관람이 끝나면 여권 검사를 하고 역 플랫폼으로 나가 기념물들을 보면서 제가 설명해드리겠습니다. 그럼 이십 분 뒤에 다시 뵙겠습니다."

얼굴 윤곽이며 목소리가 정확히 집히지는 않지만, 너무 낯익은 얼굴이었다. 오래 못 만나서 얼굴이 가물가물하는 외사촌처럼 느껴지기도 했다. 어디선지 만났어도 꼭 만났던 것 같은 얼굴이고, 그런 목소리였다. 한올연은 나를 아는가 물어보고 싶어서 도라온 부역장에게 다가갔다. 불러 세우려는 차에 전화가 걸려왔다. '서해원전'에 부사장으로 근무하는 대학 동기생 한서원이었다. 청주 한씨 종씨라고 자별하게 지낸 사이였다.

"백수 노릇 어떠신가?"

"왜? 자리 하나 마련할 셈이야?"

"그렇지 않아도 지금 만났으면 해서……"

"지금? 여기 도라산역에 와 있는데 어쩌지?"

"택시를 타든지, 헬기를 동원하든지 서울역 중국집 도화원에 있을 테니 오라구." 그러고는 알았습니다, 하는 누군가 옆 사람 목소리가 들리고 전화가 끊겼다.

"내가 부역장님 보고 싶으면 연락 드리고 올 참인데, 안내해주시겠지요?"

"꼭 오세요. 안 오시면 제가 섭섭하죠." 도라온 부역장이 손을 내밀어 악수를 청했다. 손바닥에 굳은살이 박인 것처럼 투박했다. 여장부처럼 일한다는 암시 같기도 했다. 혹은 고생을 남만큼은 했다는…….

한올연은 이전 직장 주소를 줄을 그어 지운 명함을 부역장에게 건네고 역사를 빠져나왔다. 한서원을 만나는 일이 더 급해서였다.

한서원은 서울역 도화원에서 한올연을 기다리고 있었다. 서해원전 홍보관에 원자력 전문가를 초빙하는 공고가 나갈 것이니 응모하라는 것이었다. 홍보관이면? 원전에 대한 오해를 풀기 위해서는 대대적인 홍보가 필요하다는 게 사장님의 복안입니다. 그저 관광 안내나 하는 안내인이 아니라 최소한 원자력공학 박사쯤은 받은 인사가 홍보를 직접 담당해야 한다는 것이었다. 그래야 참관하는 사람들이 믿음을 둔다는 설명이었다.

"그러니까 나더러 원전홍보관에 학위기 걸어놓고 영업을 해봐라 그런 말씀이야?" 면허증 빌려주는 것 같아 찜찜했다. 말하자면 원전 가동면허증을 원전관광면허증으로 바꿔달라는 주문이었다. 생각해보마 하고는 선약이 있다는 핑계로 먼저 자리를 떴다. 한서원과 같이 앉아 있던 원 이사라는 사람이 고개를 갸웃하는 게 곁눈으로 보였다.

푸드코트에서 아래층으로 내려오던 에스컬레이터가 멈췄다. 앞에서 전화를 받으며 내려가던 젊은이가 굴러떨어졌다. 툭툭 털고 일어나 아무 일도 없었다는 듯 걸어가 사람들 속에 묻혔다. 무감각인가? 호소할 데가 없다는 것인가? 정말 아무 일도 없다는 것인가? 무엇인가 정상은 아니었다.

핸드폰이 드르륵 울렸다. 등록되지 않은 번호였다.

"도라온인데요, 도라산역이요."

"아, 부역장님이 전화를 다 하고 웬일이십니까?"

"뭐 잃어버린 거 없으세요?"

"잃어버리고 사는 게 하도 많아서……."

"집에는 가셨어요?"

"아직은……."

"국내에서야 여권 없어도 괜찮을 테지만……?"

점퍼 안주머니에 손을 찔러 넣어보았다. 손에 잡히는 게 없었다. 출입국관리사무소에서 여권을 넘겨주고, 한서원이 서둘러대는 통에 그대로 달려왔던 것이다.

"우편으로 보내드릴까요?"

"아니…… 내가 부역장님 만날 겸 해서 가지요."

부역장을 만난다는 것은 사실 부담이 될 수도 있었다. 그러나 부역장을 만나서 물어볼 일이 있었다. 여성이 철도공무원이 된 연유가 궁금했던 것이다. 굴곡진 생애를 들을 수 있을 것 같은 기대를 부풀려 올렸다. 그리고 도라건의 소식……

도라산역에 들러 여권을 찾아와야겠다고 한 것이 미적미적 시간이 흘렀다. 서해원전 홍보관에 재취업을 할 수 있을 것 같다는 기대는 본사의 계획이 달라지는 통에 코에 헛바람만 불어넣은 꼴이 되고 말았다.

주춤주춤하는 사이 도라온 부역장에게서 메일 연락이 왔다. '국제철도망연결사업'을 위한 세미나가 러시아의 노보시비르스크에서 열리는데, 거기 출장을 가야 한다는 것이었다. 시간이 걸리기 때문에 여권이 필요하면 우편으로 보내주면 어떻겠나 물었다. 여권을 보내준다면 부역장을 만날 일이 없어지는 게 아닌가 싶었다. 한올연은, 어어하면서 메일에 답을 하지 못하고 며칠 지나갔다.

그사이 틈나는 대로 철도에 대한 책들을 읽었다. 도라온 부역장을 만나면 철도 이야기를 해서 그에게 관심이 있다는 것을 보여주고 싶어서였다. 그러나 철도가 교통의 편의를 제공하고 생활을 향상하게 하는 그런 선기능만 하는 건 아니었다. 철도는 서양근대화와 연관되어 있었다. 증기기관의 발명과 철로의 세계적인 보급, 거기 이어지는 제국주의 세력의 침탈 수단으로 철도가 이용되었다.

한국의 경우도 예외는 아니었다. 식민지 침탈의 역사는 철도와 연관되는 핵심 사항 가운데 하나였다. 경부선은 물론이고 호남선, 전라선, 전군선 그런 철도들이 식민지 조선에서 강탈한 곡물을 일본으로 실어 나르는 데 이용되었다는 것은 누구나 아는 일이었다. 물론 철도를 이용해 여행이 일상화되고, 중국으로, 러시아로, 그리고 유럽으로 가는 길이 열렸다. 철도는 독립군들의 이동 통로가 되기도 했고, 일본의 대륙 진출의 관문 역할도 했다.

"지금 뭘 하세요?" 대답을 재촉하는 투의 메일이 왔다.

도라산역 부역장

"첫눈 오기 전까지는 여권 쓸 일 없습니다." 한올연이 메일을 보내자 금방 전화가 걸려왔다.

"낭만적이시네요. 낭만과 노망이 동의어라던데에." 전화 속의 도라온은 혼자 깔깔대고 웃었다. 낭만적이란 말은 과히 싫지 않았다. 그런데 낭만과 노망이 동의어라는 데는 뭔가 찔려오는 느낌이었다. 내면에 이는 감정의 흔들림을 감지한 것 같기도 했다. 메일을 받았을 때, 혹시 노보시비르스크에 함께 가자는 건 아닌가, 아주 짧은 순간이었지만 그런 생각을 했던 게 사실이었다.

"로망이라면 몰라도 노망까지는 아직……." 한올연의 대답에 도라온 부역장은 또 까르르 웃었다.

"그 나이에 로망을 이야기하는 거 그게 노망 아니고……?" 터울 작은 오라버니한테 하듯, 살가운 말투가 공대는 아니었다. 그런 말투가 오히려 정감이 묻어났다.

"여권과 로망이라?" 한올연이 망설이는 사이, 도라온 부역장 편에서 아퀴를 짓는 대답을 해왔다.

"첫눈 오는 날, 그때 뵙지요."

"잘 다녀와요." 말은 그렇게 하면서 속으로는 생각이 달랐다. 잘 다녀오라고 달러화라도 얼마를 쥐여주고 싶었다. 그러나 그런 일로 오해를 사는 게 아닌가, 망설여지는 게 사실이었다.

그때가 11월 중순이었다. 가을도 한복판을 넘어서고 있었다. 단풍이 물기를 거두고 말라가기 시작했다. 첫눈 올 날이 멀지 않다는 생각으로 한올연은 속으로 첫눈을 기다리면서 지냈다.

　가끔 도라온이 출장을 간다는 도시가 의식의 수면 위로 떠올라 맴을 돌았다. 노보시비르스크, 러시아 말로 새로운 시베리아의 도시라는 뜻이다. 여기에 시베리아 철도가 들어간 것은 1893년이었다. 아마 그때 공사를 시작한 모양이었다. 현재는 시베리아 최대의 공업도시로 부각되어 있는 교통, 산업의 요충지였다. 러시아 과학아카데미 시베리아 지부가 설치되었다. 1959년 아카뎀고로도크(Akademgorodok)라는 학술도시가 건설되었다. 거기에 원자력 분야 연구소가 부설되어 있었다.

　거기까지 생각한 한올연은 그 도시가 낯설지 않다는 느낌이 들었다. 그 연유가 무엇인가를 한참 생각했다. 아카뎀고로도크 때문만은 아닌 듯했다. 한올연은 도라산, 도라온, 도라온을 몇 차례 입에 올려 되뇌어보았다. 도라건이라는 유학생이 있었지. 어쩌면 그가 도라온의 오빠일지도 모른다는 생각이 잘못 짚은 현악기의 현처럼 울렸다.

　스위스 취리히 공과대학 물리학부에서 한올연이 공부하고 있을 때였다. 한올연보다 한 해 뒤에 입학한 학생이 찾아왔다. 자기는 한국에 많지 않은 성 도씨라면서, 자기 이름이 도라건이라고 소개했다.

　"그래 맞아, 도라건……." 한올연은 혼자서 무릎을 쳤다. 자기는 원자력공학을 공부할 건데, 원자력은 세계적인 에너지 자원일 뿐만 아니라, 세계평화를 위한 무기 개발에 일종의 징검다리가 될 것이며, 암을 극복하는 첨단기술이 될 것이라고 자신만만한 이야기를 했다.

　한올연은 약간 기가 죽었다. 자기는 원자력 발전에 관심을 국한하고 있었기 때문이었다. 도라건은 생각이 한참 앞서 있었다. 원자력이 탈이데올로기적인 평화 구축에 기여할 거라면서, 미국과 소련이 핵을 독점하는 사태는 막아야 한다는 이야기도 했다. 그러기 위해서는 핵의 다극화를 추진해야 한다는 주장을 폈다.

"구체적으로 말한다면……."

"핵에 의한 핵의 균형적 자기통제, 그런 구상입니다."

대학에 들어온 지 얼마 안 되는 사람으로서는 이른바 '구상'이 꽤 구체적이고 거창했다. 한국은 원전 문제만 가지고 속을 끓이고 있는데, 유아적 과학 인식이라는 것이었다. 한올연은 도라건이 어딘지 위험인물 딱지가 붙을 만한 인상이라 생각했다. 그것은 단지 감이었다. 어떤 구체적인 근거가 있는 것은 아니었다. 그런 선입견을 금방 씻어버릴 수 있었던 것은, 아무 때나 형님, 형님 하면서 격의 없이 대해주는 태도 때문이었다. 이야기 끝에는 "한국 가면 잘 봐주세요." 그런 후렴을 달았다. 결혼을 했는가는 묻지 않았다.

도라건은 사람 사귀는 폭이 넓었다. 이른바 마당발이었다. 산발적으로 만나서 농담이나 하면서 지내기는 청춘이 아깝지 않은가 하면서, 매주 금요일에 정기적으로 만나서 '글로벌 디베이트' 자리를 만들자고 제안했다. 당시 취리히에는 영미권보다는 아시아, 아랍, 아프리카에서 유학 온 학생들이 압도적으로 많았다. 그 가운데는 어쩌다가 북한에서 온 학생들도 몇이 끼어 있었다.

글로벌 디베이트 자리는 도라건의 유창한 언변으로 해서 활기를 띠었다. 화제는 궁한 게 없었다. 집안 이야기서부터, 각 지역의 문화며 다양한 전공자들이 모인 만큼 여러 이야기를 한꺼번에 들을 수 있었다. 한올연은 그런 이야기 분위기가 한편으로는 자기한테 처억 어울린다는 생각을 하면서, 다른 한편으로는 가면들의 이야기판 같은 느낌을 받기도 했다.

"잘 먹고 죽은 놈이레 송장 때깔도 좋다 않던기요." 학비를 어떻게 조달하는가 하는 이야기 끝에 도라건과 같이 온 친구라는 황철강이 불쑥 던지는 한마디였다. 학부 때, 판소리의 이해라는 과목을 들었다. 학생들이 좀 우아하고 도도하게 살라는 뜻으로 "봉황은 굶주려도 좁쌀은 쪼지 않는다."고 강사는 힘주어 이야기했다.

"봉황이 무얼 먹지요?" 한올연이 물었다. 강사가 대답했다.

"사랑가에, 단산봉황이 죽실을 물고 오동숲을 넘노는듯…… 그런 구절이 있는데요, 죽실은 대나무 열매를 뜻합니다."

대나무 열매는 60년이나 120년 만에 열린다는 것을 한올연은 알고 있었다. 너무 긴 시간이었다. 봉황은 상징의 새라서 굶어죽지 않을 터인데…… 한올연은 그런 생각을 하면서, 잘 먹고 죽은 놈 송장이 어쩌고 하던 황철강이라는 친구를 쳐다봤다. 이쪽을 바라보고 그는 빙긋이 웃고 있었다.

당시 취리히 공과대학에는 북한에서 왔다는 김강단이라는 젊은 학자가 있었다. 도라건은 그와 함께 공동 연구팀에 참여한다는 얘기를 슬그머니 한올연에게 귀띔했다.

"공부도 먹어야 하네. 아니 그러오?" 황철강이 그렇게 부추겼다. 한올연은 등골이 오소소해지는 느낌이었다. 이후 도라건은 학교에서 모습을 감추고 말았다. 누구도 도라건의 행방을 아는 사람이 없었다. 그게 1990년쯤이었다.

한올연은 일기예보에 귀를 기울이는 버릇이 생겼다. 첫눈을 기다리는 것이었다. 일기예보에 눈이 내릴 것이라고 했다. 한올연은 드디어, 하면서 외출 준비를 했다. 출발하기 전에 백화점에 들러 스카프를 하나 골랐다. 펜디 실크 제품이었다. 언젠가 쓸 데가 있을 거라고 지갑에 넣어두었던 상품권 석 장을 냈다.

"사모님 참 좋으시겠다."

"여자들이 이런 제품 좋아하나?"

"그럼요오, 손님은 아주 센스 있는 분이세요."

한올연은 그동안 도라산역 부역장과 소통을 하고 지낸다는 이야기를 아내에게 비치지 않았다. 공연한 시기심을 불러와 신경쓸 일은 아니었다.

경의선 철로 연변으로 이어지는 한강 철새 도래지에는 청둥오리들이 푸득푸득 날아올랐다. 물무늬를 만들며 노니는 쌍들은 주둥이를 마주 비비기도 하면서 재롱을 떨었다. 강 풍경은 금방 희끗희끗 날리는 눈발로 아득하니 흐려지기 시작했다. 바깥 풍경이 눈 속에 묻히자 한올연은 열차 안의 손님들을 싱겁게 바라보면서, 저들이 무슨 소망으로 살아가는 것인가 하는 생각에 빠져들었다.

도라산역에 내리면서 한올연은 '평양 방면'이라고 되어 있는 안내 간판을 거듭 쳐다보았다.

"어머나, 한 선생님, 그러고 보니 오늘이 첫눈 오는 날이네요."

도라산역 관광객들에게 안내를 끝낸 도라온이 반색을 하며 다가왔다.

"첫눈 오는 날 만나기로 했잖던가……."

"약속 지키는 분. 멋있어요." 도라온 부역장은 관광팀 안내를 해야는데 함께 가자고 했다. 하기는 전에 안내를 받지 못하고 서울역으로 급히 달려갔던 생각이 떠올랐다.

"나쁘지 않겠네요."

도라온이 한올연의 코트 어깨에 묻은 눈을 손가락으로 튕겨 털어주었다. 한올연은 사람들에게 자기를 소개해야 하나 물으려다가 입을 다물었다. 어차피 서로 관광객 아닌가 싶어서였다. 도라온 부역장은 잠시 기다리라고 해놓고는 역장실로 들어갔다.

"잘 모셔두었었어요. 선생님 보고 싶으면 꺼내보고 그랬어요." 도라온이 눈가에 주름이 잡혔다.

"내 호올로 어딜 가라는 슬픈 신호냐?" 한올연이 신호기에 들어온 푸른 불빛을 보고 읊조리듯 말했다.

"먼 데서 여인의 옷 벗는 소리……, 그 시 쓴 시인 작품?" 김광균의 「설일」을 떠올리는 모양이었다. 평양까지 갈 수 있다는 뜻으로 신호등을 파란색으로 켜둔다는 설명을 달았다.

"분단 이후, 우리들의 철도에 대한 인식이 너무 좁아졌어요. 서울서

부산이나 목포 혹은 여수 가면, 그걸로 철도가 끝나는 것처럼 생각하는 분들 많아요. 그런데 사실은 전 세계가 철도로 연결되어 있고, 또 그렇게 여행할 수 있어요. 예를 들자면……" 경원선이 연결되고, 청진, 나진 거쳐서 훈춘으로 이어가면 시베리아 횡단철도에 연결되거든요, 경의선이 복원되면 중국 횡단철도로 연결되고, 몽골, 우즈베키스탄으로…… 스페인 지브롤터 해협을 배로 건너면 기차는 아프리카 서쪽 해안을 죽 따라 내려가 남아공화국 케이프타운까지 갈 수 있고요, 그러면 파리, 베를린, 런던까지 기차 여행이 가능해요. 그런데 우리가 당면한 문제는 남한과 북한을 트지 못하는 거지요. 사람들이 후유 한숨 소리를 냈다.

"이제 독일서 온 선물을 보여드리지요." 도라온이 관광객을 이끌고 또각또각 하이힐 소리를 내며 걸어갔다. 한올연은 언제 도라온 부역장에게 스카프를 매어주나 기회를 찾고 있었다.

"여보세요, 여기서 사진 찍어도 됩니까?" 머리가 벗겨진 남자 관광객이 물었다.

"얼마든지요. 남의 나라 온 분처럼 그러세요?" 도란온이 손님의 카메라를 받아들었다.

"이건 역사적인 기념물이야, 가까이 서요." 남자 손님이 아내를 옆으로 이끌었다.

"그거이가 뭐이가 기렴이 되갔시요?" 아내 되는 사람은 평양말로 받았다.

묘하게 버성그러지는 내외였다. 남자는 남쪽 출신이고 여자는 북쪽

출신, 그렇게 만나 베를린 장벽 무너진 그 회벽 한 폭을 기념물이라고 갖다 놓고 관광객을 끌어모으는 게 우스웠던 모양이었다.

한올연은 도라온 부역장이 사진을 찍어주고 설명하는 사이, 슬그머니 대열을 벗어나 우편열차 쪽으로 다가갔다. 독일 사람으로 보이는 페인트공 둘이서 열차에다가 페인트칠을 하고 있었다. 열차 벽에는 AMERICAN POST TRAIN이라고 하얀 페인트로 쓰여 있었다. 유엔 측에서 제공하는 열차인데 미국에서 운영하는 걸로 되어 있었던 모양이었다. 동독과 서독이 편지를 주고받는 일을 미국이 한다는 게 어설프긴 해도 잘라진 역사를 잇는 데는 그런 매개항은 불가피하리란 생각이 들었다.

"한국은 열차에 페인트칠하는 기술도 없어서……, 독일에서까지 사람이 오고 그런답니까?"

좀 전에 베를린에서 온 콘크리트 벽 앞에서 사진을 찍었던 남자가 투덜거리듯이 물었다.

"독일 사람들은 독일 통일을 기념하는 저 우편열차를 말이지요, 세계사에 남을 기념물로 생각해요. 자기들이 선물했으니 소유권과 관리 의무는 자기들한테 있다는 거예요."

한올연은 유다른 데가 있는 사람들이란 생각을 했다. 역사 유물을 선물하는 일은 그냥 주는 게 아니라 사후관리 책임까지 감당해야 한다는 일종의 책무를 지는 일로 생각하는 모양이었다. 그런 행동 지침은 어쩌면 독일인들의 정치교육(Politische Erziehung), 그 결과일 거라는 생각의 들었다. 원칙을 세우면 실천하는 사람들이었다. 구태여 한국의 현실과 대비하기는 마음이 끌리지 않았다.

관광객들이 돌아갔다. 전세버스를 이용하는 사람들이라서 도라산역 앞마당에서 손을 흔들어보내는 것으로 부역장의 안내는 끝나는 모양이었다.

"눈이 오니까 푸근하기는 한데, 그래도 춥지요?" 도라온은 한올연을 역장실로 안내하면서도 주먹을 모아 쥐고 오소소 떠는 시늉을 했다. 머리를 할할 흔드는 데 따라 파마의 컬이 바람을 타는 듯 흔들렸다. 한올연은 저 머리에다가 스카프를 두르면 척 어울릴 거란 짐작을 했다.

"역장실에 맘대로 드나들어도 되나?"

"출장이시라 오늘은 프리걸랑요."

히터에서 쉬쉬쉬 스팀 돌아가는 소리가 들리다가 끊기곤 했다. 문득 도라건이 떠올랐다. 그에 대한 기억이 이어지다 끊기고 끊겼다가는 이어지고 했다.

"앉지 왜 서 계세요?" 한올연이 '유라시아 철도 연결 설계도'를 쳐다보고 있는 사이, 도라온이 차를 타가지고 들어왔다.

"여권 보관료?" 도라온이 한올연 앞에 손을 내밀었다. 한올연은 오른손 검지손가락으로 도라온의 손바닥을 긁어주었다. 전에 악수하면서 손이 거칠다고 느꼈는데 손바닥 또한 굳은살이 박인 것 같았다. 도라온은 어머머, 하면서 손을 거두어들였다.

"여자가 뭔 배짱으로 철도대학을 갔어?" 한올연이 찻잔을 손에 든 채 지나가는 말처럼 물었다.

"사실 얘기가 조금 길어요……." 도라온은 잠시 멈칫거렸다. 긴 이야기를 들어달라는 것인가, 한올연은 도라온을 그윽이 건너다보았다.

"제가 어디 빠지면 정신을 못 차리거든요." 도라온은 배시시 웃으면서 한올연을 쳐다보다가, 거울 있는 데로 가서 입술연지를 고쳐 발랐다.

"그래서 사랑도 무서워하는 건가?" 뜬금없는 말이었지만, 도라온은 반색하며 대답했다.

"어떻게 아셨어요? 난 내가 무서워요." 도라온이 오른손 검지로 자기 머리를 톡톡 쳤다.

"안 그런 사람 어디 있겠나?" 한올연은 자기도 그렇다는 이야기를 하려다 입을 다물었다.

"내가 열차를 몰고, 말이지요, 시베리아로 해서 유럽 평원을 달리면 멋지지 않겠어요?" 그렇게 기차에 몰두해서 철도대학에 진학했다는 얘기 같았다.

"여권 보관료, 이게 그 값 할라나 몰라." 한올연이 스카프 포장한 자그만 박스를 도라온 앞에 내밀었다. 지금 풀어봐도 되는가 묻고는, 역장 책상 위에 놓인 필통에서 피봉칼을 꺼내 포장지를 정갈하게 뜯었다.

"어머어, 이런 명품을 어떻게……."

"한번 둘러봐요." 도라온이 스카프를 머리에 쓰고 옆으로 흘러나온 머리칼을 매만지는 동안, 한올연은 유라시아 철도 연결 설계도를 쳐다보며 어정거렸다. 한반도에서 출발해서 시베리아를 횡단하고, 유럽으로 진입해 이베리아 반도까지 뻗어 있는 철도망…… 철도를 공부하면 그 노선을 따라 달려보고 싶은 꿈을 꿀 만도 하다는 생각이 들었다.

"어때요?" 도라온이 한올연을 향해 금방 달려들듯, 두 팔을 앞으로 내밀면서 물었다.

"바탕이 고우니까 잘 어울리네, 예뻐 보이네."

"내가, 내가 오늘 저녁 낼게요." 한올연은 도라온이 스카프에 만족해하는 것을 바라보면서 스스로 흐뭇한 느낌에 빠졌다.


일산 호수공원 가에 있는 레스토랑은 이름이 '스푸트니크(동반자)'였다. 스푸트니크, 옥호가 그래서 그렇게 배려를 한 것인지, 차이코프스키의 바이올린 협주곡이 실내 바닥에 낮게 깔렸다. 식단도 러시아식이었다. 한올연에겐 낯선 음식들이었다. 자연스레 도라온이 주문을 했다.

"제 맘대로 해도 괜찮지요?" 한올연은 그저 고개만 끄덕였다.

보르쉬라는 수프가 먼저 나왔다. 샤슬릭은 시간이 좀 걸린다면서, 마실 건 뭐로 주문할지 손목에 캐비어 문신을 한 여종업원이 물었다. 깻자국이 귀엽성 있게 흩어진 볼에 미소를 띄워올렸다.

"벨루가 노블 하고 캐비어 준비해줘요." 손을 깍지끼어 문지르면서 도라온이 주문했다.

"병으로 할까요, 아님 잔으로 하실래요?" 여종업원이 물었다.

도라온은 병으로 부탁했다. 남는 건 가지고 가겠다면서, 자기는 어머니한테 배우기를 음식이 빈약하면 가난이 밥상머리로 기어든다고 했다는 이야기를 했다. 손 큰 어머니의 딸이 손이 거칠어야 하는 법칙이라도 있는가, 그럴 것 같지는 않았다.

"몰랐는데 이제 보니 도라온 씨가 슬라브 취향이네." 도라온이라는 여자가 어딘지 당차고 도도해 보인다는 느낌이 들었다.

"오빠는 러시아 어딘가 살아 있어요. 살아서 날 기다릴 거예요." 맥락을 벗어난 이야기였다. 러시아에 살아 있는 오빠를 찾아가기 위해 보드카를 마시겠다는 작정 같았다.

벨루가는 별다른 향이 없는 술이었다. 설탕기가 느껴지지도 않았다. 알코올 농도가 52%인데, 목으로 넘어가는 느낌은 의외로 부드러웠다. 그러나 역시 취기는 금방 올라왔다. 얼굴이 와락거리기 시작했다. 한올연은 이러하다 일이 삐꾸러지는 거 아닌가, 가슴이 우둔거리기 시작했다.

"선생님 처음 만났을 때부터, 오빠의 친구라는 걸 알았어요." 도라온이 석 잔째 보드카를 털어 넣고는 한올연을 쳐다보며 말했다. 도라건이 자기 오빠라는 것, 노보시비르스크에 대학에 자리잡아 학생을 가르쳤다는 것, 북한의 초청으로 원산에 갔다는 것, 다시 러시아로 퇴출을 당하고는 소식이 끊겼다는 것 등, 달아오른 얼굴만큼 열정적으로 이야기했다.

"도라건? 그이가 친오빠라고?" 한올연은 스위스에서 도라건과 함께 공부하던 시절부터 함께 지냈던 일들을 돌이켜보았다.

"그래서?" 한올연이 물었다.

"오빠를 찾아서 내가 운전하는 열차에 태우고 돌아올 거라구요."

한올연은 무모한 짓 아닌가 물으려다 입을 다물었다.

"아직도 오빠를 기다리고 있는, 친구가, 내 친구가 있거든요." 도라온은 어딘가 내면에서부터 흔들리고 있는 듯했다. 아퀴가 잘 맞지 않는 이야기를 듣고 있는 것 같았다.

메인디시 샤슬릭이 나왔다. 도라온은 고깃점을 입에 넣으면서, 친구는 오빠의 아이를 기르고 있다고 했다.

"오빠를 못 찾으면, 오빠 도라건의 딸 도도나는, 악마의 이빨에 씹히고 말지도 몰라요. 이 고깃덩이처럼 말이지요." 충혈된 눈을 굴리는 도라온의 얼굴이 일그러져 보였다. 정황이 실타래처럼 흩어져 있었다. 스위스로 유학하기 전에 만난 러시아 국적의 카레이스키, 거기서 아이를 하나 두었다는 뜻이리라. 그리고 유학 도중 북한의 지원을 받고, 러시아 노보시비르스크에서 직장을 얻어 일하는 중에 북한을 드나들다가 실종되었다고 정리되는 맥락이었다.

그런데 자기 오빠가 왜 러시아 어딘가에 살고 있을 거라 확신하는 것인가. 그리고 그 오빠를 찾기 위해, 여성으로서 감내하기 어려운 철도대학을 나왔다는 것도 이해가 잘 안 되었다. 더구나 그것이 북한과 연결되는 한국의 '국제역'인 도라산역에서 일을 하고 있다는 것은, 오빠에 대한 집착일 것 같았다. 오빠가 남긴 아이를 기르고 있는 여자가 친구라면…… 그리고 도도나라는 아이의 목숨을 걱정하는 우려는 근거가 확실한 공포증인가…… 의문이 의문을 불러냈다. 혹시…… 한올연 자기가 일행보다 먼저 급히 돌아가야 한다고 했을 때, 정상적이라면 여권을 미리 챙겨주었을 법도 하지 않던가…… 안개를 뿌려놓고 자기를 옭아 넣으려는 책략은 아닌가, 그런 의문이 들기도 했다.

"저랑 평양 같이 안 갈래요?" 화장실에 다녀온 도라온이 물었다. 향수를 뿌리고 왔는지 몸에서 로즈마리 향이 번져났다.

"도라건 오빠가, 평양에 있다아?"

"오라버님을 북한 핵 시설 관련 현황 파악 전문위원으로 추천하려고요."

"자기가 통일부장관이나 되는 것처럼 말하네."

"장관, 까짓거 어떤 손이 움직이는데?"

한올연은 수첩에 접어 넣어둔 유라시아 철도망 지도를 펴보았다. 장관을 움직이는 게 누구라는 것인가? 자기가 장관쯤은 주무를 수 있다는 것인가. 러시아 쪽에는 어떤 선이 닿아 있는 것인가. 북한과는 어떤 끈으로 연결되어 있는가. 도라건은 정말 실종된 것인가. 의문이 꼬리를 물었다.


한올연은 도라온을 더는 만나지 않는 게 좋겠다고 다짐을 두면서 자리에서 일어났다. 도라온이 화장실에 가 있는 사이였다.


일산에서 보드카를 마시면서 도라온에게 들었던 이야기들이 잊히질 않았다. 잊히지 않는다기보다는 도라건이라는 사람과 그의 동생 도라온 그리고 도라건의 아이 도도나를 키우고 있다는 여자, 그런 인간관계가 머릿속을 어지럽혔다. 그사이 한올연에게는 원자력문화 전문지 『A-culture』라는 잡지의 편집고문 일자리가 생겼다. 말로는 편집고문이라고 하지만 딱히 발로 뛰어야 하는 일들은 없었다. 한국인들이 세계 어디를 어떻게 돌아다녔나 하는 데 관심을 갖고 자료를 찾아보았다.

"오라버님 벚꽃 지기 전에 만나요." 도라온은 밑도 끝도 없이, 한올연에게 그런 문자 메시지를 한 달에 한 번 꼴로 보내왔다. 특별히 어떤 약속이 있었던 것은 아니었지만, 도라온이 시베리아 횡단열차를 운전해서 러시아에 가서 오빠를 찾아야겠다는 이야기를 한 게 뇌리에 남아 있었다. 그 기억이 때를 만나기만 하면 부유물처럼 떠올랐다.

여의도 벚꽃 축제가 끝났다. 이제는 벚꽃이 이울기 시작한다는 뉴스가 방영되곤 했다. 벚꽃이 피고 이우는 사이, 대중매체들은 '남북정상회담' 뉴스를 불어대느라고 정신이 빠져 있었다. 한올연은 온통 남북회담으로 다른 이야기는 자취를 감춘 현실이 겁이 났다.

그날이 4월 27일이었다. 대한민국 대통령과 조선민주주의인민공화국 국무위원회 위원장이 만나는 자리였다. 남북한의 정상들이 만나는 자리는 세 번째였다. 판문점에서 두 정상이 남북 군사분계선을 넘어갔다가 넘어오는 촌극을 해서 사람들의 눈길을 끌었다. 한올연은 연극? 그렇게 스스로 의문부를 달았다. 그런 행동을 연극이라고 명명하는 자신이 의문스럽기도 했다. 해프닝, 쇼 그런 말들은 더 어울리지 않았다. 다만 상징이 현실을 규제한다는 생각은 변함이 없었다. 남북한의 두 정상이 만나고 나서 선언문을 발표했다. 한올연은 그 선언문을 짯짯이 읽었다. 그리고는 어느 신문사에서 재빠르게 올려놓은 전문을 다운로드해 컴퓨터에 저장해두었다. 한올연은 참으로 오래 기다린 시간이라는 생각을 하다가 가슴이 울컥했다.

이전에 있던 두 정상들의 얼굴이 눈앞을 오갔다. 2000년 김대중과 김정일의 만남은 6·15 공동성명을 발표하여, 분단 50년이 지나서야 남북 정상이 만나는 기록을 남겼다. 그 회담 결과 2000년에 경의선 복원 사업이 시작되어 2002년 완공되었다는 역사를 도라온을 알게 된 이후 기록을 통해 확인했다. 2002년 2월 20일에는 김대중 대통령과 방한한 미국의 조지 W. 부시 대통령이 도라산역을 방문하여 연설을 했다. 철도 침목에 서명을 하기도 했다. 그리고 5년 후에 다른 선언이 있었다. 또 12년이 지나 4·27 판문점 선언을 하게 된 맥락은 뫼비우스의 띠처럼 꼬여 있었다.

그 이전에, 2007년 노무현과 김정일이 만나서 이른바 10·4 공동성명을 발표했다. 거기에는 "남과 북은 개성—신의주 철도와 개성—평양 고속도로를 공동으로 이용하기 위해 개보수 문제를 협의—추진하기로 하였다."는 내용이 포함되어 있었다.

4·27 공동선언에서는 철도와 도로의 공동사업 추진에 대한 의지를 밝히고 있었다. 한올연은 컴퓨터에 저장한 선언문을 다시 살펴보

았다. 그리고는 해당 항목에 붉은색을 입혀두었다. 잠시 다시 읽어보고는 붉은색을 입힌 채로 도라온에게 메일을 보냈다. 동해선과 경의선이 연결되면 도라온의 소망이 이루어지는 것이 아닌가. 한올연은 보낸 메일을 다시 찾아 읽어보았다.

⑥ 남과 북은 민족경제의 균형적 발전과 공동번영을 이룩하기 위하여 10·4선언에서 합의된 사업들을 적극 추진해 나가며 1차적으로 동해선 및 경의선 철도와 도로들을 연결하고 현대화하여 활용하기 위한 실천적 대책들을 취해나가기로 하였다.

엉덩이를 달박거리고 앉아 있던 한올연은 도라온에게 전화를 했다. 전화를 받은 도라온은 인사도 하기 전에 깔깔깔 웃어대기부터 했다.
"한 선생님 너무 순진하세요."
"순진하다고? 그 선언문 읽고 나는 도라온 생각하고 가슴이 쿵당거리느만……."
"그러니까 순진하다잖아."
한올연은 주먹으로 얻어맞은 것처럼 머리가 띵했다.
"으음, 한 선생님 저 지금 도도나 만나러 나가야 하거든요." 목소리에 서두는 기색이 묻어났다.
"도도나…… 도라건?"
"맞아요, 걔가 러시아로 공부하러 가요. 음악 하나 보낼게요." 전화는 그렇게 끊겼다.

한올연은 닫았던 스마트폰을 다시 열었다. 김원중이란 가수의 〈직녀에게〉라는 곡이 유튜브에 연결되어 있었다.

문병란의 같은 제목의 시를 통기타 반주에 맞춰 노래한 것이었다. 그러고 보니 한올연 또한 그 노래를 데모대 속에서 같이 불렀던 기억이 떠올랐다. 이별이 너무 길다/ 슬픔이 너무 길다/ 선 채로 기다리기엔 세월이 너무 길다…… 우리는 만나야 한다.

지나간 공동 선언의 역사, 그건 언어와 실천의 간극을 보여주는 사례일 뿐. 한올연은 침통한 생각에 젖어 있었다. 궁극적으로 이들 선언이 가져온 결과가 무엇이었던가? 한올연은 고개를 세차게 흔들었다. 선언은 그야말로, 선언일 뿐 실천이 곧장 뒤따르는 게 아니었다. 그러나 다시, 그래도 우리는 만나야 한다는 구절을 자신도 모르게 흥얼거리고 있었다. 그때 드르륵 전화가 울렸다. 발신자는 A-culture였다. 편집장은 흥분된 어투로 말했다.

'4·27 판문점 선언 이후 한국의 원전 정책'을 다시 생각해야 하는 거 아닌가 하면서, 좌담회를 열자는 내용이었다. 한올연은 이 시점에서 왜 원전 정책을 이야기하는가 하고 물으려다 입을 닫았다.

"남북한 철도가 연결되면, 전기차를 운영해야 할 것이고…… 전기수요가 급증할 거 아닙니까. 그리고 북한의 핵기술을 전기로 전환하는 정책을 고려해야 할 것이고……." 편집장의 이야기는 한참 이어졌다. 그런데, 유라시아 철도를 운행하는 전기는 어떻게 조달해야 하는가 물으려다 말았다. 그것은 어쩌면 도라온이나 도라건이 짊어져야 하

도라산역 부역장

는 몫일지도 모른다는 생각이 들었다. 아니면 도라건의 딸 도도나의 과제가 될지도 모를 일이었다. ✿

# 쥐는 오지 않았다

시간이 어둠을 타고 흘러간다. 시간의 흐름을 따라 어둠은 서서히 묽어진다. 창밖으로 잔디밭이 희미한 길을 내기 시작했다. 길옆으로는 달맞이꽃이 별처럼 노랗게 살아나고 있었다. 모과나무를 감고 올라간 나팔꽃도 코발트빛을 띠며 모습을 드러냈다. 건너편 산자락을 햇살이 부비고 지나는가 했는데, 피기 시작한 칸나가 핏빛깔로 눈을 찌르고 들어왔다. 잠을 설친 뒤라 눈이 아팠다.

며칠 전이었다. 시경은 밤나무를 감고 올라가는 칡넝쿨을 제쳐주느라고 오후 내내 낫을 휘두르고 가위질을 했다. 비탈이 심해서 발목이 꺾이고 미끄러지길 계속했다. 낡은 와이셔츠가 땀으로 젖어 처덕처덕 몸에 들러붙었다. 잠시 허리를 짚고 건너편 산자락을 바라보았다. 소나무를 칡넝쿨이 감고 올라가 코끼리 형상을 지었다. 붉은 줄기 말고는 그게 소나무인지조차 알 수 없는 모양이 되었다.

쥐는 오지 않았다

"그러다 병나겠어요. 그만하고 들어와요."

시경의 아내 숙면이 창을 열고 언덕을 향해 소리쳤다. 시경은 아내의 부름을 기다리기라도 했다는 듯이 낫이랑 가위를 챙겨들고 언덕을 내려왔다. 발목이 시큰거렸다. 시경은 큰아들 항서가 이럴 때 와서 좀 거들어준다면 좋으련만, 몹쓸 자식, 한숨을 내뱉었다. 아들 셋을 두었는데 모두 각각이었다. 큰아들 항서는 항만청에서 일했다. 둘째 중서는 경찰 공무원이었다. 집과는 거리를 두고 살았다. 막내 현서는 아이가 심성은 고운데 능력이 달렸다. 잔정은 많고 실천력이 모자랐다.

"밖에서 옷을 벗고 들어와야지, 아이구 땀 냄새…… 얼른 씻어요. 온수 올려놓았어요."

시경에게 아내 숙면의 잔소리는 곧 애정이었다. 맨숭맨숭하니 그저 말없이 바라만 보고 지내는 내외들이 시경에게는 낯설었다. 그것은 아내 숙면의 잔소리가 시경의 내면에 새겨놓은 인상이기도 했다. 잔소리는 애정에 낙서처럼 흠집을 내기도 했다.

"막걸리 남았던가?"

"제발 막걸리 타령 이제 끝낼 수 없을까? 큰애 항서가 보내온 와인 탈보도 있고, 백화점에 갔다가 사 온 카망베르 치즈도 냉장고에 한 달째 묵고 있는데, 무슨 막걸리 원혼이 들렸나 노상 막걸리 노래를 하고 그런대요? 사람이 품위라는 게 있지, 안 그래요? 남들 우아하게 사는 거 보면 당신 밭에서 일한다고 얼굴 까매가지고 돌아다니는 거, 사실 보기 뭣해요. 남들이 날보고 뭐라고 하겠어요."

시경은 아무 대꾸 없이 욕실에 들어가 샤워를 했다. 남들이 보면,

남들이 들으면, 남들이 알면…… 염불처럼 외워대는 이야기는 거듭해서 듣고 싶지 않았다. 사람이 주관이 있어야 하고 자기 표준으로 살아야지 매사 평가 기준을 남들에게 둔다는 건 속을 끓게 하는 일이었다. 시경은 아내의 그러한 성격 변화를 부담으로 느끼고 있었다. 자기와 아웅다웅 사느라고, 남들을 너무 민감할 정도로 의식하게 된 건 아닌가 싶었다. 혹시 남들이 알면 생애가 파탄 날 무슨 비밀을 지니고 살다보니 그렇게 된 건 아닌가 싶기도 했다. 시경은 샤워기를 사타구니에 대고 문질러 닦았다.

저녁 식탁은 다른 어느 날보다도 걸게 차려져 있었다. 시경은 와인 곁들인 안창살 구이를 아내와 입맛 돋구며 먹었다. 묵직하게 입에 안기는 와인은 산미와 감미가 절묘하게 어우러졌다. 아내 숙면이 불판에다가 뒤집으며 구워 집어주는 쇠고기 살점은, 그야말로 입 안에서 살살 녹았다. 놋젓가락을 잡은 숙면의 손이 가늘게 떨리는 게 보였다.

"애들 같이 모여서 먹으면 좋겠구만."

아내 숙면이 흰자위가 하얗게 돌아간 눈으로 시경을 흘겨보았다. 자식이라는 게 각자 자기 일 있으면 떨어져 살아야지, 자꾸 품 안으로 끌어들이려 그러느냐고 타박이 자심했다. 시경은 이따금 자식들과 어울려 밥 먹고 술잔이라도 나눌 기회가 앞으로 얼마나 될까를 짚어보곤 했다. 쥐 소금 먹듯 아껴서 이룬 살림이었다. 아내가 점점 대범해지는 게 마음에 걸렸다.

아내 숙면이 복면가왕에 빠져 있는 사이, 시경은 슬그머니 거실 문을 닫고 자기 방으로 들어갔다. 명상을 할 시간이었다. 집중력이 떨어지는 것은 나이 탓으로 돌릴 만했다. 헌데 사는 일이 영 자신이 없고, 매사 소극적으로 바라보는 성격으로 변하는 중이었다. 이전과 다른 성격으로 변하는 자신을 알아채는 것, 그건 분명 비극적 발견이었다. 넘어서기 어려운 회심 어린 슬픔이었다. 그래서 명상을 시작했다. 마음을 닦아 주저앉는 자기를 세우자는 오기였다.

가부좌를 하고 단전에 손을 모은 다음 눈을 지긋이 감았다. 자신이 명상을 하고 있다는 생각마저 없애버리라는 게 명상치료 담당 도사의 요구였다. 최종적으로 인간이 육신을 지닌 존재라는 사실조차 잊어버리는 단계에 이르면, 공중부양이 가능해진다면서 오관을 닫으라는 것이었다. 눈을 감고 아무것도 없는 허정한 하늘을 생각했다. 눈앞에 자꾸만 구름이 일었다. 그것도 오색구름이었다. 눈을 감으면 눈앞에 핏빛 너울이 펼쳐지곤 했다. 거기에 큰아들 항서의 각진 얼굴이 겹쳐졌다.

겨우 명상을 끝내고 침실로 들어갔다. 침대에 누웠다. 낮에 땀 흘려 일한 뒤끝에 저녁을 잘 먹어서 그런지 몸이 노곤했다. 요즈막에 얻은 덩굴식물과 연관된 시상을 굴리면서 잠을 청했다. 거실에서 들려오는 텔레비전 소리가 귀에 거슬렸다. 시경은 슬그머니 일어나 방문을 닫았다.

침대에 누워서 잠에 빠지려 하는 그때, 머리맡 콘센트 박스 속에서 전에 못 듣던 소리가 들렸다. 다닥 다다닥 스르륵 닥닥 다다닥……. 그것은 분명히 쥐가 뭣인가 긁어대는 소리였다. 지난 가을, 벽이 얇아 방한이 안 된다고 스티로폼 자재를 덧대는 공사를 했다. 다닥 다다닥

하는 것은 목재를 긁는 소리가 분명했다. 스르륵 닥닥 하는 소리는 스티로폼을 긁는 소리가 틀림없었다. 저러다 그치겠지 하면서 눈을 감았다. 잠이 들 만하면 다시 벽을 긁어대는 소리가 들리고, 천장에서도 덜덜거리면서 쥐 몰려다니는 소리가 요란했다.

잠은 고사하고 신경이 올을 일어섰다. 시경은 며칠 전부터 구상하던 「덩굴식물」이라는 시를 생각했다. 공생을 모르는 존재들의 아픈 속…… 폭력은 섭리처럼……. 다다닥 닥닥…… 덩굴이 살기 위해 나무는 죽어야 하는……. 삭삭 닥닥…… 삶과 죽음이 맞물려 돌아가는…… 죽음이 삶으로 회귀하는……. 다다닥 닥닥…… 쥐 소리와 함께 시상은 모두 사라졌다. 눈이 알싸하니 아팠다.

"쥐 때문에 못살겠네."

시경이 중얼거리면서 거실로 나갔다. "과연, 저기 저, 쥐 가면 쓰고 나온 주인공은 누구일까요? 잠시, 후에, 그, 얼굴이…… 공개됩니다." 장내 아나운서의 멘트에 이어 박수가 끓어오르고……. 관객은 와와 소리를 질러대고, 텔레비전 화면에는 살충제 달걀 하루 열 개 먹어도 무해, 그런 자막이 떴다.

그렇게 밤잠 설치기가 한 주일 내내 계속되었다.

"집에 들어온 저놈의 쥐 어떻게 해봐야 하지 않겠소?"

공교롭게 아내가 텔레비전에 빠져 있는 데다 대고 그런 이야길 했다. 시경의 아내 숙면은 나이트크림을 바른 볼을 토닥거리다가, 흘금 시경을 쳐다보고는 계속 이마를 문지르면서 텔레비전 화면에서 눈을 떼지 않았다.

쥐는 오지 않았다

"이제 남편이라고는 쥐꼬리만치도 취급을 않누만."

"왜, 쥐꼬리……하는 김에, 쥐좆만큼도 관심을 안 가진다고는 않고……?"

컥 하니 헛기침 섞인 웃음이 튀어나왔다. 이제 구사하는 어휘까지 폭력적인 것으로 바뀌는 참이었다. 문득 눈앞에 살아나는 얼굴이 있었다. 사촌 정경이었다. 한다는 소리가, 쥐좆만한 새끼, 컥 그냥, 그러면서 주먹을 들어 올리곤 했다. 사실, 시경은 체구가 작았다.

"전화하게, 텔레비전 잠깐 끕시다."

"어디다 전화를 하려고 그래요? 119 부르는 건 아니지? 당신 사내잖아. 불알 달고 나온 사내가 쥐 하나 잡지 못하고, 어디다 전화를 하려고 그런대요? 손이 없어요 발이 없어요? 당신이 잡아!"

시경은 거실 문을 슬그머니 닫았다. 와아, 노래 쥑여준다, 아내의 감탄이었다. 다시 침실로 들어왔다. 그리고는 막내 현서에게 전화를 했다.

"내일 말이다, 집에 와서 쥐 좀 잡아야 쓰겠다."

"쥐를 잡아 어디 쓰려구요?"

"너어, 내 말을 쥐꼬리만큼도 안 여기는 거냐?"

막내 현서는 잠시 멈칫하고 숨을 고르는 중이었다. 큰형네 내외가 휴가를 가면서 조카를 맡기고 가는 바람에 조카와 놀아주어야 한다고 변명을 늘어놓았다. 조카 봐주느라고 애비 집에 못 온다니 말이 되는 소린가, 그리고 손주를 할애비 집에 데리고 오면 무슨 탈이라도 나는 것인가. 그보다는 큰아들 항서 내외가 자기를 의도적으로 돌려놓는다는 서운한 생각이 들었다.

"그런 법이 어디 있냐? 삼촌네는 가도 되고 할애비 집엔 오면 안 된다는, 그런 이상한 논리가 어디 있어. 그러니까 애들이 어른 알기를 우습게 알고 그러지, 당장 데리고 와라."

"생각해봐서, 내일 데리고 갈게요."

데리고 오면 온다, 못 오면 못 온다고 해야지, 생각해봐서, 그렇게 꼬리를 달 건 뭐람. 시경은 혼자 중얼거렸다. 다시 침대에 누웠지만 잠은 이미 멀리 달아난 뒤였다. 근간에 후배 시인이 보내온 시집을 펴 들고 목차를 훑어보았다. '생쥐전'이란 부제가 달린 『한국현대사』란 작품이 눈에 들어왔다.

전쟁이 지나고 한참이 되었는데도/ 배고픈 나라에 생쥐가 들끓었다./ 쥐새끼들이 들판과 곳간에서 곡식을 축냈다./ 쥐는 살찌고 사람은 굶는다면서/ 관공서에서 쥐약을 나누어주고 한날한시에/ 온 나라에서 쥐잡기 운동이 벌어졌다./ 쥐약을 먹고 죽은 쥐의 꼬리를 잘라서/ 학교로 가져가서 검사를 맡아야 했다./ 아끼던 개나 고양이가 간혹 희생당하기도 했지만/ 수천만 마리를 잡았다고 나라에서는 호들갑을 떨었다.(p.116)

그 아래는 정치 현실을 비판한 내용이었다. 시경은 그 부분을 대충 읽고 지나갔다. 이전에는 집에 쥐가 드는 것은 예삿일이었다. 근간에는 집에 쥐가 들었다는 이야기는 들은 기억이 없었다. 그런데 유독 시경의 집에 쥐가 들어 사람을 못살게 구는 게 꼭 어떤 놈의 음모라도

있는 듯했다. 사람 말려 죽일 작정으로. 시경의 아내 숙면은 내남보
살, 코까지 골면서 잘도 잤다.

그 이튿날이었다. 작은애 현서가 제 조카 서연이를 데리고 왔다. 서
연은 2008년 무자년에 태어났다. 할아버지 시경과는 꼭 한 갑자 나이
차이가 졌다. 시경은 1948년 무자생이었다. 시경이 손녀 이름을 붙여
주었다. 서연(恕妍), 용서하는 일이 아름답다는 뜻이었다. 그 무렵 시
경은 『논어』를 읽고 있었다. 한편 아이가 쥐띠라서 쥐 서(鼠) 자를 붙
였다고, 아는 사람은 알겠지 하는 짐작도 깔렸다. 쥐띠 아이가 자시에
태어나면 식근(食根)이 있다는 이야기를 어른들한테 자주 들었다. 다
른 건 몰라도 먹을거리 걱정은 하지 말아야 한다는 시각으로 보면, 아
이의 앞날이 훤하게 필 것이란 생각도 했다. 이 시대에 먹을거리 걱정
어쩌구 하는 것은 또 거꾸로 돌아가는 얄궂은 정신의 습벽이었다.

나이 채워서 학교 보내겠다는 제 애비 항서의 고집으로, 여덟 살을
채워서 초등학교에 들어갔다. 이제 초등학교 3학년이었다. 아이가 숙
성해서 어른들 이야기에 끼어들기를 잘했다.

손녀 서연이가 달려들어 할아버지 시경의 목에 매달렸다. 시경의
아내 숙면이 눈이 외돌아갔다. 저게 어쩌면 할미는 쳐다보두 않네, 하
면서였다.

"쥐가 어디서 뭘 어떻게 한다구요?"

막내 현서가 시경에게 물었다. 약간 볼멘소리에다 불평 섞인 말투
였다.

"그놈의 쥐 때문에 한잠도 못 잤다. 네가 어떻게 좀 해봐라."

시경은 잠 못 자는 고통을 막내 현서에게 적실하게 설명할 수 없었다. 눈이 **뻑뻑**한 것은 물론 골치가 아프고 집중이 안 되었다. 눈앞에 환영이 오락가락했다. 쥐가 집안을 돌아다니며 쏠아대는 통에, 전깃줄이 벗겨지고 합선이 되어 집이 불길에 휩싸이는 상상이 떠올랐다. 고문 가운데 잠 안 재우는 고문이 얼마나 고통스러운지를 이야기하던 친구의 일그러진 얼굴도 떠올랐다. 친구 대성이 남영동에선가 어디서 그런 고문을 당했다는 것이었다. 고문의 후유증이었는지 친구 대성은 10년 전 60을 겨우 넘기고 세상을 떴다. 친구 대성은 사촌 정경의 친구이기도 했다. 대성의 상가에서 사촌 정경을 만났다. 몸이 많이 삭아 보였다. 정경은 시경을 보자 고개를 외로 꼬고 앉았다가는 곧 자리에서 일어났다.

현서는 공구 상자를 뒤져 드라이버며 전동드릴, 쇠갈고리 같은 것들을 챙겼다. 콘센트 박스를 뜯어내고 쥐가 어디로 들어왔는지를 확인할 참이었다.

"삼촌, 뭐 하는 건데?"

"말이다, 쥐가 할아버지 잠자는 시간을 갉아먹는대."

"시간을 어떻게 갉아먹어? 시간을 눈에 보이지도 않는데."

"말하자면, 할아버지 시간표에 잠자는 시간이 있는데, 거기를 쏠아 먹는다는 거야."

서연은 고개를 갸웃갸웃하면서 현서의 움직임을 예의 주시하고 있었다.

"여기서 쥐가 튀어나올지도 몰라. 너 쥐 무섭지 않니?"

쥐는 오지 않았다

"내가 쥐걸랑, 쥐가 쥐를 왜 무서워해?" 서연이 눈을 반짝이면서 삼촌에게 달려들어 이야기 가닥을 타고들었다.

"아이구, 우리 서연이 별걸 다 아네. 똑똑하긴 지 애비 닮아서. 그래 학교서 일등 한다면서?" 할머니 숙면이 손녀의 볼에 뽀뽀를 해주면서 칭찬에 바빴다.

"사람은 사람을 제일 무서워한단다." 어느 사이, 할아버지 시경이 옆에 와서 막내 현서가 하는 일을 지켜보고 있다가, 불쑥 내미는 말이었다.

"무자생은 쥐띠래. 할아버지도 쥐띠라고 아버지가 알려줬어. 그래서 나는 할아버지보다 육십 년이 아래래, 무자년은 육십 년에 한 번 돌아온대. 그게 육갑하는 거라나."

"애두 참, 얘는 도무지 모르는 게 없구나." 할머니 숙면이 손녀의 머리를 쓰다듬었다.

"쥐가 나오면 난 어떻게 하지?"

"넌 저 거실에 가 있거라. 쥐한테 물리면 페스트에 걸려 죽을 수도 있어." 시경이 부릅뜬 눈으로 손녀를 쳐다보며 말했다.

"아냐, 쥐가 얼마나 귀여운데. 친구 오빠가 래트라는 쥐를 기르는데, 새끼 낳았다아. 손가락만한 게 눈도 안 뜨고 고물고물 움직였거든. 되게 예쁘더라. 나도 삼촌이 쥐 잡으면 그 새끼 길러야지."

"인석아, 쥐는 쥐야. 반려동물 아냐." 시경의 어투는 강강했다.

"쥐가 우리랑 같이 살면 사람 친구 되는 거잖아?" 서연이 삼촌에게 응원을 청하듯 말했다.

"쥐는 더러운 짐승이야" 삼촌 현서의 단호한 한마디였다.

"친구네 쥐는 깨끗하던데." 서연이 삼촌과 할아버지를 번갈아 쳐다 봤다.

"쥐는 페스트란 무서운 병을 옮겨. 사람이 죽는다구. 집집마다 사람이 죽어서 거리에 송장이 좌악 깔려 있는 장면을 생각해봐. 쥐는 더럽고 무서운, 인간의 적이야."

"쥐가 세상의 주인 하면 되겠네. 왕쥐 임금님, 큰쥐 대통령, 중쥐 장관, 그렇게." 희한한 일이었다. 후배 시인은 자기 시집에서, 사대강 사업을 벌인 전직 대통령을 '큰 쥐'로 비유하고 있었다.

"세상은 사람이 가장 귀한 존재야. 쥐는 아냐." 현서가 서연에게 하는 말이었다.

"생명을 가진 건 다 아름답다고 삼촌이 말했잖아." 서연이 이의를 달고 나왔다.

"너한테 꽃이 아름답다는 이야기를 하려고 그렇게 말한 거야." 그렇게 둘러댔다.

"삼촌, 거짓말쟁이네." 서연이 토라졌다.

"생쥐만한 녀석이." 현서가 서연의 머리를 가볍게 쥐어박았다.

"할머니, 나 오줌, 오줌……."

"그래 그래, 얼른 나 따라와라." 숙면이 손녀를 끌고 화장실로 들어 갔다.

삼촌하고 조카가 주고받는 이야기 치고는 좀 거칠다 싶었다. 더구 나 생물학을 공부한 현서는 동물권, 애니멀 라이트에 관심을 가지고 있었다. 육식을 포기하고 채식주의자를 선언하기도 했다. 소갈머리 없는 자식 같으니라구. 잘 먹어야 기운을 쓰지. 기운을 써야 마누라가 얼굴이 반질반질하지. 넋빠진 것들, 시경은 목구멍으로 올라오는 그런 소리를 꿀꺽 삼켰다.

"아마 숨을 쉬려고 콘센트 박스 쪽으로 구멍을 내는 모양이다." 시경이 막내 현서를 쳐다보고 있다가 그렇게 말했다.

"나오는 데가 문제가 아니라, 어디로 들어갔는지를 알아야 구멍을 막지요."

"그래서 어쩌려고?"

"구멍 다 막아놓으면 결국 굶어죽겠지요."

"그럼 집안 어디선가 죽은 쥐가 썩을 거 아니냐?"

"그거야 좀 견뎌야지요. 악취 때문에 잠 못 자지는 않겠지 않아요."

"너 참 한가하다." 시경은 혀를 차다가 입을 다물었다.

우선 콘센트 박스를 풀어보기로 했다. 쥐가 튀어나오면 놓치지 말고 어떻게든지 잡아야 한다는 게 식구들의 합일된 의견이었다. 시경은 야구방망이, 숙면은 대걸레 자루, 그리고 서연은 부집게를 들고 도열했다. 쥐가 튀어나오면 일격에 잡을 채비를 하고는 쥐 나올 데를 고누어 대비를 하고 있었다. 식구들이 합심해서 이렇게 의기가 투합된 적이 있던가. 시경은 혼자 빙긋 웃었다.

막내 현서가 콘센트 박스의 겉껍데기를 일자드라이버로 제쳐서 풀었다. 그리고 속에 나사로 고정된 콘센트 접수기를 전동드릴로 풀었다. 전동드릴 돌아가는 소리가 쥐가 천장에서 달리는 소리처럼 들렸다. 콘센트 박스가 열리자 스티로폼 쪼가리가 오로로 쏟아져나왔다. 쥐 오줌 냄새가 확 풍겨왔다.

"아이구, 지린내! 집구석이 이 지경이 되도록 그냥 두고, 명상이 어떠니 시가 저쩌니 하면서 시간이나 죽이고 앉아서, 당신 도대체 뭐 하는 사람이야. 아유 나 못살아." 숙면이 대걸레 자루로 벽을 탕탕 쳤다. 콘센트 박스 구멍에서 스티로폼 쪼가리가 다시 솔솔 방바닥으로 흘러내려왔다. 현서가 튀김용 젓가락으로 구멍에 쌓인 스티로폼 조각을 살살 긁어냈다. 지독한 지린내가 방을 가득 채웠다.

"있다, 있어, 생쥐 새끼다……." 서연이 소리쳤다.

쉿! 현서가 바닥이 뻘건 장갑을 낀 손으로 조용히 하라고 주의를 환기했다. 식구들이 갑자기 긴장했다. 생쥐 새끼가 콘센트 박스에서 나온 전선과 철제 프레임 사이에 걸려 밖으로 나오질 못했다. 현서가 집게를 들이밀어 새끼 쥐의 다리를 집었다. 그러고는 밖으로 당겼다. 새끼 쥐는 다리가 찢겨 나왔다. 숙면이 왝 왝 토악질을 시작했다. 시경이 아내를 이끌고 화장실로 들어갔다. 숙면은 화장실 변기에다가 거침없이 토해냈다. 서연은 삼촌 하는 동작을 꼼짝 않고 쳐다보다가 말했다.

"쟤는 내가 기를래. 다치지 않게 잘 잡아줘, 삼촌."

난감한 일이 생겼다. 콘센트 박스 안으로 손이 안 들어가는 것은 물론, 생쥐가 스티로폼 아래로 가라앉아 집게로 꺼내기도 어려웠다. 현서는 콘센트 박스 안에 억지로 손을 집어넣었다. 겨우 새끼 쥐가 손에 잡히는 순간이었다. 서연이 밖으로 삐져나온 전선을 제쳐준다는 것이, 부집게가 전선에 닿는 바람에 스파크가 일어났다. 불꽃이 튀었다. 현서는 겨우 손에 잡았던 새끼 쥐를 꺼내 반사적으로 침대 쪽으로 팽개쳤다. 그 침대 옆으로 몸을 제쳤던 서연의 팔을 후려친 꼴이 되었고, 서연의 부집게가 현서의 볼을 치고 지난 것은 거의 동시였다.

시경이 달려와 손수건을 현서의 볼에 대고 눌러주어 지혈을 시켰다. 볼에 난 상처는 쥐뼘 한 뼘은 될 정도로 길었다. 깊이도 꽤 깊었다. 피가 흘러나와 손수건을 다 적시고 방바닥으로 방울져 떨어졌다.

삼촌의 뺨에서 피가 흐르는 것을 쳐다보며 얼어붙은 듯이 서 있던 서연이 드디어 울음을 터트렸다. 방바닥에 주저앉아 울다가 오줌을 쌌다.

"괜찮다, 병원에 가서 꿰매면 금방 낫는다." 할머니 숙면이 아이를 달래는 풍신이었다. 시경은 아내의 냉연한 태도에 소름이 돋았다. 큰아들이 그런 일을 당해도 저렇게 나올까, 이빨을 웅송그려 물었다.

서연의 울음소리가 한층 높아졌다.

"뭐야, 왜 우물거려 빨리 따라 나와라. 병원에 가야잖냐."

"아직 쥐새끼 두 마리가 더 있단 말예요."

"지금 쥐새끼 생각할 때냐, 빌어먹을…… 너는 하는 일마다 되는 게 없냐. 애가 왜 그래?"

현서는 어이가 없었다. 분명히 이야기하는 것은 아니지만 부친은 현서를 다른 두 아들과 비교하고 있는 게 분명했다.

숙면이 서연을 데리고 집에 있고, 부자가 병원에 가기로 했다. 운전은 시경의 몫이었다.

현서는 운전대를 잡은 부친의 옆얼굴을 쳐다봤다. 오른쪽 턱 위로 굵은 칼자국이 보였다. 처음 보는 부친의 얼굴만 같았다. 전에 그 상처에 대해 들은 적이 있는 듯했다. 디테일은 떠오르지 않았다.

"살다 보면 언제든지 상처가 나기 마련이다." 시경이 현서의 속맘을 다 읽은 듯이 말했다.

현서는 입을 굳게 다물었다. 부친이 이야기를 더 이어가기를 기다렸다. 부친은 아들과 똑같이 입을 다물고 운전대를 잡고 있었다.

"너 지금 내 얼굴 보고 있는 중이냐?"

현서는 흠칫했다. 부친의 얼굴에 난 상처를 쳐다보고 있다는 것을 부친이 알아버린 것 같았다. 그런데 부친도 무슨 이야긴지 하고 싶어 하는 눈치기도 했다.

"그 인간 이제 죽었다."

"그 인간이 죽다니요?"

"그런 일이 있었다."

차는 '빛나라병원' 주차장으로 막 들어가는 중이었다. 차 앞바퀴에 무언가 걸리는 듯 툭, 치는 감각이 전달되었다.

현서는 차에서 내려 앞바퀴를 살펴보았다. 커다란 쥐가 한 마리 바퀴에 깔려 작신 으깨진 모습이 보였다. 현서는 몸을 떨었다. 주차장에서 로드킬을 당한 것이었다. 지방도로에 나가면 로드킬을 당한 짐승들 잔해가 널려 있곤 했다. 아스팔트 바닥에 널브러진 짐승의 사체와 핏자국을 볼 때마다 등판에 소름이 돋았다. 존재가 괴멸되는 순간. 그 순간은 디스토피아의 미래를 생각하게 했다.

상처를 꿰매는 데 시간이 한참 걸렸다. 머리로 올라가는 정맥이 끊어졌다는 것이었다. 입원을 해야 하는 상황은 아니었다. 그렇다고 집에 돌아가 편히 쉴 여지가 없을 것 같았다.

"저녁 먹고 들어가자."

"저는 밥 생각 없는데요."

"이승에서 거른 한 끼는 저승에 가서도 못 찾아 먹는다." 잔말 말고 따라오라는 암시가 분명한 어투였다.

현서는 주차장에 내려오자마자 앞바퀴부터 살폈다. 쥐들이 몰려들어 차바퀴에 깔려 죽은 쥐의 시체를 물어뜯으며 찍찍거렸다. 구토가 올라왔다. 차 문을 붙들고 우액우액 헛구역질을 했다.

"비위가 그렇게 약해서야, 앞으로가 걱정이다." 부친 시경은 어딘가 불균형하게 변해가는 중이었다. 웬만해서는 자식들 탓을 하거나 쉽게 흥분하지 않는 것은 물론, 시를 생각하고 명상을 하면서 시간의 밀도니 내밀성의 가치니 그런 이야기를 주로 했다. 그런 결고운 심성에 금이 가는 것 같았다.

"요 근처 양평해장국집, 거기 잘하더라."

순대, 허파, 간, 혓바닥, 귀때기……, 누리고 쿠릿한 냄새, 그런 것들이 먼저 떠올랐다. 현서는 싫다고 하지 못하고 부친을 따라 식당 안으로 들어갔다. 예상했던 대로 소 내장 끓이는 냄새가 역하게 실내를 가득 채웠다. 시경은 고기가 많이 들어간 해장국 '특'을 시켰다. 현서는 '보'로 시켰다. 잘 먹을 거란 자신이 없었다.

"그 인간이 죽었다는 게 무슨…… 얘기지요?"

"살 만큼 살다가 죽었으니 긴 얘기 할 필요는 없다."

시경이 숙면과 혼삿말이 있을 무렵이었다. 양쪽 집에서 반대가 심했다. 궁합이 안 맞는다는 건 표방하는 이유일 뿐이었다. 양쪽 집 어른들이 세교를 이어가고 있었다. 양쪽 집 바깥어른들은 오십줄로 들어서면서 민약이라고 하는 단방약을 찾기 시작했다. 시경의 부친은 관절염이 생기면서부터 고양이를 잡아다 삶아 먹었다. 숙면의 부친은 아직 눈도 안 뜬 생쥐 새끼를 술 담가 마시곤 했다. 생쥐를 담근 쥐술(鼠酒)은 중풍에 안 걸리게 예방해준다는 것이었다. 그게 두 집안이 만나면 안 된다는 이유였다. 말하자면 묘서지간(猫鼠之間)인 셈이었다.

어른들이 안 된다는 일을 해결하는 방법은 충격 요법이었다. 우선 아이를 만들자는 것이었다. 시경과 숙면은 아이를 만들어 소문을 냈다. 시경의 집안은 삼대를 독자로 근근이 대를 이어왔다. 그런 집안에 아이가 생기는 것은, 절차 따위야 무슨 상관인가, 하늘이 내린 축복이었다. 시경의 아버지가 결혼을 서둘렀다. 숙면의 부친은, 나 죽더라도 와서 곡할 생각 말아라, 그렇게 해서 쫓아내다시피 딸을 여의었다.

"말이다, 늬 엄마가 얼굴이 복닥하니 예뻤니라. 총각들이 한 번씩은 흘금거렸지."

시경의 사촌 정경이 숙면에게 눈독을 들이기는 오래전부터였다. 시경도 눈치는 채고 있었다. 누군가 고양이를 잡아서 창자가 너덜거리는 모양 그대로 시경의 집 대문에 걸어놓았다. 정경 말고는 그런 흉한 짓을 할 인물이 떠오르지 않았다.

결혼식 날을 잡아놓은 다음이었다. 정경이 시경을 찾아왔다.

"내가 알아봤는데 말이다, 너들 둘이 만나면 사마귀 팔자가 된댄다."

"그게 뭐 하는 소리야?"

"방사 후에, 암놈이 수놈 잡아먹는다는 거지. 뭐긴……."

숙면과 결혼을 고집한다면 결국 시경이 명대로 살지 못한다는 것이었다. 그것은 정경 편에서 자기가 시경을 해치우겠다는 살의를 드러내는 예고이기도 했다. 그러니 숙면 욕심내지 말고 파혼하라는 것이었다.

"숙면은 말이다, 목에 칼이 들어가도 나랑 살아야 헌다. 이미 애도 만들었다." 헉, 자기가 구사한 충격 요법은 정경에게서 사주받은 숙면의 잔꾀일지도 몰랐다.

시경이 주머니에서 칼을 꺼내 정경의 옆구리를 찔렀다. 칼은 빗나갔다. 정경도 칼을 준비한 모양이었다. 정경의 칼이 시경의 안면을 내리 그었다.

"쥐새끼 같은 놈, 쥐좆만한 자식……." 식식거리며 눈에 심지를 돋구던 정경은 뒤도 안 돌아보고 달아났다. 이후 둘이는 서로 흘금거리면서 상대방에게 어떤 화가 닥치기를 빌며 살았다. 시경은 쥐새끼니, 쥐좆만한 놈이라든지 그런 말들을 잊을 수가 없었다. 가슴에 가시가 되어 박힌 말이었다.

"오십 년 저쪽 일이다. 잊어버릴 때도 되었건만 상처는 그냥 남아 있다."

현서의 얼굴 상처도 오래 남을 것이라는 암시를 하는 것 같기도 했다. 혹시 큰형이 아버지의 아들이 아닐지도 모른다는 생각이 들었다. 서연이 또한 다른 핏줄일지도 모를 일이었다. 형수는 입술이 칸나 꽃잎처럼 붉었다. 얼마 전에 납중독으로 죽은 당숙의 아들, 아니 당숙의 씨, 그 씨가 발아해서 태어난 조카…… 헌데 물증은 없었다. 설령 그렇다고 해도 그래서 뭐가 달라질 것인가…… 조카가 아니면 또 어떻단 말인가. 하긴…… 큰형은 얼굴이 다른 형제들과 달랐다. 작은형 중서는 하관이 빨았는데 큰형 항서는 관골이 옆으로 불거져 남방형 골상이었다. 항서는 지성피부라서 얼굴이 번질번질했다. 중서와 현서는 어머니처럼 피부가 해맑고 뽀송뽀송했다.

상처가 난대도 그 상처의 진원은 달랐다. 서연이 자기 얼굴에 상처를 낸 것은 아무 의도도 없었다. 실수라면 오히려 부집게를 쥐여준 자신 편에 책임이 있었다.

아버지한테 들은 당숙의 이야기는 충격이었다. 어머니 숙면이 부친 시경에게 날선 말들을 퍼붓는 것이 '오십 년 저쪽의 일'과 어떤 연관이 있을 듯했다.

아무 일도 없었다는 듯 집에 들어갔다. 숙면이 현관문을 열어주었다. 병원 가서 꿰매고 약 바른 걸로 모든 일이 끝났다는 듯이 행동했고, 모친 숙면은 덤덤하니 지나갔다. 그런데 갑자기 숙면의 잔주가 시작되었다.

"괜찮냐? 내가 뭐랬니…… 애들한테는 위험한 물건 손에 쥐여주지

말라고 했지…… 얼굴에 흉터가 크면 사람 앞길이 막히기도 하고 그
런다는데, 너는 얼굴판이 훤해서 괜찮을지 몰라두, 걱정이다, 걱정
이야……. 네 앞가림을 어떻게 해나갈지 막막하다. 꼭 지 애비 닮아
서 하는 짓이 얼미지고 깔끔하지 못하니 걱정이라구. 서연이는 서연
이대로 얼마나 놀랐겠어. 어린 게 얼마나 울던지…… 불쌍한 것. 츳
츳……."

시경이 아들 현서를 따라 소파에 앉았다. 서연이가 손에 플라스틱
상자를 들고 나왔다. 그 안에 발그레한 몸뚱이에 뽀얀 털이 덮인 새끼
쥐가 두 마리 들어 있었다.

"어떻게 된 거냐?" 시경이 아들 현서를 흘금 쳐다봤다.

"내가 손으로 꺼냈어."

콘센트 박스는 열린 채였다. 바닥은 깨끗이 청소가 되어 있었다.

"서연이 쟤가 너 현서보다 한결 낫다. 소견두 멀쩡하구, 쥐두 살라
고 나온 건데 죽이는 건 벌 받을 일이라잖니, 그러면서 제 손을 저 안
에 넣고는 스티로폼 긁어내면서, 아 글쎄 저 생쥐 새끼 두 마리를 소
중한 보물인 양 끌어내지 않겠냐…… 지가 기른단다. 그래서 전에 너
쓰던 씨디 다 버리고 그 박스를 주니까 종이 썰어서 깔아주고 그 위에
다가 저렇게 앉혀놓구서는, 불쌍한 애들아 엄마가 밥도 주고 물도 줄
게 하면서 재롱이다, 참 애두……."

시경은 생쥐 새끼를 술에 담가 먹었다는 숙면의 부친, 장인의 얼
굴을 떠올려보았다. 쟤가 즈이 외증조할아버지 핏줄을 이은 것이라
서…….

"삼촌, 저어기, 쥐는 알을 낳아 아니면 엄마 뱃속에서 나와?"

"당연히 엄마 뱃속에서 나오지."

"그런 쥐 엄마는 뿌뿌도 있겠네." 서연이는 젖을 뿌뿌라고 했다.

"당연하지. 엄마가 젖이 있어야 새끼가 젖 먹고 자랄 거 아니니?"

"몇 개나 있어, 젖꼭지가……?"

"아마 열 개는 될걸. 새끼를 많이 낳아 기르려면 젖이 여러 개라야 되겠지?"

"엄마는 뿌뿌가 둘이니까 쌍둥이도 기를 수 있겠다, 그치?"

그다음 질문은 더 하지 말기를 은근히 기대하고 있었다. 어미 쥐와 아버지 쥐가 새끼를 어떻게 만드는지 그런 걸 묻는다면 대답이 좀 난감할 것 같았다.

"아빠랑 엄마는 나를 사랑의 열매래…… 내가 열매라면 아빠랑 엄마가 나무가 되어야 하는 거잖아. 그런데 나무는 사랑을 못 하잖아. 사랑하려면 손도 잡고 뽀뽀도 하고…… 그리고 또 뭐야……."

서연이 그렇게 질문을 이어가는 사이 현서는 모친 숙면에게 눈길을 주고 있었다. 큰형은 정말 당숙 정경과 어머니가 만들었을까, 아니면 아버지와 어머니가 만들었는데 얼굴판이 그저 다른 것인가. 하기는 자신도 누구의 작품인지 알 수 없었다. 돌이켜보니 큰형은 물론, 작은형과도 자신의 얼굴은 판이 영 달랐다.

"우리 서연이가 쥐띠라서 우리집에 쥐가 들어온 모양이다." 시경이 손녀의 머리를 쓰다듬으며 말했다.

"할아버지도 쥐띠잖아, 그런데 쥐, 소, 범, 토끼 그런 동물은 알겠는데 띠는 뭐야?"

"너는 애가 너무 똑똑해서 탈이다." 숙면이 손녀를 쳐다보며 말했다.

"똑똑할수록, 수재, 영재, 천재 그런 거래. 천재보다 더 똑똑하면 왕천재, 그다음은 짱천재, 그런데 탈은 뭐야? 탈바가지는 왜 바가지야?" 일일이 대답하기 괴피스런 질문이었다.

"네가 쥐띠라고 했지? 네가 태어난 쥐띠 해를 무자년이라고 하는데, 하늘이 돌아가는 운행 순서를 천간이라고 하고, 땅이 움직이는 걸 지지라고 하는 거야. 천간은 갑, 을, 병, 정, 그렇게 열 가지 구획이 있어. 지지는 땅의 운행을 열두 가지로 나누어 표현한 건데 자, 축, 인, 묘, 그렇게 각각 동물로 뜻을 만들어 매긴단다. 천간 열 개와 지지 열두 개를 결합해서 한 바퀴 돌면 60개가 되지. 그걸 육갑이라고 한다. 그렇게 되면 쥐띠가 갑자, 병자, 무자, 경자, 임자 그렇게 다섯 띠가 생겨."

서연은 흥미있게 듣고 있었다. 제법 손가락까지 꼽아가며 할아버지가 하는 이야기를 반복해서 음미하는 눈치였다. 애가 워낙 총명해서 들은 거 잊어버리는 법이 없기는 하지만, 아이가 앉아서 갑자을축을 외고 있는 것은 미상불 꼴불견이었다.

"당신 지금 육갑하고 있는 거요? 인공지능 시대에 도대체 육갑이 뭐래요? 그렇게까지 안 해도 당신 육갑칠갑 다 떠는 거 알아요. 집에서 쥐 좀 들들거리면 어떻다고 애 불러다가 쥐 잡자고 해서 얼굴 깨지게 하고, 병원 가서 꿰매고…… 저 상처는 어떻게 할래요? 서연이가 쥐새끼 자기가 키운다고 하는데 당신이 가서 똥도 치우고 오줌도 걷어주고 다 해요." 잔소리를 퍼붓는 중에 맥락을 종잡을 수 없이 곁가지를 쳐가며 나무람이 자심했다.

시경은 입을 다물고 천장을 올려다봤다. 쥐 오줌인지 전에 못 보던 얼룩이 져 있었다. 지린내가 나는 것 같기도 했다.

"할아버지, 쥐돌이, 쥐순이 엄마랑 아빠는 언제 와?" 서연이가 하품을 하면서 물었다.

"애기 쥐들 보고 싶으면 오겠지." 시경이 손녀를 쳐다보며 대답했다. 큰아들 항서는 자식 보고 싶지 않은 모양이었다.

"쥐돌이, 쥐순이 젖 줘야 하는데……." 서연의 얼굴에 걱정이 가득했다.

"냉장고에 있는 우유 갖다 줘봐라." 시경의 대답이었다.

"우유는 송아지가 먹어야 돼." 서연이 빠르르 하는 대답이었다.

하기는 그랬다. 사람이라는 게 단작스럽기 짝이 없었다. 양이나 염소는 물론, 소 젖통을 주물러서 쇠젖을 짜다가 저희들 입에 털어 넣었다. 그걸 커피에, 녹차에 타서 마시고, 치즈를 만들고 그러다가는 자기 젖은 싸매고 애들한테 쇠젖을 먹이는, 치사한 짓을 했다. 숙면은 항서에게 한사코 젖을 먹이지 않았다. 우유로 길렀다.

시경이 그런 생각을 하고 있는 사이, 천장에서 들들들 쥐들이 경주를 했다. 아직 풀어놓은 채로 있는 콘센트 박스에서는 스티로폼 부스러기가 솔솔 떨어져 내렸다.

"저놈의 쥐들이 흘레를 붙나?" 숙면이 군시렁거렸다.

"흘레가 뭔데?" 서연이가 물었다.

"사랑하는 거란다." 현서가 좀 난감한 표정으로 모친 숙면을 쳐다보고 있다가, 그렇게 대답을 해줬다.

쥐가 올지도 모르니까 가만있으라고 서연에게 일러놓고는, 현서가 장식장 위에 놓인 '에프킬라'를 집어 들었다. 현서는 살충제 독한 냄새 맡으면 쥐가 도망갈 거로 기대했다. 콘센트 박스에다가 치익 치익 에프킬라를 뿌려 넣었다. 툭, 단전 스위치 내려가는 소리와 함께 집안 전체가 암흑에 휩싸였다. 에프킬라 용액이 합선을 일으킨 모양이었다. 손전등을 찾고 초를 찾고 성냥을 찾았다. 아무런 대비가 없었다. 서연이 무섭다면서 울기 시작했다.

집에 어둠을 밝힐 불이라고는 가스레인지밖에 없었다. 집이 마을에서 떨어져 있어서 가로등 하나 보이는 게 없었다. 울어대던 서연이 울음을 그치고 할아버지를 불렀다.

"핸드폰에 플래시 있는데."

"내 핸드폰은 실버폰이라 그런 거 없다." 시경의 실없는 대답이었다.

"그래, 서연이가 역시 똑똑하다. 늬 할아버지 뭐 하나 제대로 하는 거 봤을까." 어둠 속이라 숙면의 표정은 보이지 않았다. 식구들의 핸드폰이 영 나타나지를 않았다. 서로 네가 잘못했네, 하면서 불평이 일기 시작했다.

밖에서 경적이 요란하게 울렸다. 전기가 나간 걸 어떻게 알고 달려온 것인지, 반갑기보다 의혹이 일었다. 서연이 깨들깨들 웃었다.

"내가 키즈폰으로 작은아빠한테 연락했어." 시경은 서연이가 목에 키즈폰을 걸고 다니는 것이 못마땅했다. 전자발찌나 위치추적기 그런 느낌이 들어서였다.

소방관들은 화장실에 붙어 있는 분전함을 검사했다. 스위치를 하나하나 모두 올려도 불은 안 들어왔다. 다른 소방관이 밖으로 나갔다. 전신주에 달려 있는 계량기를 검사한 소방관이 고개를 내저었다. 계량기 자체가 타버려서 낮이나 되어야 교체할 수 있다는 것이었다.

"초 드리고 갈 테니 오붓하게 촛불파티 하면서 하루 저녁 기다리세요. 그리고 전기 관계는 우리한테 연락하지 말고 한전에 연락하세요."

"핸드폰들부터 챙기자." 숙면이 촛불을 남편 시경의 얼굴 앞에 들이대며 말했다.

"할머니, 나 오줌 마려워." 서연이 다리를 꼬면서 안달이었다.

숙면이 촛불을 들고 서연을 화장실로 데려갔다.

"할머닌 나가, 문 닫아줘. 화장실 문 열어놓으면 난 오줌 안 나온단 말야."

숙면이 초를 들고 나와 화장실 문을 닫았다. 안에서 울음소리가 들렸다. 어둠에 갇힌 서연이 무서워 떠는 모양이었다. 숙면이 화장실 문을 열었다. 서연은 변기 앞에 엉거주춤 서서 오줌을 질질 흘렸다. 숙면이 자기 팬티를 찾아와 서연의 손에 들리고는 변기 플래시 밸브를 내렸다. 물이 콰르르 흘러 내려갔다.

"집에 후레쉬가 있을 건데. 서랍장에 넣어두지 않았던가." 시경이 군시렁거리듯 말했다.

"자기가 찾아봐요." 숙면의 핀잔 섞인 대답이었다.

"우리 서연이 씻어야지." 수도꼭지를 틀었다. 쉬이 하고 공기 빨려 들어가는 소리만 나고 물은 끊겨 있었다. 관정을 파서 쓰는 물이라 전기가 나가면 물을 쓸 수 없었다. 낭패였다. 냉장고도 안 돌아갈 판이고, 세탁기는 물론 쓸 수 없었다.

"쥐돌이, 쥐순이 어떻게 해?" 서연이 눈물을 훔치며 할아버지 시경을 쳐다봤다.

"밖에다 내놓자, 쥐는 쥐의 길이 있고 사람은 사람이 사는 방도가 따로 있는 법이다." 시경의 훈계 섞인 대답이었다.

천장에서 쥐들이 들들들 내달리는 소리가 들렸다. 콘센트 박스에서는 스티로폼 부스러기가 여전히 솔솔 쏟아져 내렸다.

"쥐 엄마가 새끼 찾아오나 봐." 서연이 귀를 세웠다.

"저런 놈의 쥐는 잡아 죽여야 한다." 숙면이 고개를 흔들며 말했다.

"어른들은 왜 쥐를 미워해?" 서연이 할아버지 시경을 쳐다봤다.

"사람을 괴롭히니까 그렇단다." 할머니 숙면의 대답이었다.

"사람이 쥐 괴롭히니까 그렇지 않아?" 서연의 이의 제기였다.

"초가 얼마 안 남았다. 쓸데없는 소리들 그만하고, 자자." 숙면이 서연을 쳐다봤다.

"쥐랑 평화협정 맺지?" 서연의 동화 같은 생각이었다.

"공생을 외쳐도 결국, 살아간다는 게 죽고 죽이는 싸움이란다." 삼촌 현서는 그렇게 말했다.

"고양이 길러요, 그럼 쥐도 안 들고." 서연이 제 할아버지를 쳐다봤다.

"들고양이 때문에 쥐가 집안으로 들이닥치는 모양이다." 현서가 부친을 대신해서 설명을 달았다.

"쥐돌이 쥐순이 젖 줘야 하는데." 서연의 걱정이었다.

"전기가 없어서 냉장고도 안 돌아간다. 우유도 상할 거 같다. 너는 쥐새끼 못 길러. 그러니 밖에다 내놔라." 숙면이 낮은 목소리로 하는 닦달이었다.

"들고양이가 잡아먹을 거라면서?" 서연의 목소리가 물기로 젖어 있었다.

"콘센트 박스 앞에 두면 쥐 어미가 찾아올 거야." 서연이 새끼 쥐가 든 상자를 콘센트 박스 앞에 내려놓으면서 그렇게 말했다.

현서의 핸드폰이 드르륵 울렸다. 큰형 항서였다. 전화를 받기가 좀 불안했다.

"서연이 데리고 집에 가지 말랬잖아. 시퉁터지게 말야." 현서는 입을 다물었다. 정지 버튼을 길게 눌렀다.

"삼촌, 애기 쥐 살려줘야 해."

"그래, 알았다. 어미가 꼭 오길 바란다. 어서 자거라."

건전지로 돌아가는 시계의 시침과 분침이 12시에 겹쳐 있었다. 어른들은 대소변 때문에 밖에 드나드느라고 잠을 못 잤다. 서연이만 할아버지 침대에서 곤하게 잤다. 다리를 벌리고 자는 서연의 사타구니에 할머니 숙면의 빨간 팬티가 걸려 있었다. 시경은 촛불을 들고 서연이 자는 모습을 확인하고는 얼른 눈을 돌렸다.

쥐는 오지 않았다

현서는 서연이 놓아둔 새끼 쥐 상자를 문밖으로 내놓았다. 그리고는 콘센트 박스 안에다가 강력 설치류 퇴치 용액을 세차게 뿌려 넣었다. 밖에 어떤 짐승이 와서 플라스틱 상자 긁어대는 소리가 들렸다.

시경은 또 하룻밤을 꼬박 새웠다. 쥐 때문이 아니라 상처 난 기억 때문이었다. 사촌 정경이 칼로 낸 상처가 욱씬욱씬했다. 지워지지 않는 상처였다. 동쪽이 훤하게 밝아왔다. 달맞이꽃이 별처럼 어둠 속에서 돋아날 시간이었다. 핏빛깔 칸나도 피어날 것이었다.

"쥐 엄마 언제 와? 쥐돌이, 쥐순이 배고픈데…… 쥐 아빠는 뭐한대……." 서연이 몸을 뒤틀면서 잠꼬대를 했다.

칸나 꽃잎이 잔디 위에 핏자국처럼 떨어진 새벽까지, 쥐는 오지 않았다. ✤

뼈 피리

그날이 2018년 8월 25일 토요일이었다. 태풍이 지나간 하늘은 맑게 개어 올라가 새털구름을 날렸다. 바다에는 풍랑이 없고 호수처럼 고요하게 물비늘이 무늬지고 있었다.

어디선가 피리 부는 소리가 들렸다. 가볍게 흩어지는 듯 안으로 잠겨오는 가락이었다. 처연한 애조가 서려 있어서 안으로 파고드는 느낌도 들었다. 어디서 들은 것 같은데 그게 어디였는지, 언제였는지 기억나는 게 없었다. 다만 강영철은 할아버지가 퉁소를 잘 불었던 기억이 떠오를 뿐이었다.

금강산 호텔에서 남북 이산가족 상봉이 있었다. 전날은 공개 상봉 행사가 있었고, 그날은 가족끼리 만나는 날이라서, 남 눈치보지 않고 이야기를 나눌 수 있다는 기대로 부풀었다. 남한의 강영철과 북한의 강선철은 사촌간이었다.

사촌간이지만 추억을 공유한 게 없어놓으니 그다지 정 깊게 털어놓을 이야기가 준비된 건 아니었다. 남이건 북이건, 사건이란 사건들은 일상에 묻혀 들어갔다. 목숨만 부지한다면 그저 그렇고 그런 생활의 연속이었다. 강선철은 이렇게도 살아지는 것인가 싶기도 하고, 얄궂은 세월의 모래톱에 생애가 묻혀버리는 게 한스럽기도 했다. 강영철은 아직도 자기가 루저 아닌가 싶을 정도로 열패감에 시달렸다. 동서들끼리는 더욱 서먹해서 별반 할 이야기가 없다는 듯 어성버성 쳐다보며 화제를 찾으려고 애들을 썼다. 뭉청뭉청 무너져내리는 시간의 폭력 속에서였다.

호텔 로비에서 만나 강선철의 방에서 함께 모이기로 했다. 강선철의 방에서 바라보면, 멀리 흘러가다가 다른 산줄기로 빠져나간 산들의 연봉이 한눈에 들어왔다. 강영철은 이게 금강산이지, 하면서 금강산에 와 있다는 것이 실감이 가지를 않았다. 〈그리운 금강산〉 첫 구절을 속으로 흥얼거렸다. 누구의 주재런가…… 흔히, 누구의 주제런가 그렇게 부르지만, 조물주의 주재로 빚어진 산이라면 누구의 주재런가, 그렇게 부르는 게 맞는다는 생각이 들었다.

"자네가 이걸 해결해주소." 강선철이 강영철의 앞에 비단 보자기로 싼 조그만 상자를 내놓았다.

"그게 뭡니까?" 강영철이 약간 당황하는 표정으로 강선철을 바라보았다.

"풀어보시게." 강선철의 목소리는 굵직했다.

보자기를 푸는 강영철의 손이 가늘게 떨렸다.

보자기를 풀자 오동나무 상자가 나왔다. 강영철은 오동나무 상자를 조심스럽게 열었다. 오동나무 상자 속에는 인골로 만든 피리가 한 자루 들어 있었다.

"아우가 이걸 가지고 가서, 가고시마에 있는 데라야마 소학교 뒤뜰에 묻어달라는 걸세." 강영철은 난감한 얼굴로 아무 대답 없이 건너편 벽만 바라보았다. 앞뒤 맥락이 뚝 끊긴 정황에서 뭐라고 해야 할지 아연한 채 말이 막혔다.

연유는 이랬다. 강선철과 강영철의 조부 강막돌은 가고시마 탄광에 강제로 징용되어 갔다. 대동아전쟁(제2차 세계대전) 막판이라 작업 환경은 가히 지옥을 방불케 했다. 거기다가 감독관들의 구타가 날로 자심했다. 천황의 백성들이 발악을 하고 있는 중이었다. 인간은 스스로 짓는 죄로 해서 무너진다는 말을 거듭 떠올리게 하는 정황이었다.

강막돌이 이질에 걸려 먹지 못하고 똥질을 하면서 채탄 작업에 시달렸다. 현기증이 일어 막장 바닥이 솟았다 가라앉았다 하기를 거듭하다가, 무릎이 자꾸 꺾였다. 몸을 제대로 가눌 수 없었다. 요양소 이송은 한갓된 꿈이었다. 탄광 막장 안에서 죽는구나 싶었다. 고향의 어머니며 아버지 얼굴이 떠올라 눈앞을 어른거렸다. 헛것이 눈앞에 오락가락하면 죽을 날 멀지 않다는 게야, 늙은이들은 그렇게 이야기했다.

그 환영을 쫓아버리지 못하고 주저앉았다. 막장 감독 야마구치가 다가와 말채로 등감을 후려쳤다. 말채에 감긴 몸뚱이가 바닥으로 나뒹굴었다. 강막돌은 채찍에 옭히면서 바지에다가 물똥을 지렸다. 청도에서 왔다는 황한우가 머릿수건을 풀어 강막돌의 바짓가랑이에 묻은 똥물을 훔쳐내주었다. 허리에다가 묶어 사타구니께로 늘어뜨린 무명 주머니가 댈룽 하며 옆으로 삐졌다. 야마구치의 눈이 희번득 돌아갔다. 야마구치가 아카징키를 찾아서 강막돌의 채찍에 맞은 상처에 발라주었다. 눈은 여전히 강막돌의 사타구니에 가 있었다. 황한우는 야마구치의 눈길을 따라 강막돌의 사타구니에 달린 무명 주머니를 할금거렸다.

강막돌은 감독 야마구치의 바짓가랑이를 붙들고 눈물로 하소연했다.

"제발 목숨 살려만 주세요." 죽을죄라는 말은 하지 않았다. 죄는 상대방에게 있었다.

"뭘 보고 널 살려줘?" 야마구치는 침을 퉤 뱉었다.

강막돌은 어떻게든지 살아남아야 한다는 생각으로 계략을 꾸몄다. 자기가 일본에 오면서 챙겨온 금붙이가 있는데 그걸로 보답할 터이니 살려만 달라고 애원했다. 검은 눈물이 손등으로 떨어져 얼룩졌다. 감독 야마구치가 쥐 이빨처럼 쪼개진 앞니를 드러내고 웃었다. 손가락은 강막돌의 사타구니를 가리키고 있었다. 그리고 비로소 채찍을 감아서 당고바지 주머니에 말아 넣었다.

그날 밤이었다. 광부 둘이 일본인 감독 야마구치를 앞세우고 소학교 담장을 돌아가고 있었다. 강막돌과 그의 똥 지린 바짓가랑이를 훔쳐주던 경상도 청도 출신 황한우 둘이었다. 금붙이를 소학교 미시마 훈도에게 맡겨두었다고 해서, 감독 야마구치를 숙직실로 이끌고 가는 중이었다. 감독의 바지자락에는 단검이 덜렁거렸다.

바람이 일기 시작했다. 비도 뿌렸다. 강막돌은 하늘이 나를 돕는다면서 손을 모아 쥐었다.

앞서가던 감독 야마구치가 무엇에 발이 걸렸는지 어쿠 하면서 앞으로 고꾸라졌다. 강막돌이 몰래 쳐두었던 철사줄이었다. 청년 둘이 달려들어 각목으로 감독 야마구치를 내려치기 시작했다. 야마구치 감독이 쓰러지면서 칼을 빼들었다. 황한우가 감독의 팔을 걷어찼다. 칼이 날아가 담벼락에 부딪쳐 떨어졌다. 빠가, 어쩌구 하는 소리가 튀어나오는 감독의 머리를 강막돌이 발로 밟아제꼈다. 감독 야마구치는 금방 축 늘어졌다. 둘이는 감독의 시체를 질질 끌고 가서 숙직실 뒤 웅덩이 옆에 묻었다. 어둠 속에서 하얀 연꽃이 음산한 빛을 발하고 있었다.

강막돌은 황한우에게 두 돈짜리 금반지를 건네주었다. 입막음을 위한 조치였다. 그 반지는 강막돌이 일본으로 떠날 때 그의 아내 탄실이 무명 주머니를 지어 남편의 허리에 매주었던 물건이었다.

"목숨 위험할 때 쓰세요." 탄실의 양볼을 타고 눈물이 방울졌다.


해방이 되어 조국으로 돌아왔다. 목숨을 건진 것은 아내가 마련해 준 반지 덕이었다. 아내 탄실은 일본에서 부쳐오는 돈을 한 푼도 쓰지 않고 모아두었다. 남편의 목숨을 덜어서 장만한 돈이어서 헤프게 쓸 수 없었다. 이른바 해방 공간을 잘 버텨나갈 수 있었다. 적산 가옥을 사서 이사를 했고, 역시 적산 토지를 장만해서 전장을 늘려갔다. 동네에서는 부농 소리를 들으며 지냈다.

부농 소리를 들으면서 강막돌은 밤낮을 가리지 않고 논밭을 기었다. 몸이 까부라질 지경으로 논밭에서 일했다. 강막돌은 불면증에 시달렸다. 일본인 탄광 감독이 꿈에 나타나 단검을 들고 달려들어 칼로 목을 겨누었다. 감독은 강막돌의 옷자락을 붙들고 핏발선 눈을 굴렸다. 어떤 때는 목이 떨어져나간 채 몸뚱이만 허적허적 걸어와서 강막돌의 사타구니로 손을 들이밀고 부쌀을 잡아채기도 했다. 아내 탄실이 놀라 깨는 횟수가 늘었다. 희한하게도 내외가 똑같은 꿈을 꾸곤 했다.

동네 뒷산 골짜기에 '선업사'라는 절이 하나 있었다. 반승반무로 살아가는 보살이 낡은 절집을 지키고 있었다. 손님들 사주도 봐주고 재물운을 점쳐주기도 했다. 어떤 때는 곽란이 난 아이 사관을 따기도 했다. 강막돌은 아내 탄실을 데리고 선업사를 찾아갔다.

"곧 전쟁이 날 판인데, 전쟁 전에 일본에 건너가서 당신이 패 죽인 시체 촛대뼈를 뽑아다가……." 보살은 전쟁을 예언하고 있었다. 강막돌은 또 탄광에 끌려가거나 전쟁에 동원되는 게 아닌가, 진저릴 쳤다.

"왜 하필?" 촛대뼈를 반복해서 말하지는 않았다.

"인간이 불쌍하지, 잘못은 나라가 하고…… 가슴에 맺힌 울결이 대퇴골을 따라 내려와 옹두리에 뭉쳤다가 촛대뼈를 타고 발뒤꿈치로 빠져나가 땅으로 스며드는 게 아닌감……."

시체를 구덩이에 묻으려고 들어 올렸을 때, 오른쪽 다리가 축 처져 내렸다. 황한우의 곡괭이 자루가 감독의 옹두리를 절딴낸 거였다. 강막돌은 그 자리에 주저앉으려는 몸을 겨우 가눠 삽질을 했다.

촛대뼈를 빼다가 피리를 만들어 가지고 10년을 불면 원혼이 정화
되어 극락세계로 간다는 것이었다. 그래야 탄광 감독 야마구치의 원
혼이 풀려나간다는 납량특집 같은 주문이었다. 악연으로 구한 목숨
은 또 악연을 짓곤 했다.

강막돌은 논을 한 떼기 팔았다. 일본으로 밀항해서 가고시마 소학
교를 찾아갔다. 인부를 하나 사서 소학교 뒤뜰을 팠다. 시신은 곱게
육탈이 되어 뼈가 어둠 속에 인광을 뿜었다. 강막돌은 술을 한 잔 따
라 놓고 두 번 절을 했다. 그리고는 오른쪽 다리뼈를 들어올렸다. 옹
두리뼈가 함께 따라 올라왔다. 옹두리뼈 위로 날카로운 뼛조각들이
칼날처럼 뻗쳐 있었다. 강막돌은 뼛조각을 발라내어 다시 맞추어놓
고는 일꾼에게 흙을 덮으라 했다. 강막돌의 몸이 땀투성이가 되었다.

인민군들이 지주를 색출해서 처형한다는 소식이 돌아가는 중에 인
심이 흉흉했다. 강막돌은 남은 땅을 처분해서 금강산 산자락으로 숨
어들었다.

건봉사를 찾아갔다. 만해선사와 시운동에 참여했던 마윤기라는 장
인을 만났다. 세상 의욕을 다 잃고 퉁소나 불면서 간에 든 열을 삭인
다는 노인이었다. 스스로 능파(凌波)라 자호하여 세상의 파도를 넘겠
다고 했다.

"당신 찾아올 줄 알았소." 마 노인의 눈살이 곱지 않게 찌푸려졌다.

"어떻게 그런 예감을……?" 강막돌이 마 노인을 쳐다봤다.

"피리 가락이 이 산자락으로 흘러들었는걸."

강막돌은 마윤기 노인 앞에 무릎을 꿇고 앉았다가, 일본에서 가져온 촛대뼈를 내놓았다. 마윤기 노인은 손을 모으고 눈을 감은 채 한참을 앉아 있었다. 눈을 뜨고 물었다.

"혹시 선업사라는 절을 아시오?" 회한이 섞인 목소리였다.

잠시 긴장감이 감돌았다. 탄광 감독 야마구치의 촛대뼈를 갖다가 피리를 만들어 불어주어야 원혼이 삭는다는 이야길 하던 보살의 조는 듯한 눈꼬리가 비수처럼 박혀오는 듯했다.

"사흘이면 될 것이오." 마윤기 노인은 그렇게 한마디 던지고는 깊은 숨을 내쉬었다.

"나야 그렇거니와, 당신은 사흘 지나기 전에 이 절을 떠나야 목숨 구할 것이오."

사흘 뒤에 오라 하고는 마윤기 노인은 거처의 문을 열어 저 아래 골짜기로 난 길을 가리켰다. 길에 어둠이 고이기 시작하는 무렵이었다.

강막돌은 거진을 향해 잰걸음을 놓았다. 멀리 북쪽에서 쿵, 쿵 포소리가 들리다가 멈추었다. 강막돌이 피리를 찾으러 갔을 때, 마윤기 노인은 길 떠날 채비를 해놓고 염주를 굴리며 앉아 있었다.

"한 칠십 년은 지나야 이 골짜기에 피리 소리가 다시 흐를 것이오." 뜻을 알 수 없는 주문 같은 예언이었다.

그게 무슨 뜻인가 묻는 강막돌의 등을 밀어내는 마윤기 노인은 선업사 보살이 정정하던가를 다시 물었다.

금강산 건봉사가 완전히 폐허가 되었다는 이야기를 들은 것은, 강막돌이 뼈 피리로 〈꽃길〉이란 서러운 곡을 익힐 무렵이었다.

어떻게 된 일인지 일본에서 강막돌 앞으로 소포가 전달되곤 했다. 내용은 옷가지나 일용품 그런 사소한 것들이었다. 발신자는 야마구치로 되어 있었다. 좀 섬찟한 느낌이 들었다. 한국인 광부들에게 사죄한다는 뜻으로 가고시마현 탄광 희생자 추모사업회에서 보내는 위문품이었다.

그것이 빌미가 되어 강막돌은 숙청을 당했다. 개마고원으로 쫓겨갔다. 유형을 가면서 아들을 불렀다. 아들 강원성은 원산기예단 나팔수가 되어 일하고 있었다. 무슨 악기든지 손에 잡히는 것이면 잘 다루었다. 개마고원으로 간다는 어느 추운 아침 인사를 끝으로 소식이 끊겼다. 고난의 행군이 무서운 힘으로 추진되는 중이었다. 무서운 힘이란 죽음을 몰고 오는 악령이나 다름이 없었다.

조국 강토를 끌어안고 굶어죽을 것인가, 나라를 떠나 목숨을 부지할 것인가를 결정해야 하는 순간이 왔다. 강원성은 아들 강선철과 고국을 떠나기로 결심했다. 고국이야 다시 돌아오면 되지만 목숨은 되돌릴 수 없었다. 어떤 틈바구니든지 비집고 들어가 목숨을 부지해야 했다. 그것은 절체절명의 소명이었다. 모스크바 서커스를 목표로 해서 기차를 탔다. 열흘을 넘겨 동토의 벌판을 달리는 기차 안에서 강원성은 아들 강선철에게 피리를 가르쳤다. 그리고 그 피리의 연원을 자세히 이야기해 들려주었다.

"이제는 원한의 울결이 풀려나갈 만큼은 되었다." 그게 정확히 무엇을 근거로 하는 이야긴지는 감이 잡히지 않았다.

"그러면 이 피리는 어떻게 하지요?" 강선철이 물었다.

"임자한테 돌려줘야 하리." 강원성이 아들 강선철에게 하는 대답이었다.

뼈가 돌아가 맞춰지기 전에는 뼈일망정 불구자가 아니냐는 것이었다. 몸의 불구, 뼈의 불구, 마음의 불구, 어느 거 가릴 것 없이 불구의 상태로는 저승에 못 가고, 언제까지든지 구천을 떠돈다면서 강원성은 아들 강선철의 등을 어루만졌다.

객차 양편 문에서 집총한 공안요원들이 동시에 달려들어 출입문을 걸어 잠갔다. 객차 안에서 동요가 일었다. 승객 몇몇이 안절부절이었다. 강원성은 열차 창을 밀어올리고 강선철을 창밖으로 밀어냈다. 달리는 열차에서 바깥으로 떨어져 내리는 나무 상자가 강선철의 눈에 들어왔다. 이어서 차 안에서 두어 번 총성이 울렸다.

아득한 벌판, 하얀 눈밭에 회색빛 어둠이 슬금슬금 냉기와 더불어 기어내렸다. 강선철은 이를 악물고 철길을 따라 걸었다. 이르쿠츠크 역에서 역무원에게 붙잡혔다. 강선철은 사타구니 주머니에서 10달러짜리 지폐를 꺼내 주고 역무원과 함께 하룻밤을 잤다.

"죽기는 마찬가지…… 가만 앉아서 죽을 일이지."

강선철은 자기 아버지가 공안요원의 총에 맞아 죽었다는 것을 막연히 짐작할 뿐이었다. 배낭에서 피리를 꺼내 불기 시작했다. 아버지 강원성이 남겨준 리듬이었다. 역무원 둘이 다가와 그게 무슨 피린지 보자고 했다. 강선철은 피리를 거두어 배낭에 넣었다. 그리고는 손을 흔들어 인사를 하고 역사를 벗어났다. 그리고 70년이 흘렀다.

강영철은 침통한 표정으로 앉아 있다가 물었다.

"그래서 그 인골 피리를, 아니 촛대뼈를 야마구치 무덤에 묻어달라는 거요?"

"내레 형편이 기래서 부탁하는 거 아닙네." 구겨진 자세로 앉은 채 하는 말이었다.

형편이 그렇다는 게 무슨 뜻인지는 묻지 않아도 알 만했다. 몸은 깡마르고 눈만 형형하게 빛났다. 그 눈빛에는 소금기가 섞여 있었다. 땡볕이 내리쬐는 염전의 사금파리 뻘에서 피어오르는 아지랑이 같은 기운이 서려 보였다.

"촛대뼈 피리 돌려보낸다는 뜻으루다가 한 곡 불어볼라우."

강선철이 피리를 입에 대고 불기 시작했다. 조명암이 가사를 쓴 〈선창〉의 멜로디가 방 안에 낮게 흘렀다. 울려고 내가 왔던가 웃으려고 왔던가…… 강영철과 여자 동서들이 노래를 같이 불렀다. 남북의 형제가 함께 부를 수 있는 노래가 있다는 것만도 다행이었다. 그것은 아직 살아 있는 호흡이었다.

"남북의 경계를 타넘은 인물로 조명암만한 이가 없을걸." 강선철의 말에 강영철은 냉큼 동의하지 못하고 앉아 있었다. 이야기가 좀 더 이어지면 〈피바다〉나 〈꽃 파는 처녀〉를 들고 나오지 싶어 마음이 졸였다.

"거어 가락이 너무 청승맞소. 살다 보면 해도 들고 하겠지 무어라 찬비만 내리갔소?" 강선철의 아내가 동서의 손을 잡으면서 하는 말이었다. 강영철의 아내가 슬그머니 잡았던 손을 빼내었다.

"할아버지께서 말입네, 조명암 선생 잊지 말라 당부했지."

강선철이 코를 훌쩍거렸다. 금강산 건봉사가 코앞인데, 금강산은 금강산이되 갈 수 없는 산이 되었다면서 한숨을 쉬었다. 금강산이 조물주의 주재로 만들어졌다면, 이 나라 역사를 주재하는 존재는 무엇인가 하는 생각이 가슴을 짓눌렀다.

곧 남북이 트이면 오갈 수 있지 않겠나 하려다가, 강영철은 입을 닫았다. 아내가 무언가 채근하고 있는 듯한 얼굴로 강영철을 바라보았다. 저 피리를 정말 가지고 갈 것인가 묻는 태도였다. 사실 강영철로서도 난감한 일이었다. 할아버지에게 채찍질을 했다는 일본인 탄광 감독 야마구치, 그리고 맨천 인간 잡아먹는 귀신일 까닭은 없을 터였다. 흔한 말로 시대를 잘못 타고났거니 그렇게 눙칠 수도 있는 일이었다. 선업사를 찾아가 거기다가 위패 봉안하듯이 그렇게 맡기는 방법이 있을 것 같았다. 뭐하면 시간을 내서 건봉사엘 가서 조명암 노래비 아래 묻어주는 방법도 하나의 대안이 됨직했다. 그렇게 한다고 해서 해한이 될 턱이야 있을까만, 그 촛대뼈를 집안에 모셔두고 있기는 여러 가지로 꺼림칙했다. 그렇다고 일본까지 가서 무덤을 파고 거기다가 뼈를 넣어주는 일은 마음이 내키지 않았다. 산 자의 길과 죽은 자의 길은 같은 길일 수 없었다.

8월 26일은 일요일이었다. 2박 3일 짧은 시간이 흘렀다. 말로 할 수 없는 심정적 소통이 조금 이루어질 만하니 헤어져야 했다. 하기사, 하룻밤에도 만리장성을 쌓는다고 하지 않던가. 그러나 그것은 그저 휘발성을 지닌 언어의 파편일 따름이었다. 청춘 남녀가 만나 지내는 하롯밤 같은 소망의 날들을 기다리는 그런 시간이 아니라, 비애감이 깃든 우울한 추억의 시간이었다.

"아우님, 잘 부탁하오." 헤어지면 그리웁고……

"만나본들……." 시들하고, 그건 흘러간 유행가였다.

강선철과 강영철 형제는 얼싸안고 서로 등을 두들겨주었다. 언제라는 기약은 없었지만, 뭔가 후련한 느낌이 없지도 않았다.

서로 손을 흔들어주고 차에 올랐다. 동서지간에는 손수건으로 눈물을 찍어냈다. 서로 어성버성하던 것과는 다른 반응이었다. 같은 여자로서 서로를 이해한다는 뜻이리라, 강영철은 그렇게 짐작했다.

차가 호텔 정문을 나서고 나서 금방이었다. 기사가 길옆으로 비켜서 차를 세웠다. 차 안에 타고 있던 일행은 드디어 무슨 일이 터지나 보다 하면서 몸을 옹송그렸다.

"북조선 동포 선물인데 소중하게 다루어야 합네다." 안내인이 차중을 휘둘러보다가 강영철 내외가 앉은 자리로 다가왔다. 강영철은 차창밖으로 얼굴을 돌리고 앉아 있었다. 강영철의 아내가 보자기로 싼 상자를 받아서 남편의 옆구리를 질러 넘겨주었다.

"안내원 선생, 고맙소." 그저 형식적인 인사였다. 엊저녁 100달러를 건네주면서 뼈 피리를 호텔 뒤뜰에 묻어달라고 부탁한 안내인이었다.

안내원이 내리자, 강영철은 아내에게서 전해받은 상자를 흔들어보았다. 상자 안에서는 아무 소리도 나지 않았다. 뼈 피리를 쌌던 종이가 스륵스륵 움직이는 소리뿐이었다. 그것은 허허한 바람소리처럼 들렸다. 강영철은 상자를 좌석 발판 밑에 놓았다. 그 위에 다리를 올리고는 무릎을 괴어 등받이에 등을 기댔다. 강영철의 귓속으로 환청처럼 피리 소리가 음산한 여운을 이끌고 흘러갔다. ❁

작가의 작업실. 충주 앙성 상림원(출입 : 우현용)

좌담
작가를 위한 타작마당

# 작가를 위한 타작마당

일시 : 2018년 10월 21일
장소 : 작가의 작업실 상림원
참석자 : 우한용(작가)
　　　　임경순 : 한국외국어대학교 교수(사회)
　　　　김근호 : 비평가, 전남대학교 교수(독자)
　　　　오윤주 : 소설가, 서울대 박사(독자)
　　　　정래필 : 영남대학교 교수(기록)

**사회** 　이렇게 만나니 참 좋군요. ……반갑습니다. 그런데, 강요된 봉사
는 진정한 봉사가 아니다, 왜 그런 말이 떠오르나 모르겠습니다.
아무튼…… (사회자는 잠시 망설였다. 참여자는 함께 웃고.) '타
작'은 두 가지 뜻이 있어요. 침깨 털기가 그 예인데요, 깨가 쏟아
지는 재미와 두드려 맞는 고통을 동시에 겪어야 하는 거죠. 우리
얘기가 어느 방향으로 갈지…….

　　　이번에 우한용 선생님께서 『아무도, 그가 살아 돌아오리라고
기대하지 않았다』라는 소설집을 내게 되는데, 이 책에 들어갈 작
품을 좀 자세히 살펴보고 작가의 육성도 듣고 하려고 우리가 모

였습니다. 비평가 김근호 교수와 소설가 오윤주 박사가 독자로 참여해서 좌담을 하기로 했고요. 우한용 선생님께서는 세상사 모두 설명하려는 의욕으로 가득해서 혼자 판을 흔들지 않나 좀 걱정됩니다. 그러니 미적 거리를 유지하는 의미에서 말수를 줄여주시면 고맙겠습니다. 기록은 정래필 박사가 하기로 했는데 중간에 발언을 해도 좋겠습니다. 혹시 필요하면 작가의 메모를 얻어보고 정리를 실감나게 하면 더 좋겠구요. (작가는 손가락을 들어 입술에 대보였다. 쉿 소리와 함께. 그리고 흐뭇하게 빙긋 웃었다.)

책 제목이 '아무도, 그가 살아 돌아오리라고 기대하지 않았다'는 한 문장인데, 자그마치 글자 수가 스무 자나 되네요. 너무 길어서, 여기서는 '아무도…'라고 줄여서 이야기하기로 하지요. 이번 소설집 『아무도…』는 새로움이 돋보이기도 하고, 작가께서 선호하는 이전의 형식을 그대로 차용, 아니 이어가는 걸 볼 수 있습니다. 이번 소설집의 소설 형식에 대해서 비평가가 먼저 얘기해보면 어떨까요? (비평가는 자기에게 가장 먼저 순서가 오리라고 예상하고 있는 듯했다.)

**김근** (작가를 흘긋 쳐다보다가 고개를 숙였다 다시 들고서는) 작가 면전에서 이러니 저러니 이야기하는 게 쉽지 않네요. 그런데 광주에서 올라왔으니 밥값은 해야겠지요. (이따 밥 사주실 거 맞지요?) 거기다가, 선생께서는 나를 딛고 일어서는 후배를 기대한다고 늘 얘기한 터라서…… 맘이 좀 놓이기도 하고, 아직 그 경지 가기 멀었지만. (크음, 목을 가다듬고.)

「아무도…」는 일리야 레핀이 그린 같은 제목의 그림이 소재가 되어 있는데, 예사롭지 않은 작품이란 느낌이 짙었습니다.

소설 장르의 진정한 속성이 그렇고, 소설이라는 말이 그렇듯이, 작가는 늘 새로워야지요. 틀을 정해놓고 소재만 달리해서 계속 풀어내는 작가는 게으르다는 느낌이 들어요. (작가는 게으른 게 아니라 일관성이 유지되는 거겠지, 하는 표정으로 비평가를 짯짯이 쳐다봤다.) 문제의식이 약화된 건 아닌가 그런 생각도 듭니다. 그러나 여기서 형식이라는 것은 '여행 내러티브'를 뜻하는데, 특히 러시아와 우크라이나 같은 데가 배경 혹은 공간으로 설정되어 있는 게 이번 소설집의 특징이랄까. 달리 보면 이건 대단한 순발력이지요, 작가는 여행갔다 와서 쉬지도 않는 것 같아 걱정돼요. 여독은 금방 풀어야, 그래야 소설 오래 쓰실 터인데. 작가가 우리 걱정하게 하시면 우리는 어쩌라고……. 그건 안 되지요. 작품 얘기는 뒤에 하죠. (공격을 하다가 위무하는 듯 태도가 변하는 가운데, 작가는 비평가를 호기심 있게 바라보았다.)

**오윤** (사회자가 오 작가에게 손가락질하는 데 따라 잠시 멈칫하다가) 작가의 어떤 소설들을 '여행소설'이라고 표딱지를 붙여도 좋을까요? 그런 딱지를 붙이면 그 딱지 때문에, 형식이 의식을 규제한다잖아요, 그렇게 되면 작품의 새로움을 발견하는 데 방해가 되거든요. 중요한 건, 여행소설이라도 그 안에서 작가가 추구하는 다양성과 글의 깊이겠지요, 물론 다른 작가의 여행소설과 차이점이 무언가를 드러내는 데 유념해야 할 거고요. 여행은 현실적 침체에서 벗어나는 방법이거든요. 여행갔다 와서, 사람 사는 거 어디 가나 다 똑같더라, 그런 소리 하면서 여행사진이나 카톡으로 주고받고 만다면, 여행의 깊이가 사라져요. 여행의 깊이는 반추하는 데서 와요, 안 그렇습니까? 여행은 소설을 낳지만 관광은 사진을 남겨요. (자기 말이 스스로 생각해도 우스운지 빙긋이 웃으면서 사회자를 쳐다봤다.)

**사회** 여행은 소설을 낳고 관광은 사진을 남긴다, 그거 명언인데 정 교수가 기록해놓으세요. 여행과 관광이 꼭 그런 관계일까? 대학에 관광학과는 있는데, 여행학과는 없잖아요. 관광이 대중화된 집단성과 강요된 가벼움이 특징이라면 특징. 그런데 가끔 탐험이라는 이름이 붙는 〈인디애나 존스〉 같은 경우가 여행의 한 특징일 터인데, 작가께서는, 여행서사를 소설 형식으로 자주 사용하시는데, 그 장점이 뭐라고 생각하시나요? (짧게 이야기하라는 듯이 오른손 엄지와 검지를 디근자로 굽혀 들어보였다.)

**작가** 비유라는 게 다소 위험하기는 하지만, 비유로 말하자면 서사의 기본 구조가 여행 아닌가. 그리고 나는 관광도 여행처럼 다닌다고 할까. 아무튼, 나는 조금 고단하게 돌아다니는 편이지요. 몸이 고단해야 정신이 맑아요. 이상이란 작가가 그런 말을 했어요. "육신이 흐느적흐느적하도록 피로했을 때 되려 정신이 은화처럼 맑소." 피로할 때 맑아지는 정신…… 아닌 거 같기도 하고. 몸이 피로하면 정신도 피곤하지요. 몸은 정신이고 정신은 몸이니까. (작가는 근간 메를로퐁티의 『지각의 현상학』을 읽느라고 어지럽다는 이야기를 덧붙였다. 그런데 좌담에서 독서 체험에 대한 이야기를 다시 정리하기는 맥락이 너무 난삽해질 것 같아, 메를로퐁티 이야기는 적어두지 않았다.)

**사회** 피곤하면 졸려서 글 안 써질 터인데, 아무튼, 서사가 원래 복합적이니까, 여러 가지로 비유할 수 있겠지요. 세상사 이야기 아닌

게 없잖아요. 얼마 전에 내신 시집 『검은 소』 뒤에 붙인 글 「목우기」에서, 작가는 시도 하나의 이야기라고 주장하던데…… 그럼 장르 필요없는 게 아닌가, 그건 제 의문이구요. 여행 철학은 없어도 철학 여행은 있지요? 비평가는 여행 잘 다닙니까? 비평여행이라는 그런 것도 있습니까?

(여행소설을 어디로 끌고 가는 것인가, 작가는 이야기 방향이 잡히지 않는다는 듯, 여행소설이라는 용어에 큰 의미를 두지 않는다는 태도였다. 자신의 말이 짧아야 이야기가 더 잘 전개된다는 생각을 하는 모양, 입을 다물었다. 사회자의 시선이 비평가 쪽으로 옮겨갔다.)

**김근** 비평여행은 성립되기 어렵다 싶은데, 달리 생각하면, 될 거 같기도 하고요. 남의 비평문을 주욱 살펴보면서 그 의미를 추적한다면 비평여행이 아닌가, 모르겠네요. (하품이 나는 걸 손으로 입을 가리고, 자세를 고쳐 앉았다.)

**오윤** 비평가가 피곤한 모양인데, 제가 나서도 괜찮지요? 암튼, 그건 비평여행이 아니라 메타크리티시즘이라는 거잖아요. 작품, 비평, 비평에 대한 비평, 비평에 대한 비평에 대한 비평…… 그렇게 층을 더해갈 수 있는 게 언어의 메타 차원이니 말예요. 다만 작품은 인생 혹은 여행을 언어화한 것이니까, 그 관계가 사물 대(:) 언어인데, 소설과 비평의 관계는 좀 달라요. 소설이 언어 작업이니까 소설을 언어 1이라 하고, 비평은 소설 언어에 대한 언어 작업이잖아요, 그러니까 언어 2라고 하면, 언어 1 대(:) 언어 2가 성립하고, 비평에 대한 비평은 다시 언어 2 대(:) 언어 3이 되겠지요. 메타는 그 위에 다른 메타를 연속적으로 거듭할 수 있어요. 비평 탐구라면 몰라도, 비평여행은 메타 차원을 지니기 어려울 건데…… (스스로 자기 논리가 선명치 않다는 의심이 드는지 고개를 갸우뚱하면서 말끝을 마감치지 못한다.)

**사회**  그럴 것 같군요. 비평의 준거가 뭔지를 따진다든지 다른 사람의 비평이 잘되었다 못되었다를 판가름한다면 그것 또한 비평일 터이고, 계속 그렇게 층을 높여갈 수 없으니까 상위비평, 메타비평 그 수준에서 멈추는 거 같습니다. 그걸 원론비평이라 하기도 하는 것 같고요. 그런 맥락으로 본다면 작가의 소설 가운데는 메타픽션으로 볼 수 있는 작품이 꽤 있더라고요. 시집 뒤에 붙은 「목우기, ‘검은 소’를 찾아서」는 비평의 메타 차원을 소설로 쓴 셈이지 않을까. 오늘 우리들이 하는 이야기는 어떤 형태의 비평이지요? (사회자는, 당신 차례라는 듯 비평가에게 눈길을 준다.)

**김근**  독서 행위를 여행에 비유하면 별로 틀리지 않겠는데, 작가는 니콜라이 고골의 『타라스 불바』를 읽은 경험을, 아니 읽는 과정을 소설로 쓰고 있더라고요. 이는 작가가 일종의 메타비평을 소설로 전환하는 작업이란 생각이 듭니다. 그게 「차디찬 꿈」이란 소설이지요. 그 제목은 니콜라이 고골이 산문 의식을 철저하게 깨달아가는 중에, 운율에 치중하는 낭만적 문학을 떠나 현실을 냉철한 시각으로 고찰하고 묘사하는 작업을 가리키는 용어로 쓴 구절, 작가는 이를 인용 전거까지 밝히면서 소설화하는 방법을 보여줍니다. 다른 작가들의 소설에도 작중인물이 독서하는 과정을 그린 사례가 꽤 많아요. 그런데 독서 과정을 직접 소설 본문으로 끌어들이는 작품은 「차디찬 꿈」이 특이한 예 같습니다. 「차디찬 꿈」에는 작가가 참조한, 아니 발표문을 쓰기 위해 읽은 책들이 다수 예거되는데, '타령조 작가들'로서는 족탈불급의 경지 아닌가 싶습니다. (평론가는 그렇지 않은가 하는 눈치로 작가를 쳐다봤다. 작가는 그렇게 보면 그렇게 볼 수 있는데, 그게 족탈불급이니 미증유의 사건이니 그렇게 호들갑을 떨기는 가당치 않다는 생각을 하는 중이었다. 이 부분은 기록자가, 사건 주체와 서술 주체의 엇갈림을 정리해서 서술한 것이다. 아마 편집자도 이런 서술 방법을 수용할 수 있으리라 생각한다.)

**사회** (해맑은 얼굴에 웃음을 피워올리자 볼이 발갛게 달아올라) 최고의 충성은 면전에 아부하는 거라잖아요? 이 정도면 아부 아니지요? (작가에게 양해를 구하듯 쳐다본다.)

**작가** (웃는 얼굴로 참석자들을 쳐다보며) 나한테 아부해서, 뭘 얻어먹으려고 아부를 한다나? 아부하는 비평가라, 그거 소설 소재 되겠군. (작가는 아마 '주례비평' 같은 것을 떠올리는 것 같기도 했다. 작가가 소설 소재가 되겠다는 것들은 '아부하는 비평가'처럼 아이러니 감각을 나타내는 에피소드들이었다.)

**사회** (못 말린다는 투로) 이야길 이어가자니까 그런 말이 튀어나왔는데, 칭찬 들으면, 솔직히, 싫진 않으시지요? (작가는 모임을 통보하면서 '용비어천가 비평'은 아예 시도하지 말라고 했던 부탁을 떠올리며, 같이 공부한 사람들 모아놓으니 비평적 시각이 흔들린다는 생각을 하는 모양이었다. 칭찬이 아니라 분석이라야 마땅하지 않나……? 그건 맥락을 벗어난 기대 같기도 했다. 잠시 말들이 멎었다.)

**오윤** 저도 한마디. (서술어 없이, 커다란 입에 웃음을 함뿍 물고.)

**사회** 열 마디 하면 말릴까? (후배라고, 반말인 듯. 한국어에서 화계,

스피치 레벨을 어떻게 기록할 수 있는가 하는 점은 기록자를 괴롭히는 과제이기도 하다.)

**오윤** 청동상을 줄여서 그냥 동상이라고 하지요? 언제던가 작가의 사진첩을 본 적이 있는데요, 여행하며 찍은 동상 사진이 참 많더라고요. 동상에 대한 관심은 결국 인물에 대한 관심이겠고, 그게 소설적 관심과 통하고…….

아무튼 「청동의 그늘」은 우크라이나 오데사 여행 갔다가 얻은 소재로 쓴 작품이더라고요. 〈전함 포템킨〉 그게 얼마나 유명한 작품예요? 일찍이, 1925년 에이젠슈쩨인이 몽타주 기법을 실현한 작품. 그런데 그 포템킨이 실제 인물의 이름이라는 건 글을 읽으면서 처음 알았어요. 소설에서 뭔가 새로 알아가는 재미도 소설 읽는 재미지 않아요? 그래서 소설가는 비평가보다 똑똑해야 한다는데, 나는 명색이 소설가지만 똑똑 소리 듣기는 한참 멀었어요. 아무튼, 이 작품은 쪼깨 거시기한 남녀상열지사가 포함되어 있는데, 인생을 다면적으로 본달까, 인생의 내면을 통찰한달까 그런 시각이 끌리더라고요. 러시아 근대화에 혁혁한 기여를 한 여제의 사생활, 그 문란함, 그리고 신하들을 게걸스럽게 걷어먹는 식욕…… (손으로 입을 가리고) 그건 표면구조고요, 정작 인간의 외면과 내면 혹은 업적과 충동은 차원이 다른 의미 층위라는 걸 생각하도록, 작가는 독자들에게 요청하고 있는 거지요. (식욕과 성욕의 의미론적 차별성? 그런 생각을 하는지, 작가는 고개를 끄덕이다가, 천천히 옆으로 흔들었다.)

**사회** (한참 뜸을 들이면서 이야기를 이어가지 못하는 공백을 지나서) 저어, 뭐랄까, 비평가는, 아직 거론하지 않은 작품 가운데, 어떤 작품이 주목할 만하다고 생각했는지……? (비평가는 또 자기냐는 듯이 얼굴에 난감한 기색을 내보인다.)

**김근** (작가를 쳐다보다가) 소설가가 시를 쓴다는 게 상당히 어려운데, 이미 시집을 내셨다니 축하드리고요, 제목이 '검은 소'라고 하셨어요? (작가가 고개를 끄덕였다.) 저도 시집에 붙어 있는 「목우기」를 보았는데요, 그 글은 소설로 시를 설명하는 그런 형식으로 되어 있는 작품이라 특이했어요. (작가는 다소 긴장해서 평론가를 쳐다봤다. 소설로 시를 설명한다? 설명하면 그건 소설이 안 된다는 뜻인데…… 묘사하고 서술해야지…… 그런 생각을 하는 듯.) 그런데 생각해보면 소설과 시를 구분하는 게 편식을 조장하는 일 같기도 합니다. 마치 남녀를 구분하기 위해서, 사람으로서 같은 점은 빼고 다른 점만 부각하는 것처럼 말이지요. 사범대학에서 가르치다 보니까(그는 전남대학교 사범대학 교수로 근무한다.) 학생들에게 장르 이야기를 자세히 해야 하는데, 시와 소설의 차이는 주체가 언어를 운용하는 방법 가운데 어디에 중점을 두는가 그런 차이밖에 없는 것 같더라구요. 그러니까 로만 야콥슨식으로 말하자면, 말이지요. 언어의 은유적 용법과 환유적 용법, 둘 중에 어디에 중점을 두는가 하는 데 따라 시와 산문 혹은 시와 소설이 갈리는 것 같습니다. 인간의 행위 가운데 서사가 안 되는 건 없겠지만, 시도 시를 쓰는 시작 행위를 중심으로 본다면 결국 이야기 혹은 서사인 셈이지만, 나아가서 그러니까 시도 소설이라고 주장하는 것은 좀 무리가 되는 것 같아요. 문학도 역사라는 게 있잖습니까. 시가 한 편의 연극이라고 주장한, 알티에리 같은 학자가 있기는 하지만 장르를 무시했을 때, 작가의 언어 행위만 남지 않나, 그런 생각을 했는데 분과학문으로서 문학 성립의 조건을 지워 없애는 셈이잖아요? (비평가는 이야기를 더 이어가지 않았다. 문학의 하위 양식에 대한 연구는 그 나름대로 가치가 있는 법인데, 작가가 그걸 부정하는 것은 현실적 맥락에서 설득력이 적다는 판단을 하는 모양이었다.)

**사회** (작가와 비평가를 번갈아 쳐다보면서) 장르론에 해박한 작가니까 그런 작품도 쓸 수 있지 않나 싶습니다. (화제를 바꾸어야 하겠다는 듯이.)

오 작가는 알바니아 가봤어요? 「목욕하는 여자」 그 작품에 대해서 한마디만. (싱긋 웃는 사회자의 얼굴, 저 웃음의 의미가 뭘까?)

**오윤** 꼭 한마디래야 해요? 전 그런 행정적 수사가 좀 진부하다고 생각해요. 한마디의 범위가 어딘지 알 수 없는 경우라서······. 좋은 말씀 잘 들었습니다, 강연 듣고 나서 강연자에게 명함 하나 부탁하면서 그렇게 치하를 하잖아요? 그러면, 나는 그렇게 물어요. 뭐가 좋았는데요? 대개는 답이 준비되어 있지 않기 때문에 버벅거리지요. (웃음을 참느라고 오른손으로 입을 가렸다.)

암튼, 소설은 사고가 구체화되어야 쓸 수 있다는 게 제 생각인데요, 「목욕하는 여자」에는 엔버 호자, 이스마엘 카다레, 알리 파샤 그런 인물들이 등장하잖아요. 그래서 저는 그 작품 읽으면서 이스마엘 카다레의 『돌의 정원』을 찾아서 다시 읽었는데요, 일급의 작가는 유머 감각이 있어야 하는 게 아닌가 싶어요. 카다레의 작품은 인물들이 웃음을 자아내기도 하고, 능청스럽기도 하고, 해학으로 상황을 넘어서기도 하고······. 「목욕하는 여자」는 학생들의 기발한 발상과 행동을 일종의 액자로 해서, 밧세바 이야기를 끌어들이잖아요. (비평가가 고개를 끄덕인다.)

  아무튼 유럽에서 가장 가난한 나라의 두 거인, 자유와 평등의 나라 프랑스에서 공부한 엔버 호자는 독재자가 되었고, 스탈린의 독재 러시아에서 수학한 이스마엘 카다레는 독재를 비판하는 소설가의 길로 들어서는데, 공부한 풍토와는 반대편으로 가는 인생, 그거 재미있잖아요? 환경결정론을 깨는 발상 말예요. 아무튼 알바니아 갔다가 그런 작품 하나 건지는 건 괜찮은 소득이지요. 그런데 문장의 정보 담지량이 너무 커서……. (소설답지 않다는 뜻인 듯, 혹은 소설을 논문처럼 썼다는 불평인 듯. 오 작가는 작가를 바라보고 부끄러운 표정을 지었다. 자기도 작가이기 때문에 이야기가 더 어렵겠지 하는 생각도 들었다.)

**사회**  (동문회에서 만난 선배 꼬집는 식으로) 작가는 명문대학에서 공부하고 가르쳤는데, 그게 소설쓰는 데 어떤 기여를 하거나, 아니면 장애물이 되거나 그런 면도 있으세요? (손을 들어 작가에게 한마디를 청하는 제스처로.)

**작가**  (이야기가 꼬인다는 느낌인지 좀 난감한 표정을 지으며) 소설쓰는 데 출신대학은 크게 기여하지 못하는 거 같고……. 공부는 다른 거 같더라구요. 소설을 쓰면서 다루는 소재에 따라서는 공부를 꽤 해야 하는 경우가 있어요. 대학에서 공부한 것만으로는 소설이 안 되거든. 소설을 위한 공부는 혼자 따로 해야 돼요. 혼자 공부해야 하는 거, 힘들기도 하고 지적 쾌감을 느끼기도 하고, 자신의 무식함을 확인하게 되어 부끄럽기도 한, 그런 역정이 혼자 공부하는 과정 아닌가. 책 읽고 기록하고 하는 것만 공부가 아니라, 소설가의 공부는 현장을 찾아가 사람들 살아가는 모습 확인하고 그들의 언어를 채집하며, 그들의 삶을 추수적으로 살아보는 그런 공부지요. 어쩌면 작가에게 가장 중요한 공부는 그런 것일지도 모르지요, 아마.

오 작가가 얘기하긴 했지만, 「목욕하는 여자」는 밧세바 이야기를 소설로 쓴 것인데, 밧세바가 다윗 왕의 아내, 즉 왕비이며, 솔로몬의 어머니라는 것쯤은 기독교인이 아니더라도 누구나 아는 일이고. 그런데 소설을 쓸라니까 정작 디테일을 잘 모르겠는 거예요. 그래서 성경도 읽고, 번역 문제도 생각하고, 솔로몬의 영광과 현실적 삶의 가치 그런 것들을 고려하는 공부를 하기도 했어요.

아, 공부를 하다 보면 관심은 왕성한 번식력으로 번져나가 추스르기 어려울 지경이 되기도 해요. 17세기 플랑드르 그림 가운데 '바니타스'란 제목이 붙은 게 유독 많은데, 그게 라틴어 vanitas라는 거잖아요, 허무, 헛됨, 먼지 등으로 번역되는 단어지요. 화병에 호화롭기 짝이 없는 꽃을 한 무더기 꽂아놓고는 거기다가 바니타스라고 제목을 붙여놓으면, 솔로몬의 영광이 꽃 한 송이만 못하다는 해석이 되는 거고, 17세기 당시 플랑드르의 종교적 상황도 궁금하고 그래요. 그래서 책을 읽었지요. 전에 여행할 때 사놓았던 화집을 다시 펴보기도 했습니다. 아무튼 솔로몬은 세상사 말짱 헛될 뿐이라고, 바니타스 바니타툼 에트 옴니아 바니타스! 그렇게 써놓았어요.

솔로몬이 세상 허무하다고 한 생각을 나타내는 구절 가운데 하나가, 태양 아래 새로운 것은 없다는 건데, 성경 판본마다 번역이 달라요. 관주성경에서는 '해 아래는 새로운 것이 없나니'라고 되어 있고, 어떤 영어판 성경을 한국어로 번역한 번역본에서는 '이 세상에는 새로운 것이 없다'고 되어 있어요. 일반적으로 '태양 아래 새로운 것은 없다'고 하는 구절인데, 너희가 사는 이승에 새로운 것은 없느니라, 그러니 소설가들이 소설은 새로워야 한다는 강박에 시달릴 일이 아니다, 그렇게 느긋한 생각도 하고 그래요. 그래서 소설쓰기는 카르페 디엠! 오늘을 움켜잡아라, 그런 의미가 있는지도 몰라요. 솔로몬이 온갖 영화와 환락을 맛본 뒤, 헛된 세상, 아무것도 새로운 게 없는 이승…… 한탄도 하지만, 청춘의 날들을 열심히 살라고 권고하지요. 그게 하느님의 뜻이라는 거예요.

　기막힌 것은, "잊지 마라. 도끼날이 무딜수록 일은 더 고되다." 하는 구절이라구요. 작가에게 도끼란 언어감각, 경험, 경험을 뒷받침하는 지식, 그런 것들일 터인데 그런 것들이 날카롭게 되려면 공부하는 것 말고 방법이 없어요. (직업이 사람을 만든다, 교수의 다변은 사회자를 피곤하게 한다, 사회자는 메모지에 그런 낙서를 하고 있었다.)

**사회**　선생님, 말씀 다 하셨습니까? (낮은 소리를 푸우 한숨을 쉬고서, 작가에게서 시선을 거두어 비평가를 향하면서) 작가의 작품 가운데 「돌아오지 못하는 탕아」처럼 그림 이야기가 자주 나오는데 말이지요, 이번에는 노래를 제목으로 한 작품이 있더라구요. 비평가 편에서는 어떻게 보았는지 궁금합니다.

**김근**　(숙이고 있던 고개를 들어 작가를 흘금 바라보고 나서) 작가는 문화에 대한 총체적 전망을 위해 혼신을 다하는 것 같습니다. 맞나요? (작가가 고개를 끄덕이자 비평가는 작심했다는 표정으로 말을 이었다.) 그림도 노래도 너무 자주 등장하면, 그 자체가 타성적인 발상이 아닌가 싶은데, 타성은 안이함으로 기울어지는 것이고, 그래서 결국은 소설이 진부해질 수 있는 거 아녜요? 어, 이 작가 또 그림 얘기하네, 독자는 그렇게 불평할 거잖아요? 작가가 새로워야 독자도 새로운 감각으로 작품 읽을 맛이 나지요. 그래서 스타일이 고정되는 것은 바람직하지 않아요. 그가 형성한 문체 때문에 남이 쉽게 알아볼 수는 있어도 새로운 게 없으면 양식화되지요. 양식화는 예술적 사망으로 이어지고 말입니다.

작가는 여행 가서 미술관, 박물관 들르는 걸 의무처럼 여긴다고 들었는데, 그래서 함께 가는 일행이 따라다니자면 피곤하다고 하던데, 맞지요? (작가는 대답 없이 그저 빙긋이 웃음으로써 답을 대신하는 듯하다가, '육신이 피로해야 정신이 은화처럼 맑다는데, 왜들 그럴까. 안 따라오면 그만인걸.' 그런 푸념 같은 한마디를 잊지 않았다.)

**작가** (옳게 걸렸다고 오금을 박듯) 그저 버리지 못하는 내 콤플렉스요. 세상에 하고많은 그림이 있고, 노래가 존재하는데 작가로서 나는 그런 예술세계에 얼마나 접근해 있는가, 그런 생각을 하면서 기회만 있으면 그림 보고 노래 들으려고 애쓰는 편입니다. 그런데 한판 보고 나면 그림은 저만큼 멀리 달아나 있고, 음악은 선율이 아스라하게 멀어지고 그래요. 그래서 붙잡아두려는 충동으로……. 그러다 보니 소설에 그림 이야기가 자주 나와요. 우리 임금들은 물론 중국 황제들도 그림 보고 거기다가 감상인을 치곤 했어요오. (말꼬리(어미)를 끌어올리는 품이, 그런데 내가 그림 자주 보려는 거, 그걸 어쩌자는 거냐는 태도였다. 예술 감상은 그 자체가 예술에 참여하는 일이라는 이야기를 간단히 했다.)

**사회** 작가는 앞에서 '충동' 말씀을 하셨는데, 통어되지 않는 성충동, 그거 문제지요. 오 작가는 「아베크 르 땅」 어떻게 읽었어요? 그게 마광수 교수를 위한 레퀴엠이라는 부제가 붙었던데 말이지요……? (흥미있는 화제 아닌가 하는 표정으로…….)

**오윤** (두 손으로 주먹을 쥐고 의지를 다지듯, 또는 이야기가 신이 나는 듯) 그건 내가 좋아하는 노래예요, 그거. 그게, 레오 페레의 작사 작곡으로 1970년 앨범이 나왔는데요, 그때가 레오 페레 나이 54세였다나요, 그러니까 지금 한 50년 나이가 든 샹송인 셈이지요, '아베크 르 땅(Avec le temps)' 낮은 음성으로 시간과 더불어 모든 게 가버리지, 가버리지 그렇게 노래하다가 마지막에 가서는 망각의 허무함을 처절한 음성으로 낮게 반복해서 점층적으로 읊어대는데, 가슴이 저려와요. 아마 마광수 교수가 최후에 자신의 삶이 얼마나 허무하고 하잘것없는가를 깨닫는 순간, 이 노래를 들었을지도 모르지요. 한 작가의 절망감이라는 소재와 구성의 형식으로 채택한 노래가 절묘하게 맞물리는 예가 아닌가 싶어요. 그 노래를 유튜브에서 찾아 듣다가 주책없이 눈물이 나더라고요. 그런데 작가의 시각은 여전히 꼿꼿해서, 마광수 교수가 남들 않는 성개방 비슷한 이야길 한 것은 인정하되 치열한 '성의 철학'을 탐구하지 못한 게 작가의 삶을 허무하게 만들었다고 보는 거 같아요. 내가 맞는 얘기 하는 건지……. (작가는 맞는다는 듯이 웃으면서 두 손으로 맨머리를 쓸어올렸다. 코미디언처럼.)

**사회** 나도 그 노래 좋아하지, 한 인간의 죽음이 '아베크 르 땅' 시간과 더불어 망각되고 잊혀진다는 거, 그게 진실이겠지요. 오늘 우리들이 하는 얘기도 결국 잊혀지겠지요. (그렇겠지, 아베크 르 땅 뚜 바, 뚜 상 바…… 작가는 조용히 흥얼거리고 있었다.)

**김근** (한마디 더 해야겠다는 듯이) 작가는 아주 사소한 계기를 소설로 엮는 재주가 뛰어난 분 같아요. (자네 나 칭찬하는 건가 아니면 한 방 먹이려는 건가, 그런 표정으로, 작가는 비평가를 새초롬한 눈으로 건너다보고 있었다.) 「쥐는 오지 않았다」는 소년소설 같기도 하고, 성장소설의 면모도 있고, 근친상간의 모티프도 들어 있어서 단편 치고는 구조가 복잡하다는 느낌이 들더라구요. 사실 그렇지요. 우리 인간의 심리를 한마디로 요약해서 제시하는 소설이 있다면, 얼마나 썰렁하겠어요. 소설의 주제 가치는 우리 인생이 시간적 차원에서 복합적으로 얽혀 있고, 공간적으로는 중층적으로 구조화되어 있다는 것을 발견하는 데 있는 것 아닌가 싶어요. 그래서 독자를 작가의 의미자장 안으로 끌어들이고, 코이그지스턴스, 말하자면 '공존'을 도모하는 것 같아요. 그런데 작가의 작품에는 요새 좀 징그러운 이미지들이 출몰을 거듭하는 게 보이더라구요. 요새 폭력 연구라도 하세요? (비평가가 작가를 바라보며 물었고, 사회도 작가에게 시선을 주고 있었다.)

**작가** (비평가를 쳐다보면서) 눈치 한번 빠르네. 하긴 비평가라는 사람은 감식가라야 하지 않겠나. 감식을 하려면 여러 측면에서 낌새랄까, 촉이랄까 그런 감각적 파지력이 있어야 하지 않나. 아무튼 작가는 현대 혹은 동시대의 시대적 과제를 무관심하게 돌려놓을 수 없어요. 물론 그 과제는 복합적이어서, 그 과제를 인식하는 차이가 개인별로 대단히 커요. 제4차 산업혁명이 진행되면 작가가 사라질 거라는 걱정을 하는 이도 있고, 지구환경을 염려하는 인사도 계시고, 폭력이 과제로 등장하는 경우도 없지 않아요. 내가 관심하는 근간의 과제 가운데 하나는 '폭력'인데, '악어'라는 제목을 달아 장편소설을 진행하고 있어요. 그런데 그놈의 악어가 잘 안 자라요. 얼마 전에 알바니아를 다녀왔는데, 거기는 알리 파샤의 고향 동네라서 찾아갔어요. 그게 악어 키우는 일, 소설쓰는 한 과정이지요. 작중인물이 실제로 존재하는 경우, 사실이 상상력을 제한하기도 합니다. 글을 써나가다가, 이게 사실인가 그렇게 묻곤 하지요. 스스로 허구에 상처를 내는 짓인 줄 알면서도 말예요. (그래서 소설은 현실에 발을 디디되 자유로운 상상력을 맘껏 발휘할 수 있어야 한다는 이야기는 아끼는 듯했다.)

**사회** 으음, 아, (신음하듯 감탄하듯) 「목욕하는 여자」가 알바니아 다녀와서 쓰신 거였지요. (당신 나한테 들켰어요, 딱 걸렸어요 하는 어투였다.)

**작가** (그대가 나를 알아보는구나 감탄하듯) 맞아요. 알바니아 여행을 마치고 불가리아를 들렀는데, 거기가 동방정교의 한 중심이더라구요. 동방정교는 잘들 아는 것처럼, 로마가톨릭과 대립되는 기독교 교파 아니던가. 로마가톨릭이 교리 탐구에 전념했다면 동방정교, 오소독스 처치는 신을 감각적으로 받아들이는 게 특징인 게라. 로마가톨릭이 데카르트에 접근한다면 동방정교는 아마 파스칼에 다가가는 그런 특성이 있는 게 아닌가……. 그런 생각을 머릿속에 정리하면서, 소피아 대성당을 보러 나서는 시간 눈보라가 은혜처럼 휘몰아쳤어요. 눈보라를 뚫고 성당에 도착했을 때는, 하늘이 청청하게 푸르러서 정말 성령이 수직으로 내려와 임할 것 같은 그런 느낌을 받았어요……. 명제화하면 실감이 죽어요. 그래서, 존경하는 독자 여러분! 그런 언사에는 존경이 없잖아요. (일동 맞아 하는 느낌으로 박수를 보내는 시늉을 했다.) 아무튼 「차디찬 꿈」에는 그런 정교회 교리의 일면이 녹아 있어요.

**사회**  (얼굴이 풀려가지고 편해진 자세로) 여전하시군요. 사랑하는 국민 여러분, 속에는 사랑이 없다고 하시더니. 뭐랄까 작가의 언어가 시적 에스프리로 가득한 느낌을 받게 하는데, 시와 소설의 관계에 대해 한 말씀 간단히 하시면 어떻겠습니까? (약간은 세련된 사회자의 어투였다.)

**작가**  (또 한 말씀이냐는 듯이, 그러나 경계를 늦추지 않고) 내가 말이 많으면 그대들 이야기를 못 듣는데……. 따라서 내가 손해를 자초하는 짓이지만, 그래도 말하자면, 인간이 그래요, 모순투성이지. 일을 저지르고는 후회하고, 후회하고는 또 저지르고. 아무튼 나는 문학에 관한 한 잡식성이고, 통합주의고 그래요. 그래서 문학이 무엇인가 묻지 말고 좋은 문학이 무엇인가, 내게 이 문학이라는 물건이 뭔가, 무슨 의미가 있는가 하고 묻는 게 버릇이 되었다고 할까, 그래요. 유기체로서 내 몸에는 시적 정서가 일어나기도 하고, 서사적 상상력이 작동하기도 하는 그런, 내 몸은 일종의 의미의 용광로 같은 거잖아. 봄날 산기슭에 피어나는 노란 복수초나 파랗게 얼어 피는 노루귀 같은 것은 시로 쓰기 좋고, 앞에 얘기한 밧세바 이야기는 소설로 쓰기 알맞다 싶으니까 소설로 쓰고, 말야. 내 감성의 촉수가 뻗는 방향을 따라 시도 쓰고 소설도 쓰고 해요. 남들에게는 욕심으로 비치겠지만. (작가는 얼마간 자신감을 내보이며, 그대는 어떤가 묻는 것처럼 오 작가를 쳐다보았다.)

**오윤**  (사회자가 눈길을 던지자, 잠시 망설이는 태도로 앉아 있다가) 저는 논문을 쓰느라고 근간 몇 해 소설 접어두고 있는데, 작가께서 하시는 거 보고 박사논문을 통째로 소설로 쓸까 그런 생각도 했어요. 그게 선생님께서 작가의 자세로 물려주신 글쓰기 방법인데요, 욕망은 앞서고 손은 굳어서 안 풀리고 그래요. 그래서 줄리아 크리스테바의 『사무라이들』에 대해 곰곰 생각해보곤 했어요. 아카데미 전당의 지적 칼잡이들, 해적들……. (우리를 사무라이 집단으로 본다는 거냐는 듯이, 사회자가 비평가에게 이야기 몫을 돌려주었다. 그리고는 비평가에게 눈길을 주었다.)

**김근**  (사회자가 비평가를 쳐다보고 당신도 대학가의 칼잡인가, 칼 휘두르는 제스처를 취하자……) 저는 대학에 근무하니까, 논문이나 충실히 쓰려고 하는데, 작가의 작품 이야기하다 보니 내가 정말 비평가인가 주눅이 들게 되네요. 논문 쓰는 자리에서 보면, 소설쓰기는 글쓰기의 원리를 이해하게 하는 전범이 되기도 하지요. 모든 글의 양식이 소설에 들어 있거든요. 소설에서는 상황을 구체적으로 제시하고 인간 행동을 묘사하기 때문에 언어가 매우 구체적이지요. 운명이니 팔자니 하는 이야기를 극력 비켜가려는 작가들의 노력은 언어의 실상을 보게 합니다. 그래서 소설은 독자들이 언어를 근본적으로 다시 보게 하는 효과도 있지 않겠습니까. (소설 공부하기 잘했다는 듯이 흐뭇한 표정으로…… 학위

받은 지 오래되지 않는 오 작가를 쳐다봤다. 당신 차례라는 듯이. 사회자를 건너뛰어 자연스럽게 오 작가가 이야기를 이었다.)

**오윤** 기록으로서의 소설…… 소설을 당대의 역사이며 개인의 연대기라고 규정한 학자도 있잖아요. 「도라산역 부역장」이 그런 규정에 맞는 작품 같아요. 엘지디스플레이 시찰 갔다가, 작중인물이 원자력을 공부한 역정을 돌아보는 중에, 4 · 27 판문점 선언이라는 역사적 사건(현장)을 소설로 끌어들이잖아요? 실종된 오빠가 러시아 어딘가 살아 있을 거라는 믿음으로, 오빠를 찾아 기관차 몰고 시베리아 횡단철도 달리고 싶은 작중인물 '도라온'의 생애 프로젝트가 골간을 이루고 있는 이 작품은, 현실을 역사화하는 기록이라는 의미를 지닌 것 같기도 해요. 그런데 구조가 좀 심플했으면 하는 생각도 들어요. 너무 복잡하게 얽혀 있어요. (작가는 그렇기도 하다는 듯이 고개를 주억거렸다. 오 작가는 비평가에게 눈길을 주고 있었다.)

**김근** (그래 맞아, 하는 표정으로 손을 들어올렸다. 사회자가 고개를 끄덕여주었다.) 작가가 일반 독자도 고려하면 어떨까 하는……. 작가와 독자는 생텍쥐페리 이야기처럼, 서로 길들이기, 사프리봐제를 해야 하는 문화윤리로 엮여 있는 존재 아닌가……. 작가의 글을 읽으면서 그런 생각이……. (말을 마무리하지 않고 말끝을 입안으로 말아들였다.)

**사회** (이야기 상당히 어렵게 한다는 표정으로 비평가를 바라보다가) 좌담 언어의 휘발성은 우리가 늘 경계해야 합니다. 저어, 거 뭐시냐, 「목욕하는 여자」에서 밧세바가 왜 하필 그 시간 그 자리에서 목욕을 하고 있었는지, 저는 아직도 궁금증을 풀지 못했어요.

남편 내치고 다윗 왕과 엮인다면, 다윗 왕이 한참 상승세를 타고 있었던 때니까, 자기도 역사에서 한몫하고 싶다는 그런 책략은 아니었을까요? 본인이야 섭리라고 하겠지요. 그러나 섭리와 책략 사이에서 알몸으로 달려든 거 아닌가, 아, 용감하다 그런 생각도 해봤습니다. (작가는 사회자를 각진 눈으로 바라보았다. 정확히 보았다는 눈치 같았다.)

　어떤 독자들은 작가의 작품이 어렵다고들 하는데, 오 작가는 소설을 쓰는 입장에서 어떻게 생각하는지?

오윤　선생님한테 배우면서 이런 것도 얻었어요. 뭐냐면, 속담은 속되다는 건데요, 어물전 망신은 꼴뚜기가 다 시키고 과일전 망신은 모과가 몽땅 시킨다고 하잖아요? 제상 진설하는 방법으로 조율이시 찾고, 금린어 노래하던 노인들은 모과 맛과 꼴뚜기의 진미 몰라요. 그게 단일 논리, 모놀로지즘이라는 거, 쓸모있는 것과 쓸데없는 것의 양분법, 대화를 거부하는 단호한 화법이지요. 소설로 말하자면, 세상은 복잡한데 소설은 명쾌해서 주제가 단순화된다면 그거 얼마 못 가겠지요. 세상에 대한 허위 보고가 될 테니까 말이지요. 어려운 작품이 있어야 단순한 작품의 경쾌함도 돋보일 거 아닌가, 하니까 작가의 소설은 어렵든 재미가 없든, 소설의 종 다양성에 기여하는 걸로 의미 매김이 될 것 같습니다. 단, 좋은 작품일 경우. (오 작가는 그렇지요? 동의를 구하는 눈빛으로 작가를 바라보았다. 조율이시는 한자가 棗栗梨柿일 터. 헌데 "강호에 봄이 드니 미친 흥이 절로 난다 탁료계변에 금린어 안주로다." 하는 데 나오는 '금린어'의 정확한 뜻을 알기 어려웠다.)

**사회** 기록자도 이야기하고 싶은 게 많을 터인데……. (사회자가 기록을 하고 있는 정 교수를 쳐다봤다. 기록자는 망설이다가 한마디는 해야겠다고 나섰다.)

**정래** 적바림이나 하다가 갑자기 저자로 등극한 거 같은 느낌이 드네요. 암튼, 선생님께서는 소설을 일기 쓰듯이 쓰는 거 같더라구요. 「뼈 피리」를 보면서 그런 생각을 했는데, 단편에다가 일제 징용, 광복, 남북 이산, 재회, 해원, 그런 모티프를 복합적으로 비벼넣으면서, '그날이 2018년 8월 25일 토요일이었다.' 그렇게 시작하거든요. 달력을 확인했더니 사실과 맞아요. 그게 작가의 현실 감각 아닌가 싶기도 했는데, 뭐랄까, 작가가 작품 쓰는 과정은 곧 살아가는 과정이라던 이야기가 떠오르는 거잖아요. 우리가 모여서 이런 이야기하는 것도 사는 일의 한 과정이지요? (사회자를 비롯해 일동은 작가를 쳐다봤다. 작가의 얼굴에 뜻을 알기 어려운 미소가 떠올랐다가 사라졌다.) 저는 그렇게 느낍니다만……. (말을 마치지 않고 사회자를 쳐다봤다.)

**사회** 그런데, 죄송한 말씀입니다만, 소설집 내면 얼마나 팔립니까? (죄송하기 짝이 없다는 듯, 두 손을 맞잡아 비비면서 작가를 쳐다봤다.)

**작가** 요새 작가들, 자기 집 닭 잡아 잔치하는 식 출판이 너무 많아요. 나는 거기서 조금 벗어나 있지만……. 푸른사상사 한봉숙 사장을 비롯해서 몇 군데 독지가가 있어 내 소설집을 내주곤 하는데, 결국 염치없는 노릇입니다. 소설이 안 팔리면 소설쓰지 말아야 하는 거 아닌가, 그런 생각을 이따금 하는데, 아무튼 서사의 한 유형인 소설은 형태는 달라져도 장르 자체가 사라지지는 않을 겁니다. 내가 서명해준 소설이 금방 헌책방에 깔리지만 않아도 다행이랄까……. (작가는 쓸쓸하게 웃었다.)

**사회** 이참에 다른 고마운 분들 인사도 하시지요. 사모님이라든지…… 말로 하기 뭣하면 사모님 사진 하나 이 좌담회 기록 뒤에 넣지요. (사회자가 장식장 위에 놓인 사진 액자를 가리켰다.)

**작가** 원, 이거……. (망설여지는 듯한 표정으로) 평소에 늘 고맙게 생각하고 지내는데, 소설집 뒤에다가 아내 사진을 넣고 어쩌구 하는 건, 아무래도 꼴사납다는 생각이 들어요. 책에다 아내 사진 넣는 것은 다른 기회를 보기로 할랍니다. 푸른사상사 편집부에도 고맙다고 해야겠고, 작품에다가 실명을 갖다 쓴 오데사의 박 안토니나, 전주의 김영붕 박사에게도 감사를 표해야 하고, 그렇습니다.

**사회** 다음 작품집 나오면 이런 모임 다시 하기로 하고, 오늘은 마치겠습니다. 이 좌담이 작가와 작품을 이해하는 데 도움이 되었으면 좋겠습니다.

그런데 오늘 식사는 어디서 하지요? (작가는 '그때 그 집' 어떨까? 그렇게 제안했고, 모두들 작가를 따라 자리에서 일어났다. 큰 짐 벗었다는 표정들이었다.)

아무도,
그가 살아 돌아오리라고
기대하지 않았다